Bad Romance

D1522817

JEN McLAUGHLIN

Bad Romance

Cuando el amor entre hermanos se vuelve pasión

MÉXICO, 2016
BARCELONA · BOGOTÁ · BUENOS AIRES · CARACAS
MADRID · MIAMI · MONTEVIDEO · SANTIAGO DE CHILE

Romance prohibido es una obra de ficción. Los nombres, sitios e incidentes son producto de la imaginación de la autora o se usan de manera ficticia. Cualquier semejanza con situaciones reales, lugares o personas, vivas o muertas, es mera coincidencia. · Un libro electrónico original de LOVESWEPT ·

Bad Romance,
cuando el amor entre hermanos se vuelve pasión

Primera edición en español: junio de 2016

D.R. © 2015, Jen MᴄLᴀᴜɢʜʟɪɴ
   This translation is published by arrangement with
   LoveSwept, an imprint of Random House, a division of
   Penguin Random House LLC
D.R. © 2016, Eᴅɪᴄɪᴏɴᴇꜱ B México, S.A. de C.V.
   Bradley 52, Anzures ᴄx-11590, Mᴇ́xɪᴄᴏ

ISBN: 978-607-530-022-1

Impreso en México | *Printed in Mexico*

Todos los derechos reservados. Bajo las sanciones establecidas en las leyes, queda rigurosamente prohibida, sin autorización escrita de los titulares del *copyright,* la reproducción total o parcial de esta obra por cualquier medio o procedimiento, comprendidos la reprografía y el tratamiento informático, así como la distribución de ejemplares mediante alquiler o préstamo público.

*Éste es para mi chica, Jay Crownover. Gracias
por todas las sesiones de lluvia de ideas y
por escucharme hablar y hablar y hablar...*

Jackson

Walter, mi padrastro, frunció el ceño mientras leía la carta que sostenía en su mano.

—En Yale dijeron que lo aceptarían a pesar de sus malas calificaciones. Tendré que pagar para que entre, y lo haré.

—¿Eso dijeron? —preguntó mamá con una sonrisa.

—«Él» está aquí —intervine con seriedad—. Y no quiere ir a Yale.

Ninguno de los dos me hizo caso.

—Al menos podría llegar a ser alguien, a diferencia de su padre —mamá sonrió aún más—. Gracias, Walter.

—Te irás a fin de mes —dispuso Walter sin siquiera voltear a verme, aunque obviamente estaba dirigiéndose a mí—. Puedes retirarte.

Por supuesto que no lo haría.

—No quiero ir a Yale. Me voy a enlistar en el ejército.

Walt rio y concluyó:

—No mientras vivas en mi casa.

Cuánta mierda. Puras idioteces de mierda. Mamá se había casado por millonésima vez y, en esta ocasión, lo hizo con un hombre que obviamente no quería al niño adicional que venía en el paquete. No era de sorprenderse. Su nueva esposa tampoco me quería a mí, precisamente.

Ella nunca intentó ocultármelo. Me lo había dicho, a la cara.

Pero tener a este imbécil pomposo metiéndose en mis asuntos, diciéndome lo que debía hacer con mi vida como si tuviera que obedecerlo, fue el colmo. Yo ya tenía dieciocho años. No tenía que estar escuchando a Walter Hastings. Ni a su esposa.

Al diablo con todos.

Sólo llevaban unos cuantos meses de casados y no era mi maldito padrastro, sin importar lo que él opinara. Digo, sí lo era. Legalmente. Pero yo no lo necesitaba.

No necesitaba a nadie.

Así que me puse de pie, con las manos hechas puños a mis costados y volví a hablar:

—No quiero ser abogado. Ya te lo dije.

Walt rio.

—Y yo te dije que, mientras vivas bajo mi techo, harás lo que yo diga y eso es todo. Lo vas a hacer y te va a gustar. No voy a ceder.

—Yo tampoco, Walt.

—No me llames así —dijo Walt con un tono de voz grave que intentaba contener la ira. Se llamaba Walter y odiaba que le dijera Walt… razón por la cual yo lo hacía—. Me dirás «Walter», o «señor Hastings», o sólo «señor». Nadie me llama Walt. Aprende a respetar, niño.

No respondí. Sólo sonreí.

Walt me podía besar el trasero.

—Jackson, querido… —dijo mamá, incómoda—. Es una buena carrera. Si te metes al ejército con suerte llegarás a los veinte. Escucha a tu padre. Él sabe lo que te conviene más.

Me tensé. Tal vez yo nunca conocí a mi padre, pero si algo tenía claro, era que Walt no lo era.

—Él no sabe un carajo y ciertamente no tiene ni puta idea de quién soy yo porque *no* es mi padre. No tiene idea de qué es mejor para mí ni de quién soy. Ni de qué quiero. Quiero…

—Cuida tu boca, jovencito, y no le hables así a tu madre. Irás a la facultad de derecho, a Yale. Es definitivo, así que hazte a la idea. Fin de la discusión —dijo Walter y tomó el periódico. Luego se dirigió a su esposa—. Y si quiere seguir viviendo aquí, dejará de fastidiarme.

Yo apreté los dientes porque él sólo era un imbécil trajeado.

—Entonces me iré de esta casa. Viviré por mi cuenta. Me abriré camino yo solo.

—Sobre mi cadáver. Ahora eres parte de esta familia y, mientras lo seas, dejarás en alto el apellido Hastings. Y eso es todo lo que se dirá sobre este asunto. Puedes retirarte —dijo Walter con un ademán de desdén—. Ya terminé contigo.

Había tantas cosas que quería decirle, pero, ¿para qué molestarme? Sabía que desperdiciaría mi tiempo, así que me alejé de ambos. Él no me escucharía y, en realidad, tampoco importaba si lo hacía. Oficialmente yo ya era un adulto, así que no necesitaba de su autorización para enlistarme, independientemente de lo que ellos parecieran pensar. «Fin de la discusión», ¿qué carajos significaba eso, además? La discusión se termina cuando ambas partes deciden que se termina, no sólo una.

Pendejo pretencioso.

Al salir, escuché que Walt suspiraba.

—Honestamente, Nancy, no sé qué hacer con ese chico. ¿Estás segura de que su padre no puede llevárselo? No se parece en nada a mi Lilly.

Ah… Lilly Hastings. Quince años. Rica. Inteligente. Dulce a más no poder. Y hermosa, para colmo. Walter no se la merecía y no dejaba de sorprenderme que fuera la hija de ese vejestorio porque no se le parecía en nada. Todo lo que tenía seguramente lo había heredado de su difunta madre. Era la única explicación que se me ocurría.

Inicialmente intenté odiarla, pero no lo logré. Desde mi primer día en esa casa, cuando me llevó galletas de chispas de chocolate porque eran mis favoritas, hasta hoy, siempre fue amable conmigo. Era la única persona que hacía que la casa de los Hastings fuera soportable. Y como Lilly era lo opuesto a su padre, no podía odiarla por más que tratara.

Y en verdad lo intenté.

—Walter, sabes bien que huyó en cuanto supo que estaba embarazada. Tuve que criar a Jackson yo sola y sabes lo difícil que fue eso para mí —dijo mamá en voz baja. No debió haberse molestado. De todas maneras la escuché—. Pero si consideraras permitirle...

Me alejé porque ya sabía cómo terminaría esta conversación. Walt se negaba a aceptar que yo prácticamente ya me había enlistado en el ejército; lo único que faltaba eran unas cuantas firmas y todo estaría definido. Pasé todas las pruebas, llené todos los papeles. Era un hecho y me iría pronto. Pero cuando sucediera lo entendería en un dos por tres.

—Psst —me llamó Lilly. Traía dos botellas de Coca-Cola en las manos. Yo hubiera preferido una cerveza, pero a ella no le interesaba ser rebelde. O, por lo menos, no tanto—. Ven.

Se me empezó a acelerar el corazón en el pecho al irme acercando. Aunque era tres años mayor que ella, no podía negar que inexplicablemente nos conectábamos en cierto nivel. Ella simplemente me *entendía*. Y yo a ella.

—¿Qué pasó, niñita?

Ella se sonrojó.

—Odio que me digas así.

—Ya sé —le dije y le di un golpecito en la nariz—. Por eso lo hago.

Ella me lanzó una mirada rápida detrás de esas pestañas ridículamente largas y se mordió el labio inferior. Mi ritmo cardiaco aumentó en respuesta, pero no le hice caso. No era ningún secreto que ella estaba enamorada de mí. Ella me gustó desde el primer día, pero intenté mantenerlo oculto porque para mí no era algo sexual. Bueno, de acuerdo, sí era muy bonita, así que obviamente reconocía eso como cualquier otro hombre... pero mis sentimientos hacia ella eran más del estilo «yo te voy a cuidar», si eso tiene sentido.

Al menos no estábamos emparentados por sangre.

Y gracias a Dios. Si fuera un Hastings como el imbécil de la otra habitación, me suicidaría. Éramos legalmente una familia sólo por el matrimonio. Y Lilly era básicamente mi única amiga, lo cual la convertía en mi mejor amiga, y no debemos meternos con nuestras mejores amigas.

Era demasiado joven. Demasiado bonita. Demasiado limpia.

Demasiado buena para un tipo como yo.

Yo tenía un mes de haber salido del bachillerato, habían pasado seis meses desde el matrimonio de nuestros padres y ella estaba por entrar al undécimo grado. Tal vez yo sólo tuviera dieciocho años, pero había visto y hecho cosas que ella ni siquiera imaginaba. Y pensaba mantenerlo de esa forma.

—No le hagas caso —susurró Lilly—. No sabe de lo que habla. Nunca lo sabe.

Sonreí porque era su intento de hacerme sentir mejor y quería que pensara que estaba funcionando. Siempre intentaba alegrarme después de alguna de las sesiones odiosas de Walt.

—Ya sé. ¿Qué pasó?

—Ven. Quiero mostrarte algo —me tendió la mano y me miró con sus ojos color verde brillante—. Solos.

Justo como a mí me gustaba.

Walt se rio en el comedor y su voz grave retumbó cuando le dijo a su *esposa*:

—Ese chico está condenado a fracasar.

Sabía que se refería a mí, y también sabía que me odiaba. Y cuál era la única manera en la que tendría garantizada la libertad de su control abusivo. Y era a través de su Lilly... *Ah*. Amaba a su dulce e inocente Lilly. Todos la amaban. Si yo la hacía mía y la mancillaba de esa manera, se volvería loco. Nunca me perdonaría. Y yo finalmente quedaría libre de su molesta interferencia en mi vida.

Era una lástima que no fuera capaz de hacerle eso a ella. Era demasiado importante para mí.

No era que ella no lo quisiera o que no me deseara. Por supuesto que sí. Si yo la besara, probablemente tendría un orgasmo ahí mismo. Pero me negaba a lastimarla. No la usaría. Y eso era todo.

—Está bien. Vamos —le dije.

—Apresúrate, antes de que nos vean.

Me tomó de la mano para que la siguiera. Su mano se percibía delicada y frágil en la mía. Por algún motivo, su piel se sentía distinta esa noche. Como si no fuera mi hermanastra, o siquiera mi mejor amiga. No sabía de dónde estaban saliendo estos sentimientos, pero tenían que parar.

—Mira. Abrieron la piscina. Nadie se ha metido, así que no creo que nos vengan a buscar aquí.

Miré el área. Era cierto que estábamos solos. El corazón me empezó a latir con tanta fuerza que ahogaba mis pensamientos, pero eso era bueno. Me estaba confundiendo demasiado.

—Se ve bien —dije con voz tensa—. Nunca había estado aquí.

—Es mi parte favorita de la casa —se quitó las sandalias rosadas y metió los pies al agua cristalina y azul—. Ven. Siéntate conmigo y disfrútala.

Con un suspiro me quité mis Converse negros y me senté a su lado. Ella me sonrió y yo sacudí la cabeza porque se veía tan increíblemente hermosa mirándome con adoración. A los tipos como yo por lo general nadie nos mira de esa manera. En especial las chicas bonitas como Lilly.

—Está agradable —dije e intenté sonreír. Los músculos de sus piernas delgadas se tensaron cuando movió los pies en el agua y rozó sus dedos contra los míos. Era algo que habíamos hecho antes. Roces suaves como ése. Pero aquella noche… me robó el aliento. Carraspeé e intenté pensar en algo que decir, lo que fuera.

—Ni siquiera voy a poder nadar. Aunque tu padre se niegue a aceptarlo, pronto me iré de aquí para unirme al ejército.

—Lo sé.

Dio un sorbo a su soda con la mirada perdida en la distancia. Lucía triste. Lo cual inexplicablemente me hacía sentir triste a *mí*, como si nuestras emociones estuvieran enlazadas o alguna mierda por el estilo. Sus facciones pequeñas y delicadas parecían perfectas bajo la luz del sol poniente. Por algún motivo, me resultaba imposible dejarla de ver. La iba a extrañar, pero ni eso impediría que me fuera. Nada lo haría.

—Lamento que sea tan maldito contigo —me dijo—. Te mereces algo mejor.

Por eso me agradaba Lilly, siempre estaba de mi lado. Ella era la única en esta familia ridícula a quien yo le importaba. Levanté mi soda y me encogí de hombros.

—Da igual. No me importa.

—Claro que sí —dijo colocando una mano en mi muslo. Me tensé. Traía puestos unos shorts amplios y su mano no tocó piel, pero de todas maneras se sentía... íntimo. Y bien—. Puedo verlo en tus ojos.

A ningún joven de dieciocho años le gusta escuchar que se le notan los sentimientos en los ojos. Así que me reí.

—Sí, claro. Como sea.

—Es verdad —dijo ella un poco a la defensiva.

No. Era. Verdad.

No me importaban Walter ni su *esposa*, ni nadie salvo yo mismo... y Lilly. Ella era la única excepción. Y se lo demostraría, justo en ese momento. Ahora mismo. Su mano seguía en mi muslo, así que le puse la mía encima.

—La única persona cuya opinión me importa en esta casa está sentada a mi lado, lo digo en serio.

Ella se humedeció los labios y se acercó un poco.

—Me importas mucho, Jackson.

—Sí —sonreí y mi corazón se aceleró—. Lo sé.

A ella se le escapó una risa y luego me golpeó con el hombro sin apartar su mirada de mis labios.

—¿Eres un poquito engreído?

—Sí.

Me veía como si su mayor anhelo fuera ver cómo se sentiría

que la besara… bueno, y el tiempo que un tipo como yo puede ignorar algo así es limitado. Además me iría y no la volvería a ver y, vaya, tenía tantas malditas ganas de averiguar a qué sabía. Sólo un beso pequeño, diminuto, inocente. Eso era todo lo que quería. Nadie tenía que enterarse. Ni siquiera Walt.

—¿Sabes qué veo yo en tus ojos?

Ella entreabrió esos labios rosados y suaves y se me quedó viendo como si yo fuera una especie de dios o algo así. Me hacía sentir un poco de náuseas pero también como si pudiera gobernar el mundo si la tuviera a mi lado.

—¿Qué?

—Quieres que te bese —dije. Entonces, un hombre desconocido y codicioso tomó el control de mis actos. Mi mano recorrió el brazo desnudo de Lilly y dejó tras de sí un camino de piel de gallina—. Quieres que sea tu primer beso. El que recordarás el resto de tu vida. Que te toque.

Ella tembló y volvió a humedecerse los labios.

—¿Cómo…?

Le puse la mano bajo la barbilla y sonreí.

—Adelante. Si eres lo suficientemente valiente para hacerlo, para tomar lo que deseas, bésame. Nadie sabrá nunca que besaste a tu hermanastro. Sólo nosotros. Será nuestro secreto…

Sabía que ella no lo haría, aunque yo muriera de ganas. Por eso le dejé la decisión. No quería tener culpas al respecto. No pensaba que estuviera mal o que fuera algo indebido, pues no era mi maldita hermana. Pero no había manera de que ella se animara.

—¿Sabes qué? —se subió a mis piernas, de cara a mí, montada sobre mis muslos, tomó mi rostro entre sus manos y me miró a los ojos. Yo me quedé perdido en los de ella: algo me hizo empezar a sospechar que estaba viendo a la persona con quien estaba destinado a vivir el resto de mi vida, lo cual era una locura—. Sé que piensas que soy demasiado joven, o demasiado buena, o que tengo demasiado miedo de hacerlo… Así que te demostraré lo equivocado que estás. ¿Y adivina qué? Te va a gustar.

Y entonces lo hizo. Me besó.

Y tenía razón. *Sí* me gustó.

Sus labios suaves y dulces se cerraron sobre los míos y apretó sus manos contra mis mejillas. Y, por Dios, finalmente averigüé a qué sabía. Olía a vainilla, a sol y a inocencia y sabía al cielo... y a goma de mascar.

Gimiendo, me hice cargo del beso. Presioné sus senos suaves y firmes contra mi pecho y deslicé mis manos por su costado. Cuando tomé sus nalgas y rocé mi erección contra ella, ahogó un grito y me dio acceso a su boca. Yo lo aproveché.

Y luego tomé un poco más.

Mi lengua encontró la suya y ella se sostuvo en mis hombros, clavando las uñas mientras se presionaba contra mí, obviamente intentando sentir mi pene contra su entrepierna nuevamente.

Y por primera vez pensé que finalmente había encontrado un hogar.

Puse una mano sobre su cabello y dejé la otra en sus hermosas nalgas, hice más profundo el beso y lo llevé al siguiente nivel. Empezaron a sonar alarmas en mi cabeza, esto se estaba calentando más y más rápido, pero no les hice caso porque todo se sentía demasiado bien. Lo que había empezado como un coqueteo inocente se había convertido en otra cosa, ella me estaba besando y yo no quería que lo dejara de hacer. Tenerla en mis brazos me hizo sentir como si no estuviera solo.

Como si estuviéramos hechos para...

—Hijo de puta —gruñó Walter detrás de mí.

Me sobresalté y dejé de besarla, pero mi mano seguía en el trasero de Lilly y supe que la había cagado. Había olvidado estar atento por si alguien venía.

—Mierda.

—Papi, yo... —empezó a decir Lilly apresurándose para bajarse de mí.

—No me hables. Ve inmediatamente a tu habitación.

Lilly me dedicó una mirada prolongada y llena de pánico pero obedeció a su padre.

Siempre lo hacía.

—¿Y tú? —Walter me tomó de los brazos y me jaló para ponerme de pie—. ¿Cómo te atreves a mancillar a mi bebé? Sal de esta casa y no vuelvas. No cuentes con nosotros. No eres bienvenido aquí. Estás fuera de esta familia.

Me obligué a esbozar una sonrisa desenfadada, aunque ver a Lilly alejarse de mí era como ver mi propio corazón salir de mi cuerpo corriendo hacia la puerta.

—Ya era hora. Nunca quise ser parte de esta familia, de todas maneras.

De un tirón me solté y caminé al lado del hombre que odiaba más que a mi propio padre. Pasé junto a mi madre y ni siquiera miré a Lilly, que se quedó paralizada a medio camino en las escaleras. Sabía que si la veía me haría titubear. Querría quedarme, por ella. Y no podía permitirme eso. Ya no. Así que me dirigí a la puerta… y no miré atrás. Ni siquiera una vez.

CAPÍTULO 1

Jackson

Aunque apenas tenía veinticinco años, cuando decía que había estado en el mismísimo infierno y que lo había visto todo, no lo decía como licencia poética. Era literal. Lo hice dos veces. Vi muerte, vida, asesinato, dolor, ira, odio y dicha. No mucho de esta última, pero existió. Sólo que no la había experimentado en realidad. Pero como sea. No era de la clase de persona que se pone a llorar por la vida que le tocó vivir.

Vives, coges, mueres, fin. Siguiente historia.

Al final, a nadie le importa un bledo cuando desapareces. Por eso decidí vivir la vida cada día en vez de planear el mañana. Por eso tampoco me importaba un carajo nada ni nadie, porque al final ellos no harían nada por mí. Aprendí esa lección antes de cumplir los once años. Me aseguré de que nadie me importara lo suficiente como para permitir que me lastimara porque así me había tratado el mundo. Así había vivido los últimos quince años y así lo haría siempre... con una excepción, aunque eso no había salido muy bien.

Mi mirada se detuvo en la rubia que bailaba con una entrega por la vida que yo no lograba entender del todo y que jamás había entendido. Mi interés insaciable en esa rubia que se movía

seductoramente entre la gente no tenía mucho sentido. Despertaba sentimientos en mi interior que iban mucho más allá de la
lujuria, como si de cierta manera la conociera o debiera hacerlo.
Desconocía qué tan profundos eran esos sentimientos y no tenía
intención de averiguarlo, pero de cualquier manera estaban ahí.

Tal vez era porque desde mi regreso a casa había evadido a la
gente en general y a las mujeres en particular. No porque me sintiera nervioso ni ninguna de esas tonterías. Por lo general no me
intimidaba para nada acercarme a una mujer hermosa, era sólo
que estaba enfocado en intentar reacostumbrarme a la vida de
civil y no quería arrastrar a otra persona a la tormenta de mierda
que era mi vida en esos momentos. Pero vi a esa mujer cuando
entré por la puerta y desde entonces no había podido quitarle los
ojos de encima.

Mi reacción hacia ella fue rápida e innegable.

Estaba tan aislado de todo que ni siquiera mi familia sabía que
estaba de vuelta en Estados Unidos. No llevaba mucho tiempo
de haber regresado, pero en el instante que vi a esa mujer supe
que tendría que llevármela a casa conmigo esa noche. Al diablo
con el aislamiento. Prefería cogérmela. Fácilmente podría perderme en sus brazos por una hora o dos. Sus curvas suaves y su
pelo largo y ondulado me provocaban y me hacían sentir vivo
por primera vez en Dios sabe cuánto tiempo. Su cabello se veía
increíblemente suave y mis dedos pulsaban con deseos de saber
si yo tenía razón, si era tan sedoso como parecía. Era momento
de averiguarlo.

Me arreglé la camisa, me puse de pie y di un paso hacia ella.
Pero entonces se dio la vuelta y me preparé para ver por primera
vez su… *mierda*. No era una rubia hermosa que me podía llevar
a casa, darle unos cuantos orgasmos y olvidarla. Ni siquiera era
una persona con la que podría coquetear un poco.

No, era mi pequeña *hermanastra*. Lilly Hastings.

La que había besado hacía siete años y nunca volví a ver. Sólo
que ya no estaba tan pequeña. Y era aún más hermosa.

Ella siempre permaneció en mi mente por las cartas que me mandaba, pero desde aquella noche no volví a hablar con ella. Creo, de cierta manera, que me sentía avergonzado por cómo habían terminado las cosas. Por la manera en que nos besamos y cómo nos descubrieron. Ni siquiera le pregunté si se había metido en problemas después de que me fui. Tampoco averigüé si había estado bien. Y eso estaba muy jodido.

¿Me odiaría ahora? Debería hacerlo. Me lo merecía.

Me obligué a quedarme quieto. A no acercarme ni huir.

No teníamos nada en común. Ya no. Ella no sabía lo que era sudar en un desierto por años, o ver volar a tus amigos en pedazos. No sabía cómo se sentían la pérdida y el dolor. No me conocía a *mí*. Ya no, así que me volví a sentar en mi taburete.

Si ella quería seguir transportada en su baile y luego irse con cuatro tipos, eso no era de mi incumbencia. Y yo no haría nada para asegurarme de que ella llegara bien a casa después, porque ella no era realmente mi hermana y yo no era su hermano mayor. No necesitaba cuidarla. Ella estaba mejor sin que yo estuviera metiéndome en sus asuntos. Sólo había que recordar lo que había pasado la última vez, cuando todo se fue al demonio.

Por eso nunca le contesté sus cartas ni me puse en contacto con ella. La culpa que sentía por mis acciones y por los castigos que seguramente ella tuvo que enfrentar me detuvo. Y muy a mi estilo de Jackson Worthington, en vez de disculparme o escribirle, huí de mis problemas hasta que era demasiado tarde para disculparme.

En vez de corresponder sus sentimientos de amor y afecto, leí sus cartas, las saboreé y nunca escribí de regreso por una única razón.

Sabía que ella merecía algo mejor.

Debía seguir con su vida y superar ese enamoramiento infantil que tenía conmigo. Tarde o temprano sucedería. Yo lo sabía. Y el buen Walt también. Ella no estaba hecha para un tipo como yo. Lilly pertenecía a un mundo de herencias y diamantes, no a un militar con una casa de mierda del ejército.

Ella estaba hecha para cosas mejores y más grandes y necesitaba darse cuenta de eso. Olvidarme. Tal vez a mí ella nunca dejaría de importarme, pero desde que paró de escribirme cuando entró a la universidad, algo me dijo que había entendido y había seguido adelante con su vida.

Mi deseo se había cumplido. Qué lástima que eso me hacía sentir como mierda.

Así que me sentaría aquí, me tomaría mi Jameson en paz e ignoraría la voz en el fondo de mi cabeza que me insistía en salvarla antes de que algo malo sucediera. Porque, a final de cuentas, yo era como cualquier otro tipo de este bar, como cualquier otro tipo en el mundo.

No me importaba nadie más tampoco, y estaba bien con eso.

Me tomé el resto de mi bebida de un trago y la vi sacudir el trasero al bailar. Al menos la mitad de los hombres de la habitación hicieron lo mismo que yo, incluyendo al hombre al que le dio la bienvenida unos momentos antes. No los culpaba. Nunca había visto a una mujer moverse con esa gracia, una mezcla de inocencia con suave sensualidad.

Había que admitir que hacía mucho tiempo que no veía bailar a una mujer. La mayor parte de mis últimos siete años los había pasado del otro lado del mar, peleando por mi hogar y mi patria. El ejército me había enviado a casa tras una lesión y ahora…

Ahora estaba nuevamente en las afueras de Arlington, Virginia, y le ocultaba a mi familia que regresé a su infierno suburbano. Walt no tenía idea de que había vuelto y mi madre tampoco. No les había dicho aunque ellos tampoco estaban muy ansiosos por verme. Cuando Walt me dijo que me largara, lo dijo en serio. Cuando no funcionó su plan de convertirme en el hijo pródigo me dejó de hablar. Y fue lo mejor para mí.

En siete años mi opinión sobre ese hombre no había cambiado.

Regresé a vivir temporalmente a casa y hacía labor de reclutamiento mientras los médicos militares se aseguraban de que estuviera bien de la cabeza. Resultó que sí. Ahora necesitaba planear mi siguiente movimiento en las filas, y eso implicaría trabajar tras un escritorio en vez de luchar en el desierto ardiente. Ya no iría a batalla. No estaba protegiendo a mi país ni a su gente. Mi vida ya no tenía sentido.

Después de pasar toda mi vida adulta como soldado, eso era todo lo que conocía. La lucha armada. El orgullo. La supervivencia. *La guerra*. Una mala noche y un tiro mal calculado lo habían arruinado todo. Me habían derribado. Y no había logrado ponerme en pie de nuevo. Pero lo estaba intentando, estaba intentando descifrar mi desorden.

Me di la vuelta para que el barman fuera el único que estuviera a mis espaldas en vez de toda la habitación llena de gente. Tal vez estuviera lejos de una zona de combate, y podría saber que estaba seguro aquí, pero de todas maneras no me gustaba tener gente a mis espaldas. En contraste, Lilly se veía muy libre. Muy despreocupada por la vida. Yo ya no tenía idea de cómo se sentía eso.

La edad le sentaba bien. Estaba delgada pero no demasiado. Tenía curvas en todos los lugares adecuados y simplemente vibraba con cierta vitalidad energética. Siempre había sido así, incluso de adolescente. Hacía un tiempo que yo no me sentía vivo, así que quizá lo que me atraía de ella era esa luz eterna. Tan sólo los recuerdos de lo que alguna vez fuimos el uno para la otra. Dios, la extrañaba...

Debí haberme dado la vuelta y salir de ahí antes de que me viera.

Nada había cambiado. Seguía sin necesitarme en su vida.

Se me nubló la vista y entrecerré los ojos para poderla enfocar mejor. Toda la habitación empezó a dar vueltas, eso no era una buena señal para el día siguiente, pero no importaba. No sería la primera vez que bebiera demasiado y ciertamente no sería la última. Últimamente bebía mucho.

Cualquier cosa era buena para atenuar el dolor de perder mi carrera debido a la buena puntería de un insurrecto.

Un fresa tarado chocó conmigo y me desequilibró de mi posición precaria en el taburete del bar. Se me quedó viendo agresivamente pero no le hice caso porque podría dejarlo sangrando e inconsciente en el piso en dos segundos. No estaba buscando una pelea fácil. No esa noche. No después de que Lilly había despertado en mi interior esa necesidad a la cual por lo general no le hacía caso.

Prefería buscar un escape más dulce.

Era una pena que la única mujer de la habitación que me interesaba fuera ella.

Si me acercara a ella, ¿me reconocería, siquiera? Ciertamente no me veía igual que a los dieciocho. Para empezar, tenía tatuajes, músculos y varias cicatrices nuevas. Había visto y hecho cosas que ningún hombre debía ver ni hacer.

Era un hombre distinto al chico que ella conoció.

¿Ella sería la misma chica que yo besé junto a la piscina?

El hombre que chocó conmigo volvió a pasar a mi lado y se dirigió directamente a Lilly. Le tocó el hombro y ella lo miró. Después de unas cuantas palabras ella sacudió la cabeza y le dio la espalda con los hombros tensos. El patán había sido rechazado.

Sin embargo, él no entendió la indirecta. En vez de eso, se acercó y la tomó del hombro. Ella giró, con el ceño fruncido, y volvió a hablar. Sus brazos se agitaban con fuerza. El patán seguía sin soltarla. De hecho, empezó a acercarse más y a poner sus manos donde obviamente no eran bienvenidas. *Mierda*.

El fulano había tomado el único camino que yo no iba a tolerar. Ser un patán con una dama. Tal vez yo fuera un maldito y tal vez Lilly fuera una mujer adulta capaz de librar sus propias batallas, pero los hombres no deben tratar así a las mujeres. Punto. Alguien tenía que darle una lección a ese tipo. Y ese alguien sería yo.

El tipo la tomó del brazo con brusquedad y empezó a sacudirla. Yo me puse de pie. Una rabia pura y sin adulterar me golpeó el pecho. Nadie la tocaba así y se salía con la suya, maldita sea. Ese instinto protector que había intentado enterrar siete años atrás surgió como si nunca se hubiera ido, como si fuera una reacción latente que sólo reviviera por ella, como si *yo* sólo estuviera vivo si estaba con ella.

Con los puños listos me acerqué a su lado. Lily me vio acercarme con anticipación y sus ojos color verde brillante se llenaron de alivio. Para ser honestos, no tengo idea de por qué. No tenía manera de saber que venía a su rescate, ni ningún motivo para pensar que lo haría.

No debería ser tan confiada. Alguien debería enseñarle *eso* también. Cuando me acerqué más, escuché el final de su conversación:

—Y no soy tu propiedad.

El patán la tomó del brazo con demasiada fuerza.

—Sí, lo eres, porque eres mía. Te convertiste en mi propiedad desde que naciste. Y lo sabes tan bien como yo.

Me tensé. Ella no era la propiedad de este imbécil. ¿Quién diablos creía que era? Toqué el hombro del patán.

—Oye, imbécil.

Él se dio la vuelta rápidamente con el rostro enrojecido.

—¿Qué?

Mi puño se hizo hacia atrás y yo sonreí y lo dejé salir volando. Ni siquiera planeaba empezar una pelea, no en realidad, pero después de escucharlo hablar… bueno, fue inevitable. Los imbéciles me encabronaban, probablemente porque yo también era uno.

El hombre cayó de espaldas, sosteniendo su nariz sangrante. Retiró la mano y parpadeó en dirección al fluido rojo como si nunca hubiera visto sangre antes. Carajo, probablemente era cierto. Traía puesto el atuendo más fresa que había tenido el desagrado de ver con unos pantalones caquis sin chiste. De los que tienen pinzas al frente. Unas putas pinzas.

Con el ceño fruncido, Fresa Pendejo bajó su mano y se lanzó hacia mí. Caímos al piso en un amasijo de puños voladores y gruñidos. A pesar de su mariconez, logró darme un buen puñetazo.

La fuerza de su golpe hizo que mis dientes me laceraran la mejilla. El sabor metálico de la sangre tocó mi lengua y perdí el control.

Me recuperé con un gruñido y le di tres puñetazos sólidos antes de que alguien me jalara para alejarme de él. Me pasé la lengua por la cortadura con cuidado, sonriendo y riéndome del tonto que intentaba ponerse de pie. Hacía un buen rato que nadie lograba ponerme una mano encima y se sintió bien. Agradable, incluso.

Pelear se sentía bien.

—¿Quién empezó? —preguntó el hombre detrás de mí. Conocía la voz. Era Tyler, el dueño del bar, y un buen amigo mío además de hermano de combate—. ¿Qué pasó?

—¿Quién crees que lo empezó? *Míranos* —dijo Fresa Pendejo señalándome con un dedo tembloroso—. Fue *él*.

Tyler me sostuvo con más fuerza.

—Claro.

Yo evadí la mirada de Lilly deliberadamente y permanecí en silencio.

Estar tan cerca de ella y no saber si me reconocía, no poder tocarla, me fue casi tan difícil como leer sus cartas de amor y no responderle. Mi intención había sido liberarla con mi silencio. Y *eso* fue lo más difícil que había hecho jamás.

Ella dio un paso al frente, pálida y temblando.

—Él... Él estaba intentando ayudar, creo. Yo...

Mientras más tiempo pasaba ahí, frente a ella, le daba más oportunidad de darse cuenta de quién era. Y si ella se enteraba de que estaba en casa, iría corriendo con su padre y mi madre para contarles. Necesitaba ponerle fin a todo eso, ahora.

—No importa por qué lo hice. Ya terminé —dije. No me molesté en intentar zafarme de quien me sostenía—. Ya terminé —repetí.

—No me digas —dijo Tyler en voz baja y en un volumen que sólo yo alcanzaba a escuchar—. ¿Qué estabas pensando al venir aquí y buscar problemas en mi negocio? ¿Quieres que la policía venga a molestarme?

Yo me encogí de hombros lo mejor que pude. Tyler no tenía idea de por qué había ido al rescate de Lilly y no se lo iba a decir frente a ella. Él era el único que sabía sobre Lilly y cuánto me había aferrado a sus cartas. Cuánto la había extrañado.

—Se lo merecía.

Fresa Pendejo no había perdido la conciencia pero pasaría un rato antes de que volviera a animarse a molestar mujeres en un bar, así que eso podía hacerme sentir contento. Tyler me quitó el llavero de la presilla del pantalón.

—Te las devolveré mañana. Toma un taxi o llámale a alguien para que venga por ti.

No tenía a nadie a quien hablarle y él lo sabía.

Así que no dije nada. Sólo sonreí.

—Vamos, hombre —me dijo Tyler al oído—. No me obligues a prohibirte la entrada como todos los demás bares de esta calle.

Le escupí sangre a Fresa Pendejo, quien se esforzó por enderezarse en el suelo. Finalmente un guardia lo ayudó a ponerse de pie y lo llevó a la puerta.

—Hazlo. No me importa.

Tyler me empujó hacia la puerta contraria.

—Mira, luché a tu lado. No me obligues a alejarte ahora, cuando ambos estamos intentando regresar a la vida.

Me zafé de él de un tirón y caminé hacia la puerta por mi propia cuenta, antes de que el guardia decidiera sacarme también. Era bueno en esta parte, en irme. En lo que era pésimo era en quedarme. En eso y en no ser un imbécil.

Al salir al aire estancado de la noche inhalé profundamente. Eso me aclaró un poco la cabeza pero no lo suficiente. Todavía podía ver las imágenes de mi época como francotirador, manteniendo a mis chicos a salvo cuando los miembros de ISIS corrían hacia nosotros, gritando mierda que no podía entender, con sus AK-47 en las manos. No tenía estrés postraumático, ni siquiera ataques de pánico.

Pero pelear me detonaba cosas que sería mejor mantener en el olvido. Mi terapeuta me dijo que era un comportamiento normal en los soldados que recién regresaban de la zona de guerra. Que tomaba tiempo volver a sentirse como civil después de años de luchar por tu vida y por las vidas de otros. A veces me preguntaba si estaría mintiendo para hacer que los tipos como yo nos sintiéramos mejor. La mayoría de la gente lo hacía.

La puerta se abrió detrás de mí casi inmediatamente. Se escuchaba una sirena a la distancia. No me molesté en darme la vuelta. Sería Tyler, que quería comprobar si ya me había ido. Y asegurarse de que estuviera bien. Llevábamos bastante tiempo de ser amigos, así que él sabía que mis decisiones no siempre eran las mejores si había bebido tanto.

En mis peores días, él se mantuvo a mi lado, y yo estuve al suyo también. Por eso sabía que su amenaza no era en serio. Dejé caer las manos y murmuré:

—Estoy bien. Regresa adentro. Pediré un taxi en un minuto.

—Quería agradecerte —dijo una voz suave y femenina que me hizo sentir escalofríos en todo el cuerpo, y supe que Lilly Hastings estaba parada detrás de mí—. Por acercarte así. Y lamento haberte metido en problemas.

—No es nada. Cualquier cosa para ayudar a una dama en apuros —dije en voz baja. Tal vez hubieran pasado siete años desde que se subió a mis piernas y me besó, pero mi cuerpo recordaba lo satisfactorio que se había sentido. Tan *satisfactorio*. Ella significó mucho para mí en un momento, pero el destino quiso otra cosa—. Adiós.

—Jackson...

Mierda.

Dentro de mí se desataron una serie de emociones mezcladas: felicidad de que me recordara, dolor porque nada había cambiado y yo seguía sin ser el hombre indicado para ella, y un poco de miedo porque si le decía a mi madre que estaba en casa tendría que lidiar con sus tonterías y ya tenía suficiente conmigo mismo por el momento.

Me tensó que me hiciera sentir tembloroso y acalorado e *incómodo* a pesar de que era mi hermanastra. Apreté la mandíbula.

—Entonces, ¿lo sabías?

—Por supuesto que lo sabía.

Dio un paso hacia mí. Estaba lo suficientemente cerca para que yo pudiera oler su aroma suave y floral. Olía como el escape dulce que yo quería que me diera, y todo lo que estaba relacionado con eso estaba mal. Ella merecía algo mejor. Mucho mejor. Yo no la había rechazado todo este tiempo, no había *sufrido* todo este tiempo, para regresar de golpe a su vida y volverlo a joder todo de nuevo.

—No te acerques. No quieres estar tan cerca de mí en este momento. Créeme.

Las sensaciones conflictivas que me provocaba se embrollaban en mi mente. Me confundía. Me hacía sentir cosas que no quería sentir. Cosas que no debía sentir. No por *ella*.

Ella me confundió cuando éramos chicos también. Algo en ella siempre me había sacado de mi centro. Y cuando me besó junto a la piscina...

Tuvo razón. Me gustó mucho.

—No tengo miedo —dio un paso al frente—. ¿Estás de regreso?

—Por el momento —dije y continué mirando en dirección contraria a ella—. Oye, me dio gusto verte. Pero no le digas a mi madre que he vuelto, mucho menos a tu padre.

Ella rio.

—¿En serio?

—En serio.

La escuché dar otro paso.

—¿Planeabas decirnos en algún momento?

—No. La última vez que estuve en tu casa, tu padre me dijo que me fuera y no regresara nunca —me encogí de hombros—. Así que no lo hice.

—Sí. Lo sé. Recuerdo esa noche muy claramente —dijo con suavidad.

Me metí las manos a los bolsillos sin hacer caso de su comentario porque yo también la recordaba.

—Regresa adentro. Jamás me viste.

—No se los diré —suspiró—. ¿Necesitas que te lleve a casa?

Demonios, *sí*.

—No. Ya vete. No soy una buena compañía para ti en este momento, niñita.

Usé a propósito el viejo apodo que le había dado. Hace años ella lo odiaba.

Me quedé inmóvil, con el pecho agitado, sin atreverme a voltear y verla. Sin atreverme a mirar si se veía más bonita bajo la luz de la luna, porque, maldita sea, estaba seguro de que así sería. Y el hecho de que me importara estaba mal. Me quedé esperando escuchar que la puerta se cerrara tras ella. Esperando que hiciera caso de mi consejo y se fuera. Porque si no lo hacía... que Dios nos ayudara a los dos.

CAPÍTULO 2

Lilly

El hombre que estaba sentado frente a mí parecía a punto de explotar, exudaba peligro. *Peligro* caliente, poderoso, sexy. Cuando lo vi por primera vez parado ahí, respirando con dificultad por la paliza que le había dado a Derek, no quería nada más que ir hacia él, tomarlo de la mano y llevármelo a casa. Quería que él fuera mi primer acto de rebelión después de toda una vida de hacer las cosas bien.

El momento parecía perfecto.

Hacía poco que decidí hacerme cargo de mi propia vida. Nunca tuve la oportunidad de hacerlo antes. Nunca tuve la oportunidad de disentir, salvo por aquella noche cuando besé a Jackson. Ahora era el momento de hacer lo que quería, por una vez en la vida. Ver con alguien más al hombre con el que prácticamente te han ordenado casarte, cuando a ti ni siquiera te ha intentado besar, provoca ese efecto en la gente.

Aunque en realidad no planeaba casarme con Derek, ni me importaba, pero de todas maneras. Me hizo darme cuenta de que había desperdiciado mi vida en un mundo de «Sí, papá» y «Ya voy, papá» durante tanto tiempo, que no había llegado a vivir. Y era momento de cambiar eso. Empezando esta noche.

Así que cuando un tipo se acercó rápidamente a rescatarme, con los puños y los comentarios sarcásticos volando, me sentí... viva. Realmente viva. Y cuando me di cuenta de por qué el hombre me había llamado la atención para empezar, el sentimiento no desapareció del todo a pesar de que era Jackson Worthington. Mi hermanastro.

Casi no lo reconocí. Siete años es mucho tiempo sin ver a alguien. En aquel entonces odié a mi padre por seguir con su vida y casarse tan rápido después de la muerte de mi madre, y odié que hubiera elegido a Nancy, una mujer que yo no conocía. Pero todo cambió cuando apareció *él*. Jackson.

El día que nos conocimos pasé toda la tarde horneándole galletas de chispas de chocolate, pues eran sus favoritas según su madre. Con las galletas todavía tibias en la mano, entré a la sala preparada para presentarme con mi nuevo futuro hermanastro mayor, que no podía ser más atractivo. Al verme con las galletas en la mano se puso de pie, se alisó la camisa holgada sobre el vientre y se arregló el cabello. En ese momento supe, justo ahí, que era el chico más guapo que había visto. O que vería.

Por un segundo su expresión se tornó suave y cálida, como el chocolate derretido de las galletas, y una sonrisa torció su boca muy ligeramente. Dio un paso para acercarse y su rostro se transformó en algo innegablemente hermoso. Pero cuando sonreí de regreso, algo cambió en su interior. Retrocedió, tomó las galletas y me agradeció con frialdad, sin una pizca de emoción en su expresión. Después de eso se volvió a sentar en el sofá y no volvió a hacerme caso.

Con un movimiento de su muñeca, el rap que se escuchaba salir de sus audífonos ahogó cualquier intento mío por decirle algo. Pretendió continuar con su patrón de no hacerme caso durante el tiempo que vivimos juntos, pero nunca me di por vencida. Estaba decidida a hacerme notar. Lo logré. De hecho, incluso parecía que yo le agradaba, pero luego lo besé. Y él se fue.

Papá dijo que Jackson me había usado para que lo corrieran

de la casa. Si fue así, funcionó. Después de irse, Jackson se enlistó en el ejército, como quería. Vivió la vida que quería vivir. Y yo me quedé atrás. Olvidada.

Al principio, no quise aceptar la posibilidad de que sólo me hubiera besado porque quería escapar. Que me utilizara. Le escribí por años mientras estuvo fuera preguntándole si era cierto. Si sólo me había besado para hacer que papi se enojara lo suficiente para echarlo. Por años le confesé todo lo que había en mi corazón, rogándole que me escribiera de regreso aunque fuera una sola palabra... y nunca me escribió ni una sola carta.

Ni siquiera un «Hola, sigo vivo. A veces pienso en ti. No te usé, lo juro». Pero aunque nunca me escribió de vuelta, sabía que había recibido las cartas porque jamás me las regresaron. Al menos no me ignoraba sólo a mí. Nunca le escribió a nadie de la familia. Fue como si después de irse ya no siguiéramos existiendo. Incluso a Nancy le molestaba que su hijo no quisiera hablar con ella, y eso que nunca le había importado.

Se volvió dolorosamente obvio que enlistarse en el ejército era su plan de escape, y yo había sido un medio para lograrlo. Me utilizó y luego se alejó como si mis emociones no le importaran para nada. Probablemente porque así era. Yo no le importaba. Papá había tenido razón todo el tiempo.

Cuando entré a la universidad finalmente dejé de escribirle. Dejé de intentar importarle y de esperar que al menos me informara que seguía vivo. Cierta parte de mí estaba convencida de que extrañaría mis cartas, aunque nunca me respondiera. Que cuando recibiera la última contestaría y me rogaría que continuara.

Pero no lo hizo. Claramente no me había extrañado nada. Quién lo diría.

Ahora, tras años de silencio total, llegó a mi rescate en un bar lleno de gente, con los puños volando y la rabia ardiendo detrás de esos ojos color castaño que nunca olvidé del todo.

Él dejó salir un suspiro largo y enfadado.

—Vete. Aléjate. Ahora.

Miré la parte de atrás de su cabeza con el corazón acelerado. ¿Dónde había estado todos estos años? Digo, *sabía* dónde había estado. Pero, ¿qué había visto? ¿Qué había hecho? ¿Y por qué se había tatuado todo eso? Los tatuajes subían por sus brazos y desaparecían bajo su camisa. Dios sabe dónde más tendría. Digo, se veía sexy y todo pero, ¿qué pensaría de eso Nancy, o mi padre, para el caso? ¿Quién era Jackson Worthington ahora?

La antigua yo nunca le hubiera hecho esas preguntas personales. La nueva yo tenía ganas de hacerlo, muchas.

Toda mi vida, salvo por aquella noche junto a la piscina, yo había sido la buena Lilly Hastings. Había vivido veintidós largos y aburridos años tratando de ser tan perfecta como fuera posible y eso me estaba *matando*. Como la única hija del confiable señor Hastings, el Director de Hastings International, se esperaba lo mejor de mí, y siempre sentí una necesidad excesiva por cumplirlo. Se esperaba que sacara buenas calificaciones, y así fue. Se me ordenó que estudiara mercadotecnia para poder trabajar en el negocio familiar, a pesar de que yo quería ser maestra de jardín de niños, y yo obedecí. Me dijeron que nunca desviara mi camino de una línea recta, así que nunca me salí de mi carril.

Siempre hice lo que me dijeron, pero cuando me dijeron que tenía que casarme con Derek Thornton III después de la graduación, al fin me di cuenta de que nunca se acabarían las exigencias. Las órdenes. Las expectativas de perfección. Si me casaba con Derek, todo continuaría. Y nunca sería libre.

En ese momento decidí que era hora de vivir mi propia vida, por una vez.

Decidí seguirles la corriente como si planeara casarme con Derek pero, en secreto, empecé a buscar maneras de escaparme de esa unión. Sobra decir que nuestros padres ya tenían contratos firmados y, por supuesto, eran legales. Hastings International necesitaba a Thornton Products para sobrevivir y viceversa. Pero tenía que haber una manera de huir de eso y me negaba a dejar de buscarla hasta que la encontrara.

Y si no lo lograba… no. Ni siquiera lo pensaría.

Cuando Derek entró al bar esa noche y exigió que me fuera con él, aunque yo sabía que había estado con alguien más apenas unas horas antes, me molesté. Tal vez él no me había visto a *mí* en el estacionamiento oscuro pero, Dios, yo sí lo había visto.

Miré demasiado.

Me desprendí de mis pensamientos y volví a ver a Jackson. Se había acercado, había golpeado a Derek y luego se había reído. Eso fue una *locura*. Fue demente. Maniático. Y sin embargo aquí estaba yo, mirándolo, aunque me pidió que me alejara. Probablemente debí haberle hecho caso.

Di un paso atrás, tomé la perilla de la puerta y la abrí. Casi volví a entrar al bar. Probablemente debí hacerlo.

Pero me negaba a aceptar que me diera órdenes de volver a entrar. Yo no era un tapete, y si quería quedarme… entonces me quedaría. Aunque mi corazón acelerado ahogara todos los demás sonidos de la calle transitada frente a nosotros. Inhalé para tranquilizarme y solté la perilla de la puerta. Y dejé que se cerrara. En cuanto lo hice, Jackson se cubrió el rostro, diciendo:

—Hijo de puta. ¿Qué tan estúpido puedes ser, Worthington?

Parpadeé un par de veces al darme cuenta de que había presenciado un momento privado. Uno que no merecía presenciar porque obviamente él pensaba que yo ya me había ido, como me lo pidió. Además, obviamente él seguía creyendo que yo era una chica muy diligente cuya única meta era complacer a quienes la rodeaban. Esa misma chica que él consideró que no tendría los huevos para besarlo junto a la piscina. Le había demostrado que estaba equivocado en aquella ocasión y lo haría nuevamente.

—Insisto en llevarte. Es lo menos que puedo hacer.

Lenta, oh, muy lentamente, bajó las manos. Dejó escapar una risa áspera, se dio la vuelta y avanzó hacia mí.

—¿En verdad vas a hacer eso, niñita?

Ese sobrenombre...

Era, y siempre había sido, una manera de mantenernos distanciados. En mi opinión, cada vez que me llamaba por ese nombre, se estaba recordando a sí mismo exactamente por qué no debíamos estar juntos. Por qué no debía permitirme que me acercara demasiado. Odiaba ese apodo en el pasado y lo odiaba en el presente. Junto con todo lo que representaba.

Evité responder como lo hubiera hecho una yo más joven, levanté la barbilla y me le quedé viendo fijamente. Aunque fuera más grande y estuviera borracho, no me intimidaba. Sabía que no me lastimaría. Digamos que lo sabía por instinto. O intuición. O estupidez. Lo único que sabía era que Jackson Worthington nunca levantaría una mano en mi contra.

—Sí. Y no me vas a asustar portándote todo rudo y tosco. Ya no soy una niñita, en caso de que no lo hayas notado.

Se detuvo justo cuando estaba directamente frente a mí. Me miró hacia abajo —por Dios, era tan alto como lo recordaba, por lo menos cerca de los dos metros— y ladeó la cabeza.

—A mí me sigues pareciendo bastante pequeña.

Me quedé viéndolo y mi respiración empezó a acelerarse. Seguía teniendo esa mandíbula dura e implacable que recordaba tan bien. Y sus labios eran anchos y generosos, a pesar de estar comprimidos en una línea apretada y molesta. Era puro músculo pero no en ese estilo de fisicoculturista que tienen muchos tipos. Era más del tipo de persona en forma, fuerte y disciplinada, del tipo hazme-enojar-y-te-parto-la-boca. Y todos esos tatuajes... Dios, era atractivo. Realmente atractivo.

Me obligué a pensar en otra cosa, a regresar a la conversación, y me encogí de hombros.

—No puedo evitarlo. La genética se impone al final —lo recorrí completo con la mirada—. Ciertamente se impuso en tu caso. Te ves... distinto. Más colorido, aunque esa parte obviamente no se debe a la genética.

—Mmm —levantó mi barbilla e hizo girar mi cabeza un poco a la izquierda. Sus dedos ásperos en mi piel provocaron un estremecimiento largo y poderoso lleno de recuerdos y sentimientos antiguos que recorrió mis venas y mi mente—. Tú no. Tú te ves igual que siempre.

Yo reí un poco incómoda pero no aparté su mano de mi barbilla, aún consciente de los sentimientos que me provocaba su tacto.

—Opino lo contrario. La última vez que me viste tenía frenos y el cabello alborotado y casi no tenía pechos.

Él ahogó una risa.

—Cielos, Lilly.

—Es verdad. Me desarrollé tarde.

Se me quedó viendo.

—Lo único que veo al mirarte es a la misma niña que siempre hacía lo que le ordenaban —uno de sus dedos largos me acarició el cuello con mucha delicadeza antes de detenerse y mi estómago tembló en respuesta—. ¿Sigues siendo esa niña buena?

Había algo en su voz, en la manera en que me sostenía, que me indicaba que en realidad yo le afectaba más de lo que quería mostrar. Y me aferré a eso de manera rebelde. Igual que lo había hecho aquel día en la piscina.

—¿Qué piensas? ¿Me veo *bien* para ti?

Más que ver, podía sentir su atención recorrer mi cuerpo. Aunque no se movió ni siquiera una fracción de centímetro, mis pezones se tensaron como respuesta. Apreté los muslos e hice mi mejor esfuerzo para ignorar el deseo que dentro de mí despertaba. Aunque era cierto que tenía la intención de ensuciar un poco mi halo angelical, seguía siendo una novata en esto de ser una chica mala. Pero de todas maneras, claro que quería ser mala *con él*. Eso no había cambiado en siete años.

—¿Estás coqueteando conmigo? —preguntó.

Sí. No. Tal vez. Respondí con otra pregunta:

—¿Tú qué crees?

Respiró visiblemente, como si percibiera mis pensamientos, y se acercó más a mí. Sus dedos apretaron mi barbilla muy ligeramente y luego me soltó casi con renuencia.

—Mira, voy a ser totalmente honesto contigo. Estoy muy borracho y probablemente no sea la mejor persona para poner a prueba tus talentos para coquetear en este momento. No me malinterpretes —me estudió y yo me estremecí contra mi voluntad—. Si no fueras, bueno, *tú*, me iría a casa contigo. La verdad es que eres hermosa. Si fueras cualquier otra persona, literalmente, *cualquier otra*, te llevaría a casa, cogeríamos y te haría venirte con tanta fuerza que nunca más volverías a sentirte limpia. Pero eres tú, y yo soy yo, y se supone que somos hermanos, así que, en realidad, eso no puede suceder.

Me crucé de brazos, intentando no prestar atención al flujo de calor que sus palabras provocaron en mi vientre. Jackson Worthington, ya todo un adulto y hablando sucio, era algo digno de verse. Pero me negaba a permitirle notar lo mucho que me impactaban sus palabras.

—En primer lugar, no soy tu hermana y tú no eres mi hermano. En segundo, nunca dije nada sobre acostarme contigo. Simplemente estoy ofreciendo llevarte a donde sea que te estés quedando porque estás borracho.

Él frunció el ceño.

—No es cierto.

—Claro que sí —señalé mi automóvil rojo—. Así que súbete, cállate y dime dónde te estás quedando para que pueda llevarte. O le diré a tu mamá que has regresado.

Por un segundo se quedó con la boca abierta, como si no pudiera creer que yo me hubiera atrevido a darle una orden. Era obvio que lo sorprendí. Pero luego empezó a reírse y no pude apartar la mirada porque era hermoso, de una manera tosca, masculina y peligrosa. Su cabello era color castaño oscuro y su mandíbula ligeramente desviada ya estaba cubierta por una sombra de barba que contrastaba con su piel pálida. Tenía tatuajes bajo el cuello de su camisa y todos sus músculos se veían duros como piedra.

Y aun así era *hermoso*. Siempre lo había sido.

—Carajo, te salieron garras mientras no estuve, niñita.

—Se llama «crecer» —dije y me encogí de hombros—. Deberías intentarlo alguna vez.

Me dirigí a mi carro, lo abrí, me metí al asiento del conductor y me puse el cinturón de seguridad. Él cerró la puerta del copiloto después de entrar al coche, se acomodó en el asiento, se rascó la cabeza y abrió la ventana, todo diez segundos después de sentarse. Era julio en Arlington, Virginia, y todavía hacía calor, pero la brisa se sentía agradable. No se abrochó el cinturón de seguridad, así que yo no me moví.

Después de unos momentos me volteó a ver.

—¿Qué?

—Abróchate el cinturón.

Se acercó a mí y yo contuve el aliento. Era aún más atractivo así de cerca y olía bien. Demasiado bien. Como Calvin Klein y la playa. Era embriagador.

—¿En serio, niñita?

Yo parpadeé, la irritación me calentaba las mejillas y me hacía sonrojar a pesar de mis mejores esfuerzos por no hacer caso a sus provocaciones.

—¿Recuerdas siquiera cómo me llamo? A veces me lo pregunto. O tal vez a todas las mujeres que conoces en los bares les dices «niñita» para poder mandarlas de regreso a sus casas sin tener que olvidar sus nombres después.

Se empezó a reír sin dejar de verme.

Como yo no me reí, su risa se desvaneció y pasó un momento entre nosotros durante el cual, por primera vez, no estaba ocultándose detrás de su actitud engreída y distante de «nada me importa». Y por un segundo, sólo uno, me pareció ver quién era en realidad.

Ése que había conocido y amado hacía tantos años.

Pero cuando vi lo que se escondía en esos ojos, el dolor, el arrepentimiento, el miedo y la pasión, literalmente me quedé sin aliento. Mi corazón empezó a latir con tanta fuerza que lo escuchaba en mi cabeza, a un volumen tan alto que casi no alcancé a oír sus palabras suaves y contuve el aliento. Apoyó el codo en la consola central y pude sentir su respiración en mi mejilla.

—Lilly. Te llamas Lilly Hastings.

—Sí —inhalé profundamente y llené mis pulmones hambrientos y adoloridos.

A pesar de que sabía que estábamos demasiado cerca y que debía poner algo de distancia entre nosotros, no pude alejarme. Era como si una especie de fuerza magnética nos mantuviera juntos y no hubiera manera de romperla. Como si no pudiéramos liberarnos.

—Jackson...

Él maldijo entre dientes y, con eso, hizo lo que yo no había podido hacer y rompió el momento. Se frotó la mandíbula y volteó hacia el otro lado, hacia la ventana.

—No uso el cinturón de seguridad, así que adelante, arranca.

Intentando ignorar la tensión entre nosotros, no obedecí.

Se daría cuenta muy rápido. Y así fue.

—*Lilly* —se inclinó hacia mí hasta que nuestras narices casi chocaron. Su pecho subía y bajaba con rapidez. Ya estaba muy cerca nuevamente. Olía a whisky y a hombre. Puro *hombre*—. Escúchame, y escúchame bien. Me he enfrentado a rebeldes, balas y bombas. He sostenido a mis amigos en mis brazos mientras su sangre enrojecía la tierra y, de alguna manera, sobreviví para contarlo. Así que si quiero enfrentarme al camino sin protección, ése es mi derecho y tú no harás nada para evitar que lo reclame.

Oh. Oooh. Así que por eso era como era. Eso explicaba muchas cosas. Explicaba muchos de los cambios que había visto en él. Pero él no iba a morir si eso dependía de mí, no si yo podía hacer algo al respecto.

—Es la ley. Se supone que debes hacerlo.

No se veía convencido.

—¿Sigues haciendo siempre lo que se supone que debes hacer?

Sí. No. Tal vez. Pero estaba intentando cambiar eso, muchas gracias. Y él me estaba ayudando porque, por algún motivo, era muy fácil decirle «no» a él.

—Podrías lastimarte.

Se encogió de hombros.

—A nadie le importaría un carajo.

—Eso no puede ser cierto —dije. Encendí el carro con las manos temblorosas y me aproximé a la intersección—. A alguien le importaría. A tu madre, para empezar. A mi padre.

«Y a mí», pensé.

—Tu padre me odia y lo sabes —dijo sin emoción—. Da vuelta a la izquierda en el semáforo.

Seguí sus instrucciones. Durante todo ese tiempo, las preguntas que más quería hacerle iban surgiendo en mi cabeza: «¿Me usaste? ¿Aquel beso significó algo para ti? ¿Siquiera lo recuerdas? ¿En realidad me deseabas o sólo lo hiciste para lastimar a mi padre? ¿Por qué nunca me escribiste de vuelta?».

Tenía el volante sostenido con tanta fuerza que me dolían los nudillos. Jackson Worthington, adulto y curtido, era muy distinto a todo lo que había visto antes. Tenía algo de imprudente e indomable, como la manera en que se negaba a usar un puto cinturón de seguridad, entre todas las cosas. Pero al mismo tiempo, sentía como si nunca dejara de controlarse. De hecho, no usar el cinturón de seguridad era una manera de permanecer en control. No quería usarlo, así que no lo hacía. Y no había nada que yo o la ley pudiéramos hacer para que cambiara de parecer.

Me detuve en el siguiente semáforo. Estábamos fuera de la sección turística de Arlington y no reconocía ninguno de los edificios a nuestro alrededor. De hecho, estaba casi segura de que estábamos saliendo de ese vecindario y nos estábamos adentrando en Arlandria, un área de dudosa reputación entre Arlington y

Alexandria. Tras unos minutos tensos de silencio, vi en un semáforo, entre las sombras, a un hombre sospechoso vestido de negro mirándome. Cuando la luz cambió a verde pisé el acelerador un poco más rápido de lo necesario.

—¿Por qué lo hiciste?

—Da vuelta a la derecha —cambió de posición y pasó su brazo por la parte de atrás de mi asiento—. ¿Por qué hice qué?

Este cambio en su posición hizo que sus dedos rozaran mi hombro desnudo y me recordó con demasiada claridad que el mejor modo de rebelarme en contra de un matrimonio sin amor estaba sentado justo a mi lado... si yo tenía el valor suficiente para tomarlo. Podía notar el fuego que ardía en sus ojos. Pero él me había roto el corazón hacía muchos años. Así que ignoré el fuego y di vuelta a la derecha.

—¿Por qué le pegaste?

—Se lo estaba buscando. Parecías estar asustada y los hombres nunca deben tratar a las mujeres como si fueran su propiedad, eso me encabrona, así que lo golpeé —se puso a jugar con un mechón de mi cabello y, a pesar de que me sentía morir, no aparté la vista del camino—. Estaba en lo cierto. Es tan suave como lo recuerdo.

Una explosión de mariposas alzó el vuelo en mi estómago.

—¿Mi pelo?

—Sí. Te estaba observando antes de saber quién eras y estaba pensando que tu cabello se veía sedoso —tiró con un poco más de fuerza de mi cabello—. Luego me di cuenta de quién eras y supe que era suave. Pero de todas maneras, me pregunté si mi recuerdo sólo hacía que me pareciera así.

Empecé a sentir un cosquilleo que iba desde mi cuero cabelludo hasta el punto entre mis muslos que ansiaba tanto su atención que era casi doloroso.

—¿Por qué me estabas observando?

—Da vuelta en la siguiente a la derecha.

Lo hice, mi corazón latía más rápido que nunca. Entramos a una zona aún más fea de la ciudad. No me quedaba claro por qué se estaría quedando en este sitio. Papá definitivamente podía pagar algo mejor. Pero, claro, no le había avisado precisamente acerca de su regreso. Ni a mí.

—No respondiste mi pregunta.

—Eres mandona ahora. Me gusta —dijo con un tono suave mientras enrollaba el mechón de pelo en su dedo—. Y sí. Me gustó lo que vi... Hasta que te diste la vuelta, quiero decir.

Mis dedos se tensaron.

—Me han dicho un par de veces que mi parte delantera es tan agradable como mi parte trasera.

—Lo es. Me gustó todo lo que vi... hasta que me di cuenta de quién eras. Eso me quitó las ganas —tiró de mi cabello una última vez antes de soltarlo—. Métete al estacionamiento. Estoy en el edificio que tiene una *A*.

Había escogido quedarse en un motel, con *m*, no con *h*, sin nombre. Ni siquiera era una cadena. Después de entrar al estacionamiento y detener el coche, me asomé por la ventana. El edificio que me señaló había visto mejores días. Estaba maltratado, tenía varias canaletas rotas que colgaban del techo descuidado y el concreto estaba fracturado en ciertas partes. Y por si eso no fuera suficiente, las ventanas tenían *barrotes*. Como cárcel. Parecía de película de terror.

—Así que... aquí es donde te estás quedando.

—¿Qué tiene? ¿Nunca habías estado en esta parte de la ciudad?

Puse las manos con delicadeza en mi regazo.

—¿Qué te hace pensar eso?

—Eres una niña Hastings mimada —dijo con voz seca—. El tipo de chica que no va a las zonas marginales de la ciudad ni hace cosas que pudieran ser arriesgadas. Tu familia es demasiado buena para eso. *Tú* eres demasiado buena para eso.

«No fui demasiado buena para subirme en tus piernas y besarte, ¿o sí?» pensé.

—Eso no es verdad. Me estás definiendo como la chica que solía ser antes. No lo soy. *Créeme*. No lo soy.

Él rio.

—¿Entonces te gusta hacer cosas malas?

Quería hacer una cosa mala en ese momento... y era con él.

—Sí, si la situación lo amerita.

—¿Ah, sí? —golpeó los dedos en el marco de la ventana del coche—. Dime, ¿ibas a irte a casa con todos esos hombres esta noche? ¿Todos juntos?

Apenas pude contener una exclamación. Sí, había estado bailando y coqueteando y *divirtiéndome*. Tal vez, solamente tal vez, si uno de ellos hubiera hecho lo correcto, tal vez me hubiera ido con él. ¿Pero con *todos*? ¿Juntos? ¿Cómo se hacía algo así? No había tanto espacio en mi cuerpo. Ciertamente no para tantos hombres. Sin embargo, en ese momento me convenía que pensara que yo lo haría, así que me encogí de hombros.

—Ahora nunca lo sabremos, ¿o sí?

Él rio. Era una risa franca.

—Oh, creo que sé la respuesta. Demonios, tu papi probablemente ya te ha elegido un esposo de corbata de moño, ¿no?

Me froté los muslos y no contesté. Papi sí tenía ya elegido y contratado al esposo, claro. Pero yo no había dicho que sí, no tenía un anillo en el dedo y Derek obviamente no estaba muriéndose por mí.

Como permanecí en silencio, él se quedó inmóvil.

—Espera, ¿eso fue un sí?

—¿Y qué si lo fue?

Se inclinó hacia el frente.

—¿De verdad él...?

—No quiero hablar sobre eso —lo interrumpí rápidamente. Inflexible. Además, si me salía con la mía, lograría evitarlo. Era sólo cuestión de tiempo—. Y sólo porque tengo claro lo que estoy haciendo con mi vida no significa que nunca vaya a otros lugares. Ni tampoco que nunca haga o vea cosas.

—¿Lo haces? —cambió de posición en el asiento y logró que verse más sexy que un hombre en la portada del puto *GQ* con toda la iluminación y los ángulos correctos de la cámara—. ¿Haces cosas? ¿Con otras personas? ¿Con hombres, en particular?

Me mordí la lengua. *No.* En realidad no. Él tenía razón. Estaba ridículamente resguardada. Apenas había hecho o visto cosas. Pero estaba intentando corregirlo, y si él no tenía cuidado, lo corregiría con *él.*

—Sí. Todo el tiempo. He hecho cosas. Muchas cosas, con muchos tipos.

—¿Ah, sí?

Tragué saliva.

—Sí. Claro.

—Dime un secreto, antes de que regreses a portarte de nuevo como la niñita buena que todos sabemos que eres a pesar de ese destello de rebeldía que percibo que empieza a salir entre las grietas —se inclinó hacia mí nuevamente y me abrumó con su cercanía—. Si yo fuera cualquier otra persona, ¿te hubieras ido a casa conmigo? ¿Me hubieras permitido tocarte? ¿Besarte? ¿Hacerte gritar? —se inclinó aún más hasta que nuestras narices se tocaron—. ¿Me hubieras dejado cogerte, Lilly?

Apreté los muslos intentando aliviar el extraño dolor anhelante que había despertado con su voz profunda y rasposa. Hice mi mejor esfuerzo por no mostrar cuánto deseaba que hiciera justamente eso. Me había usado hacía siete años y, en ese momento, en lo único que podía pensar era en arrancarme la ropa, caer de rodillas y gritar: «¡Tómame, estoy lista!». Pero eso era una mala idea. Él era una mala idea.

—No eres alguien más. Eres tú. Y yo soy yo. No hay manera de eludir eso —me mordí el labio y pregunté—: ¿*Tú* me hubieras llevado a casa, si hubiera sido cualquier otra persona?

Se le ensancharon las aletas de la nariz, se puso rígido y retrocedió.

—No. Olvida que esto sucedió, niñita. Y olvida también dónde me estoy quedando.

Abrió la puerta, salió y la azotó. Se metió las manos a los

bolsillos y caminó hacia el edificio sin mirar atrás, en mi dirección. Esperé hasta que entró al motel para poner reversa. Con los dedos crispados alrededor del volante y todo el cuerpo tembloroso, me invadió la necesidad de demostrarle de nuevo que estaba equivocado. De demostrarle que no era tan buena como él pensaba. Que podía ser mala también, igual que él.

CAPÍTULO 3

Jackson

A la mañana siguiente desperté tarde, con un fuerte dolor de cabeza y un recuerdo vago de lo ocurrido la noche anterior. Sabía que vi a Lilly y que le había dicho unas cosas de las cuales me arrepentiría pronto… si las recordaba, claro. Aunque *estaba* noventa y nueve por ciento seguro de que le había dicho que si hubiera sido cualquier otra persona me la hubiera cogido. ¿Qué estaba pensando?

Se suponía que éramos *familia*, carajo.

Lo único que ella había hecho era ofrecerse a llevarme a casa y yo había actuado como un borracho idiota. Era algo que me sucedía con mucha frecuencia esos días. Cuando estaba sobrio era disciplinado, exigente conmigo mismo y nunca olvidaba quién era y lo que se suponía que debía de hacer en todo momento. Pero cuando estaba borracho… bueno, era exactamente lo opuesto. La noche anterior era un ejemplo perfecto.

—Maldición —murmuré y me cubrí la cara con las manos.

Ya me había aprovechado una vez de su corazón generoso y me negaba a hacerlo de nuevo. Carajo, ¿qué me hacía desearla tanto? Lo único que habíamos compartido había sido un beso breve hacía siete años pero, en cuanto la vi otra vez… en ese mismo instante la volví a desear. Tal vez no estuviera mal desearla, éticamente hablando, pero se *sentía* mal. Y ya llevaba a cuestas suficientes cosas «malas».

Me di la vuelta en la cama, tomé el teléfono y arrastré mi dedo por la pantalla. Vi una llamada perdida de Tyler a las nueve de la mañana, así que le llamé de inmediato. Tenía cita con mi terapeuta en veinte minutos. Y por primera vez en mucho tiempo tenía algo de qué hablar con ella. Lilly, cómo nos despedimos y qué hacer para rectificar mi comportamiento.

—¿Hola? —dijo Tyler.

—Hola —contesté mientras me frotaba la frente, que me punzaba. Salí de la cama desnudo y caminé descalzo por la recámara hasta llegar al baño—. Perdón por anoche.

Se escucharon vasos tintinear al fondo.

—¿Qué te pasó, hombre? ¿Por qué golpeaste a ese pobre tipo? Sé que tomaste mucho, pero no inventes.

Abrí un frasco de ibuprofeno y saqué tres.

—Ya sé, y lo lamento. Pero esa chica… la conozco. Y ese patán estaba portándose agresivo con ella. Aunque hubiera sido una desconocida, creo que hubiera reaccionado igual.

Tyler suspiró.

—Ya sé, pero para la próxima tal vez podrías activar ese autocontrol sobrehumano que ambos sabemos que tienes, ¿no?

Después de tragarme las pastillas, asentí a pesar de que él no me podía ver.

—Lo haré. Lo juro. Es que me sacó de balance verla así. Y cuando él la tocó yo ya no…

—¿Qué es de ti? ¿Una ex?

—Demonios, no. No. *No* —me reí y me rasqué la cabeza—. Es mi hermanastra. La que me escribía todas esas cartas cuando estábamos en el extranjero.

—Ah.

Tyler se quedó callado. Su silencio me reveló más que cualquier comentario. Él, sobre todos los demás, sabía muy bien cuánto significaban esas cartas para mí. Y cuánto las había extrañado cuando dejaron de llegar.

—Carajo, hombre, es sexy. Nunca me dijiste eso cuando extrañabas su sonrisa todos esos años.

—*No* —me froté las sienes adoloridas. Lo último que necesitaba era que Tyler se pusiera a perseguir a Lilly—. No. No lo es. No.

—Creo que un solo «no» hubiera sido suficiente —dijo Tyler secamente—. «Me parece que el idiota protesta demasiado»... o como sea que Shakespeare lo dijera en esa obra.

—No estés jodiendo —murmuré.

Pero tenía razón. Cuando conocí a Lilly ella se me acercó con la mirada ilusionada y un plato de mis galletas favoritas en sus temblorosas manos. Cuando me dijo «hola» con su voz suave y tímida sentí cómo me ablandaba, cómo se resquebrajaba la corteza externa y dura de mi corazón. Me asustó esa cuarteadura, esa nueva debilidad. Así que traté de alejarla.

Desde entonces, ya tenía la sensación de que ella podría hacerme romper mis propias reglas. Que podría hacer que me importara. Así que la dejé y me escapé a la vida militar. Fingí no volver a pensar en ella. Aprendí a hacerlo bien, tan bien, que probablemente ella creyó que nunca significó nada para mí, cuando de hecho fue la *única* que me importó. Eso era, sin duda, la cosa más mierda que había hecho jamás. Y la más difícil.

Desde los dieciocho años ya tenía definido el camino frente a mí. Sabía que tenía que irme de Arlington y alejarme de mi madre y mi nuevo padrastro, quien ya había demostrado ser un verdadero imbécil. Planeaba hacerme de un nombre en el ejército. Convertirme en un héroe. Retirarme después de haber servido mis veinte años. Ése era el plan. Pero había cambiado.

La vida te hace ese tipo de cosas.

Pero ahora estaba recibiendo una segunda oportunidad de conocer a Lilly, de intentar ser el hermanastro que nunca consideré ser, y no iba a tomar eso a la ligera.

Fruncí el ceño ante el espejo. Mi reflejo me miraba de regreso, me juzgaba y concluía que yo no era suficiente. No había manera de evitarlo. Tenía que disculparme con Lilly. Y lo haría.

Me rasqué la cabeza y me alejé de mi reflejo.

—Debo irme. Tengo que ir a ver a la doctora Greene en quince minutos.

—Está bien. Nos vemos después —titubeó Tyler—. Cuéntale sobre lo de anoche.

—Lo haré —respondí.

Al regresar del extranjero, Tyler fue mi sistema de apoyo. Me ofreció irme a vivir su casa, pero él tenía un desfile perpetuo de mujeres que entraban y salían de su departamento. Así era como lidiaba con su estrés postraumático, y yo no quería que me arrastrara en eso. Estaba bien por mi cuenta.

Dejé mi teléfono y me lavé los dientes evitando ver el espejo. Sabía lo que vería. Ojos oscuros, cabello más oscuro, y un mundo de jodidez en mi alma. No necesitaba volverlo a ver.

Cuando llegué al consultorio de la terapeuta, me sobraban dos minutos. Ella era una doctora del ejército, pero tenía su consultorio en la zona elegante de Arlington. Cada vez que venía a consulta, me preocupaba encontrarme con alguien de mi vida pasada. Mi madre. Walter. Lilly.

Así que respiré aliviado cuando entré al consultorio sin que nadie me viera. Me acerqué a la secretaria, le di mi nombre, le mostré mi credencial del Departamento de Defensa y me senté en la silla de cuero color marrón. En cuestión de minutos la puerta se abrió.

—Jackson, pasa.

Forcé una sonrisa y me puse de pie. Luego pasé al lado de la doctora al entrar al consultorio.

—Estás tan guapa como siempre, doctora. Te queda bien el gris. Hace resaltar tus ojos.

—Oh, Jackson —dijo ella con un movimiento de la mano y se alisó el cabello grisáceo. Sus ojos color castaño brillaron divertidos.

Ya tenía más de sesenta y su esposo había muerto en la guerra. Desde entonces se había dedicado a ayudar a los soldados—. Eres tremendo. Mira que ponerte a coquetear con una vieja como yo.

Sonreí, me acomodé en su sofá y crucé la pierna con el tobillo sobre la rodilla.

—No puedo evitarlo. Tú haces que me olvide de las edades, doc.

Ella se sonrojó y se sentó.

—Dime cómo ha estado tu semana.

—Ay —respondí y dejé caer la cabeza hacia el respaldo del sofá con un suspiro—. ¿Vamos a entrar en materia directamente, verdad?

—Jackson.

—Está bien —murmuré—. No le he dicho a nadie que ya regresé, pero...

—Ya pasó un mes.

—Lo sé —titubeé—. Aunque vi a Lilly anoche. En el bar.

La doctora se inclinó hacia el frente.

—Tu hermanastra.

—Sí, así que ella ya sabe que regresé.

Asintió e hizo un ademán con la mano.

—¿Y cómo estuvo?

—No como hubiera querido —dije frotándome la nuca.

—Tú querías enmendar tus errores. Querías demostrarle que eres un buen tipo y que lamentas lo que sucedió en el pasado, haber huido y no contestarle —golpeó suavemente la pluma en su rodilla—. Asumo que no sucedió.

—No. Porque no soy un buen tipo. Soy un patán.

La doctora chasqueó la lengua.

—¿En qué habíamos quedado?

—Que no soy un patán.

Pero lo era. La historia no mentía.

—Muy bien —asintió la doctora—. Entonces dime qué sucedió.

—Ella fue amable. Perfectamente cortés. Pero yo estaba borracho y dije algunas cosas que no debería haber dicho. Algunas cosas inapropiadas —miré rápidamente a la doctora, sin entrar en demasiados detalles—. Quiero enmendarlo pero, ¿cómo puedo corregir las cosas si ni siquiera soy capaz de actuar bien por diez minutos cuando estoy con ella?

Ya le había contado a la doctora sobre nuestro pasado. Fue necesario cuando intenté explicarle por qué no quería decirle a mi madre que había regresado. Ese maldito beso... y cómo abandoné a Lilly cruelmente después. De hecho, ella me llegó a preguntar en sus cartas si la había utilizado. Pensaba que yo era ese tipo de hombre. Quizás lo fuera. A veces no estaba tan seguro.

La doctora tamborileó los dedos en el brazo de su silla y continúo:

—No sé. ¿Cómo *crees* que puedas hacerlo?

—Carajo, no sé —me pasé la mano por el rostro—. ¿Podría disculparme por haberla besado la primera vez, por nunca contestar sus cartas? ¿Podría pasar tiempo con ella sin ser un patán, ser amable y mostrarle que *sí* me agrada, a pesar de todas mis acciones de hace tantos años?

La doctora sonrió.

—Por algo se empieza. Pero, ¿por qué quieres hacer todas esas cosas?

—Ella siempre fue amable conmigo, incluso cuando nadie más lo era —dije encogiendo un hombro—. Quiero hacer lo mismo por ella.

La doctora Greene asintió.

—Y creo que es un buen inicio. Pasa más tiempo con ella. Muéstrale que has cambiado y que no eres el mismo chico de hace tantos años. Si ella pasa tiempo contigo lo verá por ella misma.

Asentí, pero en el fondo no sabía si tenía razón. Después de todo, yo seguía deseando a Lilly. Aunque sabía que no debía, ni podía desearla, así era.

Y eso era lo que me convertía en una persona tan mierda.

—No te noto convencido —me dijo la doctora.

—Es que... —la miré sin estar seguro de qué tan honesto quería ser–. Ella es muy hermosa y hay otras emociones antiguas en juego. Y está mal, y es enfermo y retorcido...

La doctora levantó la mano.

—No es tu hermana *real.* Que eso quede muy claro.

—Lo sé. Pero de todas maneras —me pellizqué el puente de la nariz–. Está mal, ¿no?

—Estaría mal si te aprovecharas de ella, o si la hicieras pensar que quieres más de ella de lo que es verdad —la doctora se recargó en la silla y se acomodó los anteojos–. Pero que pases tiempo con ella para conocer a la chica real no es malo. Mantén en mente que has madurado y cambiado en estos últimos siete años, ¿no es así?

Asentí.

—Bueno, pues podríamos pensar que ella también —sonrió la doctora–. Probablemente no la conoces tan bien como crees. Ya no.

Sonreí.

—No lo sé. Ella todavía tiene ese destello de ardor que oculta bajo su actitud recta y propia. Pero ni siquiera estoy seguro de que me quiera ver otra vez, no después de lo de anoche. No quiero presionarla.

—Bueno, pues entonces tendrás que preguntárselo después de disculparte. E intenta permitirle que te muestre cuánto quiere llegar a conocerte y deja que ella decida qué tan lejos llegar. Déjala guiarte y así no te excederás.

Tragué saliva.

—De acuerdo. Lo haré.

—Ahora, hablemos sobre el resto de tu semana...

Me froté la frente y bostecé.

—No he tenido pesadillas. Pero sí bebí hasta perder la memoria anoche, de ahí la estupidez que vio Lilly, y me metí en una pelea —hice una mueca–. Así que, este... no tan bien, creo.

La doctora suspiró.

—No tan bien.

—Pero estoy trabajando de nuevo. Pasé la prueba psicológica con excelentes calificaciones. Es un empleo de escritorio en el ejército para conseguir nuevos reclutas, y es mejor que nada, supongo —levanté un hombro—. Decidí que no quería salirme totalmente. Es mi vida.

Ella asintió.

—Aún estás ayudando a tu país.

En realidad no. No era estar en el campo disparándole al enemigo, ni cubriendo las espaldas de mis hombres, así que no era para nada lo mismo.

—Sí. Claro.

—¿Y el resto de la semana?

Le conté cada detalle aburrido sobre el resto de mi semana y, para cuando me fui, me sentía casi seguro de que ambos estábamos a unos cuantos segundos de quedarnos dormidos. Bostecé por millonésima vez, me despedí de la recepcionista, prometí regresar a la misma hora y el mismo día la siguiente semana y salí de vuelta al sol. Sólo había avanzado dos pasos cuando escuché una voz.

—¿Jackson?

Me tensé. Esa voz suave y musical recorrió mi cuerpo nuevamente y su efecto fue tan poderoso como lo había sido la noche anterior, cuando estaba borrachísimo. Me obligué a sonreír y me recordé a mí mismo que debía ser amable, tratarla como una hermana y amiga, y me di la vuelta.

—Lilly, hola.

Sí. Mierda. Enfrentarla fue un error. *Disciplina*. No podía olvidar mi autodisciplina. Permanecer tranquilo. Imperturbable. Calmado.

Traía un vestido floreado suelto que le llegaba a medio muslo y la brisa lo hacía volar justo lo suficiente para distraerme, y sus sandalias color marrón hacían juego con sus anteojos de sol. Se veía deliciosa. En especial cuando me sonrió como si lo de la noche anterior nunca hubiera sucedido.

—Parece que te sientes mejor.

—Sí —dije. Me rasqué la cabeza y miré por encima de mi hombro. Seguíamos frente al consultorio de mi doctora y en mi mente resonó su sugerencia de que tratara amablemente a Lilly—. Oye, perdón por la manera en que actué anoche, o por cómo pude haberlo hecho.

Ella dejó escapar una risita.

—Ni lo menciones. Todos nos excedemos un poco al tomar a veces. No pasa nada.

—Claro. Está bien. Gracias.

Se quedó viéndome. Yo le sonreí también.

Después de un rato, empecé a pensar que el silencio era incómodo. La sociedad dictaminaba que debía decir algo ahora. Algo amable y amistoso.

—Oye, ¿quieres ir por un café?

Mierda. ¿Por qué dije eso? Di que no. Por favor di que no.

—Me encantaría —dijo ella con alegría.

Vaya, doble mierda.

CAPÍTULO 4

Lilly

Jackson se sentó del otro lado de la mesa, frente a mí, pero nunca estuvo quieto. Se movía constantemente y se reacomodaba o miraba a su alrededor, como si anticipara que alguien nos fuera a atacar. Como si estuviera listo para pelear.

El viejo Jackson que yo conocía no era tan inquieto. Nunca se le veía impaciente ni caminaba ansioso de un lado a otro. Simplemente se quedaba parado, como un poste telefónico en una tormenta, sin doblarse jamás. Sin titubear nunca. Un hombre fuerte en el viento. Eso me hizo preguntarme, de nuevo, qué habría hecho durante la guerra. Empezaba a notar cómo lo había cambiado.

Después de dejarlo en su motel no pude dejar de pensar en él. En el chico que había sido y el hombre que era ahora.

Cuando era joven e inocente no le creí a mi padre cuando me dijo que Jackson me había utilizado para que lo corrieran de la casa. Para ser libre. Pero conforme fui creciendo y haciéndome más sabia, me di cuenta de que era cierto. Que yo había sido el medio para alcanzar un fin. Pero de todas maneras... no lo odiaba.

¿Cómo podría odiarlo, cuando yo quería lo mismo que él? La libertad de vivir mi propia vida, de la manera que yo quisiera, y que mi padre me amara y me aceptara como yo era. Pero yo nunca obtendría eso. Besar a Jackson no me liberaría. Necesitaba algo mucho más grande.

—Estás muy callada —dijo mirándome con sus intensos ojos castaños. Yo no era de las chicas que se desmayaban por los ojos color café. Prefería los azules, verdes o incluso color miel. Pero en Jackson, vaya, funcionaban muy bien—. Cuando estás callada, por lo general estás enojada por algo. ¿Qué te molesta ahora, niñita?

El irritante apodo me hizo poner los ojos en blanco.

—Créeme, no quieres saber.

—¿Cuando se trata de ti? —se inclinó hacia mí luciendo demasiado serio para esa hora del día—. Créeme, sí quiero saberlo. Quiero saberlo todo.

Era gracioso porque no se había molestado siquiera en intentar hablar conmigo en, bueno, siete años. Pero no se lo dije.

—¿Por qué estás aquí, en esta parte de la ciudad? —le pregunté rápidamente—. Digo, ya sé que no quieres que tu mamá sepa que regresaste y eso, pero, ¿por qué venir para acá entonces?

Él resopló con una risa para responder:

—Guau. Uno pensaría que eres del ejército con ese cambio de actitud tan perfectamente ejecutado.

—No necesito entrenamiento para hacer eso —le respondí encogiéndome de hombros—. Lo he hecho toda la vida. Estando con papi, en realidad no te queda de otra.

—Mierda, ¿le sigues diciendo «papi»?

—De nuevo, ¿tengo alternativa? Cada vez que trato de decirle «papá» o «padre», se niega a responderme —me quedé viéndolo y no aparté la mirada—. ¿Por qué estás aquí?

—Tuve una cita —dijo. Puso su café sobre la mesa, apretó la mandíbula e impulsó la silla hacia atrás para que quedara en dos patas en vez de cuatro—. Con la loquera.

—Ah.

No estaba segura de qué responder. ¿Estaría bien? ¿Era algo sobre lo que quería hablar? Probablemente no. Digo, ¿quién quiere hablar sobre las profundidades de su mente con personas que no ha visto en siete años? En ese momento, yo era simplemente alguien que había conocido en el pasado.

—Está bien. Estoy bien —dijo tamborileando con los dedos en la mesa—. No tengo ataques de pánico ni fantasías suicidas ni nada por el estilo. Se acostumbra que alguien como yo se reúna con algún especialista una vez a la semana. Y me han estado evaluando y estudiando y toda esa mierda, es parte del paquete cuando —interrumpió sus palabras y se pasó las manos por la cara—, cuando te dan un nuevo trabajo de escritorio y todo eso.

—¿Tienes un nuevo trabajo?

—Soy reclutador. Era eso o salirme por completo del ejército. No quería lo segundo, así que me quedé —dejó caer las patas de la silla al suelo y quedó de nuevo nivelado—. Tal vez ya no esté en el campo de batalla, salvando hombres, pero estaré ayudando a que otros lo hagan y eso tendrá que ser suficiente para mí —dejó de hablar y se veía un poco avergonzado. Como si tal vez no hubiera tenido la intención de decirme eso—. Es suficiente.

—Por supuesto que es suficiente —concordé. Estiré la mano, titubeé, pero luego la puse encima de la suya—. Es sorprendente lo que has hecho. Lo que continúas haciendo. Siempre lo he pensado. Pero, ¿por qué tienes este nuevo empleo, si no estás convencido?

—Bueno, me hirieron.

Lo mencionó con tanta tranquilidad. Como si no importara.

—¡Dios mío! ¿Qué? ¿Cuándo?

—Estoy bien. Fue hace poco más de un mes y obviamente sobreviví —dijo todavía tamborileando los dedos—. Pero mis días de tirador se acabaron. La terapeuta dice que hay que aprovechar lo que la vida te lance y adaptarse. Así que eso es lo que estoy intentando hacer. Adaptarme.

Había hecho tanto en su vida. Había visto tanto. Había peleado. Había sobrevivido. Tal vez incluso había muerto un poco allá afuera. ¿Yo qué había hecho? Fui a la escuela, me opuse a un matrimonio y tal vez perdí esa batalla. Ese beso con él fue el único momento emocionante de mi vida y él probablemente nunca volvió a pensar en eso. Era increíble; era mi primer amor...

Y a él ni siquiera le *importaba*.

—Es una buena manera de verlo —dije aunque mi voz seguía tensa por todas las preguntas que quería hacerle pero no podía. No lo haría.

Él se frotó la cabeza y suspiró.

—Mira, hay algo que tengo que decirte. No es fácil y sé que no arregla las cosas, pero lo lamento.

—Está bien... —tragué saliva—. ¿Qué es lo que lamentas?

Él le dio la vuelta a su mano, tomó mis dedos y los apretó. Se movió tan rápido que apenas lo alcancé a ver.

—Aquella noche, junto a la piscina, no debimos hacer eso. No debí haberte incitado, ni respondido el beso.

—¿Entonces por qué lo hiciste? —pregunté mirando nuestras manos.

—No lo sé. Algo cambió esa noche entre nosotros y la cosa es que... no pude contenerme. A pesar de que sabía que estaba mal y que si nos descubrían me correrían de la casa, lo hice de todas maneras. ¿Te metí en problemas?

—Un poco. Pero mi padre te culpó a ti principalmente. Siempre lo hace —me mordí la lengua—. ¿Pero eso era lo que querías, que te corriera?

—Lilly —dijo con una exhalación prolongada—, muy en el fondo creo que sí fue una especie de rebelión. Odiaba a tu padre. Mi mamá no estaba defendiéndome. Y tú estabas ahí y me mirabas y yo sabía... —se pasó la mano libre por el cabello y dejó escapar una breve risa—. Mierda, fue algo enfermo. Y estuvo mal. Tú eras tan joven, demasiado joven para un tipo como yo, y siento mucho haberlo hecho.

Yo asentí. Mi corazón latía acelerado. Jackson me había respondido muchas preguntas pero todavía me hacía falta que contestara una más.

—¿*Querías* besarme?

Él lo pensó antes de responder.

—¿Qué quieres decir?

—Quiero decir... —retiré mi mano y la dejé caer en mi regazo. Así me sentía más segura. Me confundía que me estuviera tocando, me hacía sentir como si él controlara la conversación, y yo necesitaba hacerlo más que él. Como mínimo, necesitaba controlarme a mí misma—. ¿Siquiera querías besarme o simplemente fue una manera para lograr que te corrieran de la casa y así poder ser libre de tomar tus propias decisiones?

Él levantó las manos.

—¿Importa? Sucedió hace siete años. Lo que haya sentido o no hace tantos años ya dejó de existir. La gente cambia. Yo cambié, sin duda. Estoy seguro de que tú también.

Me mordí la lengua y continúe:

—Sólo necesito saber si fue simplemente para irte o si, en el fondo, querías besarme. Si tú... digo, yo sí. Yo quería. Obviamente —levanté la barbilla—. ¿Tú?

Él se quedó viéndome tanto tiempo que seguramente ya no respondería. Se pondría de pie y se alejaría caminando sin decir otra palabra. No debía ser tan difícil para él admitirlo. No era algo sucio o enfermo. No crecimos como hermanastros todas nuestras vidas. La atracción existía. Y reaccionamos. ¿Por qué es tan malo eso?

—Mierda, yo... yo... —volvió a empezar a tamborilear con los dedos en la mesa—. Sí. Quería besarte. Tenía dieciocho años, tú eras hermosa y dulce, y la única persona que fue amable conmigo en esa casa. Así que sí. Sí quería. Mucho.

Mi ritmo cardiaco se aceleró y mi respiración se agitó.

—Está bien.

—Pero eso no cambia el hecho de que te usé —dijo y me sostuvo la mirada. Dejó de tamborilear—. No lo hice sólo para escaparme, pero, en el fondo, así fue exactamente como sucedió. Sabía cuáles serían las consecuencias si me descubrían. Me arriesgué a eso y no me aseguré después de que tú estuvieras bien. A pesar de que sabía que yo te gustaba, nunca te pregunté siquiera si estabas bien. Y por eso estoy profunda y verdaderamente arrepentido. No merecías eso y yo nunca debí habértelo hecho. ¿Me puedes perdonar?

Yo tragué saliva y miré por la ventana. Al parecer conseguí mis respuestas y no se sentían demasiado bien. Pero al menos ahora lo sabía. Y él parecía sinceramente arrepentido. Eso tenía que contar para algo.

—Tienes razón. No fue algo lindo pero lo entiendo. Incluso entonces lo entendí. Tú querías irte, así que hiciste algo que te ayudara a lograrlo. Créeme, conozco ese sentimiento demasiado bien.

—¿Por qué? —volvió a empezar a mecer la silla hacia atrás. Se equilibraba con tanta facilidad. Sin esforzarse. Si yo hubiera intentado eso, probablemente me hubiera resbalado y caído de sentón—. ¿Te sientes atrapada por tu padre y todos sus planes?

Sí. Por un matrimonio que no quería pero del cual todavía no descubría cómo escaparme. Así que le seguía la corriente. Actuaba como si tuviera toda la intención de casarme con Derek. Y eso me estaba matando porque, en el fondo, tenía miedo de no poder idear una manera de escaparme.

—Ésa es la pregunta de mi vida —dije con una risa incómoda—. Todo está bien. Estoy intentando resolverlo.

—¿Cómo? ¿Qué es lo que tienes que resolver?

Me le quedé viendo pero no contesté al principio. Porque aunque había estado buscando otras maneras de salvar la compañía de mi padre, hasta el momento no había tenido éxito. Thornton Products se fusionaría con Hastings International para convertirse en una compañía imparable de envíos y distribución. La inyección de efectivo que traería el padre de Derek a nuestra compañía la salvaría de apuros, y nuestros derechos de comercio global en un número ilimitado de países le serviría a la suya para expandir su alcance.

Pero para que eso sucediera, las familias tenían que unirse. Y si no lo hacían, ambas compañías fracasarían y miles de personas inocentes perderían sus empleos por negarme a casarme con Derek Thornton III.

Si todo se resumiera a eso y la única manera de salvar a miles de trabajadores del desempleo fuera casarme con ese tipo, ¿realmente podía decir que no? ¿Podría alejarme? No estaba tan segura de poder o querer hacerlo, y eso me aterraba.

—Todo. Todo necesita resolverse.

Se quedó mirándome, como si estuviera esperando que yo hablara más del tema pero, cuando vio que no lo hice, dejó que la silla volviera a caer al piso.

—Si en algún momento necesitas hablar, dímelo. A pesar de mis actos en el pasado, sí me importas. Y me gustaría que fuéramos amigos.

—Gracias —dije y forcé una sonrisa—. Pero ésta es una batalla que debo pelear por mi cuenta.

—Está bien. Pero si eso cambia...

No continuó. No necesitó hacerlo. Nos miramos mutuamente y ninguno de los dos habló. Después de un rato, él se reacomodó en la silla y miró por encima de su hombro.

—Había olvidado lo bonita que es esta parte de la ciudad.

—¿Cuánto tiempo vas a quedarte en tu... motel?

Él rio y contestó:

—Apenas merece ese calificativo.

Reí un poco.

—Sí. Es... interesante.

—Así es —volvió a mirarme—. El tiempo que me tome conseguir algo propio. Estoy ahorrando y la habitación es súper barata, así que eso ayuda.

Titubeé. Entendía eso, claro, pero era tan distinto a lo que él estaba acostumbrado. A lo que ambos estábamos acostumbrados. Y no me gustaba saber que vivía en un área donde tenía las mismas probabilidades de que lo asaltaran como de tropezar con una piedra.

—¿No conoces a alguien con quien te puedas quedar?

—Mi amigo Tyler me ofreció su casa, pero no me sentiría cómodo estando con él —frunció el ceño—. Es un buen tipo y todo, pero es demasiado fiestero y yo estoy tratando de alejarme un poco de eso. Estoy intentando no salir a emborracharme tan seguido, contrario a lo que viste anoche. Simplemente me distraje ayer.

Asentí y deseé poderlo ayudar. Me hubiera gustado que no viviera en ese lugar, pero, ¿qué podía hacer al respecto si se negaba a decirle a nuestros padres que regresó?

—No pensé que salieras de fiesta constantemente, para que lo sepas. Y gracias por acercarte a ayudarme anoche.

—Es lo menos que podía hacer, considerando... —movió la mano hacia mí—. Bueno, considerando todo. Tú entiendes.

El hecho de que se sintiera tan mal por lo que hizo, durante tantos años, me demostró lo mucho que había cambiado. Al viejo Jackson no le importaría. Se hubiera alejado sin el más mínimo asomo de arrepentimiento. Pero éste, éste que tenía frente a mí, era distinto.

Y merecía una segunda oportunidad.

—¿Qué tal si le dices a tu madre que regresaste? —pregunté y bebí mi café—. ¿Realmente sería tan malo?

—No estoy listo —empezó a mover la rodilla de arriba a abajo—. No recorreré ese camino hasta estar listo y estar decidido. Necesito más tiempo.

¿Más tiempo para qué? Yo no lo sabía.

Pero eso no era de mi incumbencia.

—Está bien —le sonreí y él parpadeó en mi dirección, como si lo hubiera sorprendido—. Tu secreto está a salvo conmigo. Prometo no arruinarlo.

Él estiró la mano, la puso sobre mi mejilla y también me sonrió.

—Gracias. Incluso eres más hermosa que antes, Lilly. Tanto en el interior como en el exterior.

Me recargué contra su mano sin tener realmente la intención de hacerlo. Pero su palma contra mi piel se sentía bien. Como si así debiera ser siempre. Y supe que mis sentimientos por él no habían muerto. Él podría haber cambiado y tal vez ya no me deseara, pero yo a él sí. ¿Y si detectaba la más mínima señal de que él todavía me deseaba?

Nada me impediría tenerlo.

—Gracias, Jackson. Tú también.

Él se quedó mirando su mano en mi mejilla como si no estuviera seguro de cómo había llegado ahí. Empujó su silla hacia atrás, se puso de pie y retiró la mano.

—Mira, me dio gusto que nos pusiéramos al día y me alegra que hayamos aclarado las cosas. De verdad. Pero debo irme.

—Me dio gusto verte de nuevo —respondí con suavidad—. Si necesitas algo, avísame.

Él asintió, se despidió con un ademán, tomó su café y salió de mi vida. Otra vez.

CAPÍTULO 5

Jackson

A la mañana siguiente, el encuentro con Lilly seguía aún fresco en mi mente. Había sido agradable verla y hablar con ella. Por otro lado, me dio la impresión de que, con mi disculpa, logré esclarecer esa situación. Y ella pareció aceptarla. Rectifiqué mi error. Demostré que había cambiado. Pero la cosa era que no estaba tan seguro de que fuera verdad. A pesar de todo, todavía la deseaba.

Cerré la llave del agua, puse mi cepillo de dientes en su lugar, lo acomodé hasta que quedó exactamente como quería y me sequé las manos. Luego limpié el lavabo y me aseguré de que el baño estuviera ordenado antes de salir. Tal vez este motel fuera una porquería, y tal vez mi superior no vendría a inspeccionar mi cuarto todas las noches, pero era lo único que tenía. Y los viejos hábitos, esos hijos de puta, son difíciles de romper.

Al mover los hombros en círculos el dolor me hizo encogerme instintivamente. Los músculos localizados justo bajo mi hombro siempre me dolían en el sitio donde ese pendejo del ISIS me había disparado. No fue la primera vez que me hería el fuego enemigo, pero sí fue el disparo que terminó con mi carrera. Una simple bala fue lo único que hizo falta para arruinar todos mis planes y matarlos. Qué mal que no me matara a mí también. A veces deseaba que lo hubiera hecho.

Escuché que alguien tocaba a mi puerta. Fruncí el ceño porque no estaba seguro de quién podría ser. Nadie sabía dónde estaba. Nadie salvo... *Lilly*.

Me puse unos pantalones deportivos y caminé a la puerta pasando las manos por mi cabello. Si era Lilly, debía tener cuidado. Asegurarme de no hacer ninguna estupidez. Otra vez. Había logrado mantener las cosas tranquilas el día anterior y necesitaba hacerlo nuevamente hoy.

Después de abrir la puerta, la saludaría con cortesía, le agradecería la visita y la mandaría de regreso antes de decir o hacer cualquier cosa que pudiera arruinar el momento. Acomodé los músculos de mi cara para que formaran una sonrisa estúpida, hice girar la perilla y tiré de la puerta.

Casi me ahogué con las palabras que estaba listo para pronunciar porque ahí, en mi puerta, envuelta en un fino vestido blanco, con tacones negros y un sombrero para el sol, estaba Lilly Hastings. Anticipaba que sería ella, pero nada me preparó para lo despampanante que lucía esa mañana. Mi estómago se tensó, al igual que mi pecho, como si alguien me hubiera dado un puñetazo.

Se veía tan pura, limpia y buena. Todas las cosas que yo no era. Y, en vez de decir «Gracias por venir» u «Hola, ¿cómo estás?», me sorprendí diciendo:

—¿Qué demonios estás haciendo aquí de nuevo?

Ella apretó su bolso con una mano e intentó no tirar los dos vasos de café que sostenía en la otra. Traía anteojos oscuros pero casi podría jurar que sentí cómo su atención se trasladaba hacia el sur y se posaba en mis abdominales.

—También es un gusto verte, Jackson.

—Perdón. Perdón. Hola. ¿Cómo has estado? —me recargué en la entrada, demasiado consciente del hecho de que lo único que traía puesto eran unos pantalones deportivos muy holgados, mismos que no ocultarían absolutamente nada si permitía que los instintos primigenios de mi cuerpo tomaran el control—. Eh, ¿quieres entrar?

—Claro —dijo y pasó a mi lado dejando tras ella una estela de perfume costoso para estimular mis sentidos. Me había equivocado la otra noche. No sólo olía a flores. Había una pizca de vainilla también—. ¿Cómo estás?

Cerré la puerta detrás de ella pero me quedé en el mismo lugar. No estaba seguro de por qué estaba ahí ni por qué había traído café y una bolsa de papel con alguna otra cosa, pero no quería equivocarme con ella... *de nuevo.*

—Estoy bien. A punto de irme al trabajo.

—Ah, claro. Por supuesto. Yo también —se quitó los anteojos oscuros y me sonrió. Me recargué en la puerta, me crucé de brazos e intenté fingir que su presencia en mi motel, con ese aspecto fresco como una suave brisa primaveral, no me alteraba—. ¿Estás seguro de que estás bien?

Carraspeé un poco y moví los pies con la esperanza de que no se acercara más.

—Sí, ¿por qué?

—Te ves nervioso o algo.

—No lo estoy —me froté la nuca—. No debiste haber venido aquí. No porque sepas dónde vivo o porque me trajiste cuando estaba borracho quiere decir que debas pasar así como así. Este rumbo no es precisamente agradable.

Me quedé viendo su trasero porque estaba ahí. Y era perfecto. Tendría que haber sido un santo para no admirar la manera en que su vestido se adhería a sus curvas, y yo estaba lejos de ser un santo.

—Lo sé. Pero pensaba en lo que dijiste, y...

—Si esto es sobre lo que dije cuando estaba borracho, lo que sea que haya sido, no era mi intención —dije y me forcé a apartar la mirada de su trasero porque eso más o menos demostraba que *sí* había sido mi intención—. Yo no...

—¿Qué? No. Está bien. Estuvo bien —dejó los anteojos en la mesita con cuidado, como si temiera que la mesa se fuera a romper si se apoyaba demasiado, y puso el café y la comida ahí también—. Cuando están borrachos, todos dicen cosas de las cuales se arrepienten.

Apuesto a que ella no lo hacía. Diablos, apuesto a que nunca había estado borracha. Sentí unas ganas irracionales de emborracharla por completo. Seguro era de las que se reían de todo.

—Sí.

Se hizo un silencio incómodo y ella recorrió la horrible habitación del motel y pasó sus dedos sobre algunas cosas. Yo seguía sin moverme de la puerta, bastante consciente de que probablemente todo el cuarto era del tamaño de su clóset en casa.

Estoy seguro de que ella pensaba lo mismo.

En el mejor de los casos, este lugar estaba descuidado. En el peor, era de dudosa reputación. Pero cuando regresé a la ciudad me hacían falta un poco de tiempo y espacio para pensar. El ejército normalmente envía a los hombres heridos de regreso a su base original, pero yo hubiera preferido que no me enviaran acá. No estaba listo para enfrentar a mi madre todavía. No hasta que tuviera un plan definido de qué quería hacer con mi vida. El motel estaba en la única zona de la ciudad a la que podía ir sin que me reconocieran. Ningún amigo mío visitaba estos rumbos. Carajo, ni siquiera *yo* solía venir aquí. Pero ella sí lo hizo. Dos veces y por mí.

Y, con un carajo, ¿por qué se ponía a caminar así? Lentamente, balanceando las caderas, con el cabello meciéndose. Eso me provocaba cosas. Cosas que estaba haciendo mi mejor esfuerzo por ignorar. Ella me descubrió mirándola y sonrió. Yo dejé caer las manos a mis costados.

—Apuesto que te estás preguntando por qué vine —dijo con una voz suave y provocadora—. Y qué será lo que quiero.

—Eh... —parpadeé y me obligué a salir de mis pensamientos y fascinación por el movimiento de sus caderas. ¿Era yo o su tono

66 • JEN MCLAUGHLIN

era de coqueteo, seductor? *Irresistible.* Los años en el desierto obviamente estaban surtiendo efecto en mi mente y necesitaba acostarme con alguien lo más pronto posible–. Sí, me gustaría saberlo.

Después de que hiciera su recorrido por la habitación, se detuvo frente a mí, demasiado cerca para mi gusto. En especial porque no podía evitar sospechar que estaba coqueteando conmigo.

—Vine a tomar la oferta que me hiciste. Creo que mencionaste algo sobre cogerme hasta que no volviera a sentirme limpia.

Vaya, carajo. ¿Había dicho eso? Sonaba como algo que yo diría. Y algo que haría.

Tragué saliva pero sentí como si tuviera una enorme bola de algodón atorada en la garganta. Por un segundo consideré tomarla en mis brazos. Hacer exactamente eso. Pero luego recordé que estaba intentando ser un mejor hombre y no pude.

—Yo… este… Lilly…

Ella empezó a reír y se sostuvo el estómago con una mano.

—Oh, por Dios, deberías ver la cara que tienes. Es broma, por supuesto.

Sospeché que la cara de la cual se reía ya había desaparecido.

—Ja, ja, qué graciosa.

Pero lo cierto era que sí había sido gracioso. Hubiera preferido que Lilly fuera una especie de hijita de papi, toda refinada y mimada, alguien que me hubiera resultado fácil hacer a un lado, pero no lo era. Ella se estaba *burlando*. Y era *gracioso*. Seguía siendo endiabladamente ingenua y mucho más inocente de lo que intentaba fingir, pero me agradaba. Y eso era algo peligroso si tomábamos en cuenta que también la deseaba.

—Gracias, estaré presentando mi show toda la semana —tomó mi mano, la colocó con la palma hacia arriba y me dio una llave dorada. Sentir su mano suave me aceleró el pulso—. Pero la razón real por la que estoy aquí es porque he estado pensando sobre lo que dijiste. Sobre vivir en este lugar.

Arqueé una ceja porque no estaba seguro a dónde se dirigía, pero agradecido de que no se presentó para hablar sobre algo que yo hubiera dicho borracho, por lo menos.

—¿Por qué me estás dando una llave? ¿Y cómo supiste en qué habitación estaba?

—El amable señor de la recepción fue muy atento y no tuvo problema en decirme en qué habitación estaba mi «esposo» cuando se lo pregunté y le enseñé un poco de mi escote.

Mis dedos se enroscaron para formar un puño y obligué a mis ojos a no distraerse mirando hacia su pecho. Ya sabía que era espectacular.

—Ah, de acuerdo.

—¿Eso es una... —acercó con cuidado una mano temblorosa para tocar la piel encogida en mi hombro que marcaba el sitio donde la bala de un enemigo puso fin a mi carrera. El roce de sus dedos hizo que algo oscuro y primigenio fluyera por mis venas—, herida de bala?

Yo miré hacia abajo, a la cicatriz.

—Sí. La que hizo que me mandaran de vuelta.

Yo era francotirador y, si alguien de mi profesión no puede apuntar con precisión a causa de un daño muscular, no puede seguir siéndolo. Y es enviado a casa. Me encabronaba no poder estar más en el campo de batalla, protegiendo a mis hombres.

—Oh —dijo con un leve estremecimiento. Dio un paso hacia atrás y dejó caer el brazo a su lado nuevamente—. ¿Te importa si me siento?

—Por favor.

Se quitó el sombrero y se alisó el cabello rubio. No tendría que tomarse la molestia. Su peinado seguía estando tan impecable como el resto de ella. Todavía tenía esas ondas suaves que capturaron mi atención alcoholizada la otra noche. No sentí ninguna diferencia al estar sobrio. Enrosqué los dedos alrededor de la llave misteriosa que me había dado.

—Te traje café y una dona. Con cobertura de chocolate. Tu favorita. O al menos ésa era antes. ¿Lo sigue siendo?

¿Ella sabía cuál era mi dona favorita? Demonios, apostaría que ni mi madre sabía eso.

Asentí y ella se quedó sentada en el borde del repugnante sofá. Era color marrón y mostaza y probablemente provenía directamente de la década de 1970 o de alguna película pornográfica... o de una película pornográfica de la década de 1970. El material contrastaba mucho con la palidez de su piel suave. Piel que yo no podía ignorar sin importar cuánto trataba de concentrarme en el horrendo sofá porno.

Eso inexplicablemente me hizo preguntarme si ella alguna vez habría visto una película de adultos. Tenía la sensación de que había muchas cosas que nunca experimentó, y quería ser yo quien se las mostrara. Que supiera cuánto se estaba perdiendo.

—¿Por qué me diste una llave?

—Porque —dijo mientras se alborotaba un poco el cabello—, porque quiero ofrecerte un lugar para quedarte.

Parpadeé.

—¿Dónde?

—Cuando era pequeña, mi papá consiguió una casa para que viviéramos durante un tiempo, mientras construían la nuestra. Sólo la habitamos unos cuantos meses, pero a mí me gustó tanto que le rogué que no la vendiera, que la conservara.

Pasé mi pulgar por la llave y entendí pronto a lo que se refería.

—¿Todavía la tienen?

—Sí. Es de él. Y ésa es la llave de la puerta principal —se frotó el bíceps lentamente—. Me gustaría que te quedaras ahí. Papi no tiene por qué enterarse. Yo no le diré.

No iba a mentir. Salir de este sitio de mierda me apetecía. Me sonaba incluso maravilloso. Pero parecía casi demasiado bueno para ser verdad. Y en mi vida eso, por lo general, significaba que era realmente así.

—¿Cuál es el inconveniente? ¿Cuánto cuesta la renta?

—No tienes que pagar nada. Eres mi amigo y mi hermanastro y quiero hacer esto por ti —dejó de frotarse el brazo y se abrazó con fuerza—. Pero sí hay una especie de inconveniente y es algo que tal vez no estés dispuesto a aceptar.

Me tensé.

—¿Qué es?

—Bien, pues verás, no está desocupada —se mordió su delicioso labio inferior rosado—. Yo también vivo ahí. Sola.

Vaya, carajo. Eso no iba a funcionar. Apenas podía controlar mis molestos impulsos cuando la veía en dosis pequeñas. Si viviera con ella estaría jodido.

—Lilly...

—Espera —dijo con una mano levantada—. Antes de que protestes, quiero decirte que creo que sería una idea maravillosa. Podríamos conocernos, ya que como tú mismo dijiste, ya pasaron siete años. Me agradas, Jackson. Siempre me has agradado. Y ahora tengo la oportunidad de ayudarte. Por favor déjame. Quiero hacerlo.

—No creo que sea buena idea —dije intentando mantener una voz inexpresiva y dejé la llave frente a ella—. ¿Qué pasaría si tu padre se entera? Le daría un puto paro cardiaco.

Ella hizo un gesto de dolor.

—No se va a enterar. No es exactamente del tipo de persona que pasa a visitarme cuando está por el rumbo. Cuando papi quiere verme, me convoca. No al revés. No se enterará.

Intenté encontrar otro motivo por el cual no funcionaría. Cualquier cosa salvo la verdad.

Pero no se me ocurrió nada.

—Sólo acepta la llave. Y piénsalo —me volvió a arrojar la llave y la atrapé por reflejo—. Si decides aceptar, tienes la llave. Y ya está.

Envolví el objeto en mis dedos y nuevamente lo sostuve dentro de mi puño cerrado. Ella cruzó y descruzó las piernas y yo me le quedé viendo. No importaba cuánto intentara ignorar la lujuria que me agitaba el vientre, no lograba que me dejara en paz.

—Gracias. Pero tengo que serte honesto. No creo que deba mudarme contigo —dije con franqueza.

—¿Por qué no? —se lamió los labios, descruzó las piernas y se inclinó al frente. Eso le resaltaba los senos. Algo en lo que yo no debería estarme fijando, pero lo hice. Tendría que estar muerto para no notarlo—. ¿Qué te preocupa?

—Bueno, pues ya no somos niños —me separé de la puerta, crucé la habitación y me paré frente a ella. Sólo nos separaba la mesita. Me obligué a que mi atención permaneciera arriba de su cuello—. Y realmente no nos conocemos, para empezar.

Ella sacudió la cabeza.

—Eso no es cierto.

—Sí lo es. ¿Cómo sabes si no ando por la casa desnudo todo el tiempo?

—Yo… —sus párpados se movieron hacia abajo. Esta vez no sólo lo sentí sino que lo *vi*. Abrió la boca, la cerró, y sus mejillas se sonrojaron de un atractivo tono rosado—. ¿Lo haces?

Su voz se hizo más grave al hacerme esa pregunta. No había duda respecto a *eso*.

—A veces —pasé las manos por mi cabello e hice un esfuerzo por obligar a mi pene a ignorar la invitación abierta en la mirada de Lilly. No echaría esto a perder. No seguiría mis impulsos inadecuados. No con *ella*—. Pero, seamos honestos, no nos hemos mantenido en contacto ni nada. Sólo vivimos en la misma casa hace varios años. En el momento en el que salí de ahí no volví a verte.

—Pero nos mantuvimos en contacto —se puso de pie, levantó la barbilla y me miró fijamente desde detrás de esa pequeña naricita a pesar de que era prácticamente treinta centímetros más baja que yo—. Al menos *yo* sí lo hice.

Algo se retorció en mi pecho. La explicación por no responder a sus cartas estaba en la punta de mi lengua, quería disculparme por nunca haberle dicho que las había recibido, pero me tragué las palabras. Ella no necesitaba una disculpa por eso y yo no necesitaba justificarme. Lo hecho, hecho estaba. No había manera de cambiarlo.

Hice cosas peores en mi vida que no responderle una carta a una chica, aunque fuera ella. Como aquel *beso*.

Lo que realmente se merecía era una disculpa pero no por el asunto de las cartas. Era por el hecho de que ella me abrió su corazón, había admitido que me amaba y yo nunca le respondí. Yo actué así para dejarla libre, claro, pero de todas maneras eso fue nefasto. A pesar de que nunca le diría esas palabras a ella, a pesar de que no podía, ella debía saber que no significó solamente una puerta para liberarme. Debía saber que me importaba. Que me seguía importando.

Pero no podía ser de manera romántica. No podíamos estar juntos. Ella seguía mereciendo algo mejor. Seguía siendo alguien destinado a otras cosas más importantes que yo. ¿Y ahora quería que me fuera a vivir con ella? Era una muy mala idea. Terrible. Pero mientras intentaba convencerme de eso, escuché la voz de la terapeuta en mi mente, animándome a pasar más tiempo con mi hermanastra. Diciéndome que le permitiera mostrarme cuando ella estuviera lista y que me diera lo que quisiera. Que la dejara llevar la batuta.

Bueno, pues lo hizo. Me dijo lo que quería. Y ahora yo tenía que decidir si me sentía cómodo dándole lo que quería o no. Si estaba dispuesto a responderle a aquella chica que siempre me dio tanto a mí.

—Que vivamos juntos es mala idea. No puede salir nada bueno de todo eso. No va a funcionar.

Ella se cruzó de brazos.

—Dame una buena razón para decir que no.

No podía decirle que era porque lo último que se me ocurría al verla era que era mi *hermana*, maldita sea. O que quería besarla de nuevo, sólo que esta vez de verdad. Sin intenciones ocultas. Pero ella no podía saber eso porque yo no podía hacerlo. No lo haría. Ese camino no nos llevaría a ninguna parte que valiera la pena ir y yo no la volvería a lastimar.

—Ya te lo dije. No nos conocemos.

—Eso no es suficiente —dijo frunciendo el ceño y sacudió la cabeza—. Inténtalo de nuevo. Te espero.

Luché contra mi reacción instintiva de poner los ojos en blanco y busqué en mi cerebro alguna otra buena razón. Me vino a la mente una conversación de dos noches atrás y usé esa información con la esperanza de que no fuera producto de mi imaginación.

—¿Qué pensaría tu prometido?

Ella se encogió un poco al escuchar la palabra.

—No es mi prometido. No importa lo que digan papi o el señor Thornton, o siquiera Derek. No traigo anillo. Pero además, él ya sabe. Yo…

—Espera. ¿Le *dijiste* a él incluso antes de *preguntarme* a mí?

Se sonrojó.

—Sí, pero no te preocupes. Le insistí en que acababas de regresar de la guerra y que todavía no estabas listo para salir a convivir con la sociedad. Juró guardar nuestro secreto —titubeó un poco—. Es bueno para eso. Créeme.

—Tal vez diga que no tiene problema con que yo viva contigo ahora —resoplé—. Pero créeme, no lo dice en serio.

—Deja que yo me preocupe por eso y tú olvídalo —dio la vuelta a la mesa y se detuvo directamente frente a mí. Si se acercaba más averiguaría en carne propia la razón real por la cual no podíamos vivir juntos—. Tienes razón sobre algo. Nunca llegamos a vivir juntos. Ésta es la oportunidad perfecta para que nos conozcamos. Para que seamos como una… *familia*.

Familia mis huevos. Ella no era ni sería nunca mi familia. Doblé los dedos sobre mi pulgar.

—Dudo que nos llevemos bien ahora. O podríamos llevarnos *demasiado* bien.

—Oh. Oh —se sonrojó—. Te preocupa que yo no pueda controlarme si estás cerca. Ése es el problema, ¿verdad?

No estaba seguro de qué responder a eso porque en realidad era lo contrario.

Así que no dije nada. Sólo me quedé mirando el desteñido papel tapiz de color azul y blanco que se despegaba en ciertas partes de la pared.

—¿Esto tiene que ver con ese estúpido beso? —dejó escapar una risita y levantó los brazos antes de volverlos a dejar caer a sus costados—. Porque según lo que yo recuerdo, tú empezaste. Me preguntaste si quería besarte, y sí quería.

Crucé los brazos y me obligué a sonreír con pedantería. Cualquier cosa que ocultara el hecho de que ahora, en esta habitación de mierda de un motelucho, todavía sentía muchas ganas de besarla, *muchas*. Que siempre las había tenido y que ése era el problema real.

—Ah, pero tú fuiste quien lo hizo. Tú me besaste. Así que, técnicamente...

—Algo me dice que ya seré capaz de controlarme cuando esté cerca de ti. Contrario a lo que pareces creer, no me estoy muriendo de deseo por ti —me miró y sus ojos reclamaban honestidad. Honestidad que yo no estaba preparado ni dispuesto a ofrecer—. ¿O estás más preocupado por ti mismo?

Sí, demonios, sí lo estaba. Pero no podía decírselo a ella.

—Oh, no estoy preocupado por mí *para nada*.

Ella dejó escapar una risa corta.

—Guau. Está bien, entonces. Gracias por ser brutalmente honesto y por intentar no desilusionarme mucho.

Al principio no dije nada. Que ella pensara que yo no tenía ningún deseo de tocarla me serviría a la larga.

—Debo ser honesto, ¿no?

Su pecho subía y bajaba agitado mientras me veía. A pesar de que deseaba asustarla para que se alejara, un deseo mayor me hizo mirar hacia abajo. No había fuerza en la naturaleza capaz de evitar que admirara el hermoso escote que exhibía.

Como si me hubiera leído la mente, dio un paso atrás y se cruzó de brazos.

—Sabes, pensé que habías cambiado. Ayer, cuando... pensé que habías cambiado.

—Lamento decepcionarte.

—¿Ah, sí? —me empujó un hombro. Yo di un paso hacia atrás porque me tomó por sorpresa, al igual que la sensación de sus dedos sobre mi piel desnuda. Dios, ella era fuego y electricidad pura.

—Perdón. Se me resbaló el brazo. En serio no quería empujarte. Lo siento tanto.

Arqueé una ceja.

—Sí, claro. Puedo ver la tristeza en tu mirada.

—Estás confundiendo mi enojo con tristeza. Yo no me pongo triste. El azul no me va bien. Nunca me ha ido bien.

Reprimí una risa sorprendida porque esta mujer diminuta hacía lo que nadie más se había atrevido a hacer. Me provocaba. Me presionaba. No demostraba miedo. Eso me hacía querer sacudirla o besarla. No estaba seguro de cuál de mis dos impulsos era mayor.

—Es gracioso. Yo que pensaba que siempre te veías linda de azul... niñita.

Ella emitió un gruñido de las profundidades de su garganta y levantó las manos como si fuera a volverme a pegar. Deseé que lo hiciera. Me daría la excusa para mostrarle lo que sucedía cuando presionas demasiado a un tipo como yo. Mostrarle lo que sucede si coqueteas con un tipo como yo sin un plan previo o la libertad de cumplir lo ofrecido. Y, *maldición*, yo necesitaba una excusa para hacer eso. Pero en vez de pegarme dejó caer las manos y respiró profundamente.

—¿Sabes qué? —recogió su sombrero y se lo puso—. Disfruta tu dona. Espero que te ahogues con ella.

Volví a ahogarme, pero no con la dona. Fueron sus palabras y la risa que me provocaron.

La mocosa me había hecho reír *otra vez*. Lo intenté controlar casi al instante, pero seguramente me escuchó. Y tal vez eso le hizo darse cuenta de lo ridículos que sonábamos, burlándonos y fastidiándonos mutuamente como si todavía tuviéramos quince y dieciocho años, porque ella empezó a reírse también.

Se cubrió la boca y abrió los ojos como platos.

—Dios mío.

—Te escuché —le dije para incomodarla, con una gran sonrisa. Un mechón de su cabello le había caído frente a la nariz cuando se puso el sombrero, así que se lo volvía a acomodar—. Es demasiado tarde para retirar lo dicho.

Ella tragó saliva.

—Yo también te escuché.

Nos quedamos mirándonos en silencio, como si hubiéramos compartido algo sucio en vez de una risa. Y de cierta manera así fue. La tensión entre los dos, la tensión que era demasiado espesa para ser unilateral, me hizo acercarme más. Antes de haberlo pensado bien, di un paso hacia ella. Lentamente, ella también movió un pie al frente. Por un segundo, un segundo de lo más sucio, lo pensé. Consideré no echarme para atrás y volverla a besar.

Maldita sea, tenía tantas ganas de eliminar la distancia que nos separaba. Quería probar sus labios y comprobar si seguían siendo tan dulces como su olor, porque estaba cien por ciento seguro de que así sería. Quería ver si su alma pura y brillante podía iluminar la mía tan dañada con un simple beso, aunque sabía que no sería así. *No podía ser así.*

Sería muy fácil de averiguar. Sabía que ella quería que la besara y si albergué alguna duda de que estuviera coqueteando conmigo, ya se había disipado. Sí lo estaba haciendo. Y lo haría otra vez. Podía verlo escrito en su rostro. Siempre fue fácil de leer. Era su mayor debilidad. La mía era *ella*. La manera en que me hacía sentir.

Acuné su mejilla suave con una mano sin atreverme a mover nada más. Si lo hacía, podría perder el control. Y no podía darme ese lujo.

—Lilly...

Ella se puso en puntas, como si quisiera que la besara, y yo sacudí la cabeza una vez. Lograr retroceder requirió más autocontrol de mi parte de lo que pensaba. Si ella me hubiera visto así dos noches antes, cuando estaba borracho, hubiera tenido una respuesta muy diferente. Pero no era así, así que di un paso hacia atrás.

Ella pareció decepcionada por un segundo pero luego se recuperó.

—Sólo piénsalo. ¿Qué sería lo peor que podría pasar?

Podía volverla a seducir, volver a romperle el corazón y destrozar a su familia...

Otra vez.

De acuerdo, tal vez mi madre nunca organizaría una fiesta de bienvenida para el hijo pródigo cuando al fin le dijera que había regresado. Y el padre de Lilly, el buen Walt, se desentendió de mí cuando besé a su adorada hija, lo cual puso fin a sus planes de convertirme en su heredero. Pero yo no quería destrozar *su* familia. Ella obviamente los amaba a ambos.

—¿Por favor? ¿Por mí? —me dijo—. Vivo en el número 5 de James Place.

Escucharla hacerme la pregunta tan dulcemente, llena de inocencia y amabilidad, me dificultó negarme. Me volvió a invadir esa molesta sensación de suavidad que trepaba aferrada por mi columna y no se soltaba. Sentía como si otra vez tuviera dieciocho años y el aroma fantasmal de galletas recién horneadas me cosquilleara la nariz. Seguramente podía controlarme y vivir juntos, como ella quería. Seguramente podía evitar ponerle una mano encima.

La terapeuta me había dicho que la dejara entrar a mi vida. Que le diera una oportunidad para ver cómo era yo realmente. Tal vez podría intentarlo.

—No sé —dije pasando las manos por mi cabello—. Gracias por el café y por la dona. Lo… lo voy a pensar.

Ella tragó saliva, asintió y tomó sus anteojos oscuros. Con la cabeza en alto, salió de la habitación del motel pero se quedó congelada al pasar la puerta.

—Creo que si te lo permites podríamos ser amigos, como antes. Creo que aún tenemos más en común de lo que crees. Dame la oportunidad de demostrártelo.

La puerta se cerró tras ella y me quedé solo nuevamente. Y, Dios mío, quería creerle. No podía evitar sentir que esto era una especie de prueba. Un purgatorio para compensar todos mis pecados del pasado. Para demostrar que era un hombre diferente. Uno que podía enfrentarse a la tentación y salir victorioso.

Pero yo conocía la vida y a mí mismo. Y sabía que no sería ese hombre.

CAPÍTULO 6

Lilly

Más tarde, esa noche, después de un largo día de trabajo monótono como pasante en la oficia de papi y tras recibir órdenes de él durante toda la tarde, llegué a mi casa y me estacioné en la entrada. Tenía planeado salir a bailar esa noche. Portarme rebelde de nuevo. Divertirme. Pero eso de ser rebelde era agotador y estaba *cansada*, así que esperaba regresar a casa y encontrarla vacía, como siempre. En vez de eso, encontré una camioneta negra estacionada en la entrada. Tenía una etiqueta del ejército en la ventana pero, aunque no la tuviera, no se necesitaba ser un genio para deducir a quién pertenecía. Jackson se había mudado. Sí lo había hecho.

Mi corazón empezó a latir con más rapidez y se aceleró más que un jet en la pista de despegue. Después de nuestra conversación y esa especie de pelea que tuvimos, no estaba tan segura si aceptaría mi oferta. Pero lo hizo. Estaba aquí. Ésta era nuestra segunda oportunidad.

Inhalé profundamente, sacudí las manos, aflojé los hombros y salí de mi coche. La luna brillaba en el cofre de su camioneta y las estrellas alumbraban el cielo. A la distancia, podía jurar que alcanzaba a ver las luces de la siempre activa ciudad de Washington.

La casa de ladrillo con enormes ventanas y revestimientos blancos era tan familiar para mí como la luna, como las cigarras que cantaban en la oscuridad, y sin embargo los nervios que estaban crispándose en mi estómago eran algo nuevo. Afuera el calor era húmedo, pero sabía que dentro haría más calor, porque Jackson Worthington estaba esperándome en *nuestra* casa. Solo.

Abrí la puerta y dejé mi bolso y mis llaves sobre la mesa que quedaba justo junto a la puerta. Las familiares paredes de color amarillo pálido y los pisos de madera me dieron la bienvenida, pero las cajas al pie de las escaleras eran nuevas. También la gran televisión que estaba apoyada contra la pared.

—¿Jackson?

—Sí, acá estoy. En la cocina.

Seguí su voz.

—Veo que decidiste mudarte. Qué bueno. Esto nos dará la oportunidad de realmente…

Quería terminar diciendo «llegar a conocernos». Al menos ésa era mi intención. Pero al dar la vuelta a la esquina, las palabras se marchitaron y murieron de manera espantosa dentro de mi boca. Porque ahí, parado frente al refrigerador, con una cerveza en la mano, estaba Jackson sin camisa, sudoroso y *extremadamente* sexy. Vestía un par de jeans ajustados y lo único que pude hacer fue babear al ver el punto justo sobre el botón de su bragueta, donde el caminito feliz señalaba hacia un sendero tortuoso por debajo de la cintura. Dios, nunca había tenido tantas ganas de seguir un camino ya establecido como en ese momento. Justo en ese momento.

Con mi lengua, mis manos, con cualquier cosa.

Toda su cara relucía de *vida*, y su cabello estaba desordenado de tal manera que hacía parecer que se estuvo pasando las manos por la cabeza toda la tarde. Se mordió la lengua y me sonrió de una manera sexy que hizo que todo mi interior se convirtiera en jalea.

—Me gusta tu blusa.

—Yo. Este. Yo… —*mierda*. No podía hacer esto, mantenerme tranquila. Fingir que la lujuria prohibida no me estaba carcomiendo en carne viva. Miré la frase de mi blusa: *Keep Calm and Let It Go*. Un momento. ¿Él habría visto *Frozen*? ¿Sería como esos otros militares del video que se hizo viral donde cantaban a coro con Idina Menzel en sus barracas?–. Quiero decir, sí. Gracias.

—No hay problema —me respondió. Se llevó la Heineken a los labios y dio un trago. Yo no lograba apartar la vista de su manzana de Adán que se movía hacia arriba y abajo, ni de su mandíbula dura e irregular. Pero era preferible a estar viendo descaradamente el caminito–. ¿Qué estabas diciendo?

—¿Eh? —parpadeé—. Ah, sí. Me da gusto que te hayas mudado.

—Gracias —dijo y se presionó la botella de cerveza contra la sien—. Espero que no te vayas a arrepentir.

Me reí incómoda y nos quedamos viendo. Aunque la conversación había sido inocente y genérica, no pude evitar pensar que había cierta tensión. Una tensión sexual que no seríamos capaces de evadir por mucho tiempo más. Pero eso debía ser sólo mi imaginación. Él me había dicho que ya no me deseaba. Necesitaba hacerle caso.

Mi atención se concentró en la cicatriz que había visto en la mañana. Tenía aspecto de haber dolido mucho, lo cual me hizo preguntarme si alguien le habría ayudado a superar el dolor. Si alguien habría estado a su lado. Un héroe como él no debería estar solo nunca.

Después de un rato, él carraspeó y rompió el silencio incómodo, y ¿era sólo mi impresión o estaba viéndome el pecho? No. Seguro seguía siendo mi imaginación. O estaba siendo un tipo normal que se fijaba en unas *bubis*, como todos los hombres.

—¿Quieres una cerveza?

—Dios, sí —dije rápidamente. Tal vez eso ayudaría a reducir un poco el deseo que me estaba comiendo viva—. Por favor.

Dejó su cerveza y abrió el refrigerador para sacar otra. Sólo quedaban dos del paquete de seis, así que seguramente ya se había tomado varias. Con cuatro cervezas aún no se veía ni remotamente borracho. Pero su aspecto podría ser engañoso. En especial cuando se trataba de él.

Metió la cerveza en el destapador magnético que de alguna manera apareció en mi refrigerador, la abrió y me la dio. Cuando la tomé, nuestros dedos se rozaron y me mordí el labio.

—Gracias.

—Cuando quieras —murmuró. Se rascó el hombro, arriba de donde estaba la cicatriz, y yo me puse a estudiar los tatuajes que tenía ahí. Tenía una fecha y unas cuantas iniciales. Debajo, tenía un logo del ejército. En su antebrazo tenía tatuados un par de tenis Converse y unas sandalias. Los zapatos me parecían familiares, pero no podía recordar por qué.

—¿Cómo te fue en el trabajo?

—Estuvo aburrido —respondí y presioné la botella fresca contra mis mejillas ardientes sin desviar la mirada de los diseños de su piel. En otro hombro tenía la silueta de una mujer desnuda que estaba recargada en sus manos con el pecho levantado hacia arriba. Incluso tenía pezones—. Pasé todo el día escuchando a papi decirme que estaba haciendo todo mal y que debía esforzarme más. Como siempre.

Nos volvimos a quedar callados, mirándonos. Bueno, yo me quedé mirando sus pezones. O, quiero decir, los pezones de ella. Diablos, necesitaba otro trago.

Él dio otro trago a su cerveza, empezó a tamborilear con los dedos en el mostrador y se recargó en él. El cambio de posición hizo que quedara viéndome de frente, con una pierna ligeramente doblada en la rodilla. Una pose muy relajada. Una que muchos usaban.

Y sin embargo, en él, era irrefutablemente sexy. *Qué injusticia.*

—¿Qué pasó con tu idea de estudiar para ser maestra? —dio otro trago—. Querías ser maestra de jardín de niños, ¿no?

Lo miré, inmóvil, con la botella de cerveza todavía presionada contra mi mejilla. Nunca le había dicho que quería ser maestra de jardín de niños, ¿o sí? Hacía mucho tiempo que había renunciado a ese sueño, fue cuando papi me informó que tenía que trabajar en su empresa después de casarme con Derek. Intenté recordar pero tomé esa decisión hasta el décimo grado y, para entonces, él estaba... Dios mío, las cartas. Las había *leído*.

Por algún motivo, eso hizo que me temblaran las piernas y se me desbocara el corazón. Saber que sí había leído las palabras que le escribí con tanto esfuerzo, a pesar de que yo había asumido lo contrario, me afectó. Todas esas confesiones de amor, y cuánto lo extrañaba... él las había visto. ¿Las habría extrañado cuando le dejé de escribir? ¿Por qué no me contestó nunca? Todas esas preguntas pasaron por mi mente a la velocidad de un rayo, pero no lo expresé. No porque tuviera miedo ni nada parecido, sino porque no importaba por qué no me había contestado ni si las había disfrutado o no.

Todo eso estaba en el pasado, di un trago despreocupado a mi cerveza y me encogí de hombros. Él se quedó mirando mi mejilla, así que me limpié la humedad, aunque se sentía muy agradable en mi piel caliente.

—Papi pensó que esa profesión tenía un potencial limitado de ganancias y eso no contribuía con la fusión planeada de Thornton-Hastings, así que, bueno. No habrá docencia en mi vida. En vez de eso, entré a estudiar mercadotecnia. Me gradué hace un mes y medio.

A pesar de la tensión sexual que no podía pasar por alto, o tal vez *debido* a ella, era muy fácil hablar con él. Ser yo misma. Tal vez porque sabía que él no me juzgaba. Me daba la sensación de que podía decirle que me gustaba bailar desnuda en la lluvia y él parpadearía con una sonrisa y me preguntaría cómo se sentía la lluvia en mi piel. Y yo se lo *diría*.

Dejó de tamborilear en el mueble de granito donde estaba recargado.

—Ah. ¿Y cómo te sentiste?

—Bueno, yo... —interrumpí la respuesta y me quedé viéndolo

boquiabierta porque me di cuenta de algo en ese instante–. ¿Sabes? Nadie me había preguntado eso antes.

Él dejó de recargarse en el mueble y se me acercó. Se detuvo directamente frente a mí. Debido a su estatura, yo le llegaba al hombro y mi mirada quedaba justo frente a la silueta de la mujer desnuda, que tenía las *bubis* más grandes que yo.

—En mi opinión, eso está pésimo. Es tu maldita vida, no la de ellos. Tú deberías decidir cómo la vives.

—Sí —repuse. Le di un trago a mi cerveza y luego incliné la cabeza hacia atrás–. ¿Sabes qué? Tienes razón. Que se jodan. Hubiera sido una buena maestra de jardín de niños.

Él rio.

—Estoy seguro de que sí —hizo una pausa–. Todavía podrías serlo. Eres joven. Podrías volver a la escuela.

—No —me concentré en mi cerveza. Era más fácil que verlo a él. Menos tortura, también. Intenté arrancarle la etiqueta a la botella pero no pude despegarla–. Es demasiado tarde. Tengo que mantener mi empleo en la empresa después de la fusión. Es parte del convenio.

—¿Cuál convenio?

—El año entrante se supone que debo casarme con Derek Thornton III y nuestras compañías se fusionarán.

Él arqueó una ceja.

—¿«Se supone»?

—Sí —respondí con los labios apretados pero reacia a entrar en más detalles. Él no tenía por qué enterarse que buscaba la manera de escaparme de ese compromiso, ni del poco éxito que había tenido. No necesitaba saber el miedo que me provocaba tener que cumplir con el convenio, aunque fuera por un tiempo–. Papi lo tiene planeado con el señor Thornton desde hace años.

—¿Y tú lo vas a hacer así nada más?

No le respondí. Sólo me quedé viéndolo.

Obviamente entendió y se cruzó de brazos.

—¿Conozco a este tipo? El nombre me suena conocido.

—Su papá es amigo de papi. Desde antes de que nosotros naciéramos —tragué saliva y dejé escapar una risita—. Además, creo que medio le diste un puñetazo la otra noche.

Se quedó con la boca abierta.

—¿Ése era tu prometido?

—*No* es mi prometido —protesté encogiéndome de hombros—. Pero sí. Era él, en carne y hueso.

—Es un fresa pendejo —declaró Jackson. Apretó la boca y rechinó los dientes con tanta fuerza que lo alcancé a escuchar—. ¿Por qué demonios querría tu papá que te casaras con un tipo como ése?

—La fusión, el dinero, promesas —me di por vencida en mi intento de despegarle la etiqueta a la cerveza y miré a Jackson. Grave error. Enorme. De cerca y en persona se veía aun más irresistible. ¿Su barba a medio crecer era tan áspera como se veía? ¿O me haría cosquillas en la palma de la mano?—. Según papi no tengo alternativa.

—Siempre hay alternativas en la vida —señaló en voz baja y se acercó para quitarme un mechón de pelo del rostro. Su gesto de ternura me hizo contener el aliento—. Lo que define quiénes somos es cómo lidiamos con ellas.

—Opino lo mismo —pero la situación era distinta. La vida de muchas personas dependía de que yo hiciera lo que me ordenaban—. Estoy intentando tomar mis propias decisiones, hacer las cosas a mi manera, pero no es tan sencillo. La vida no siempre es tan sencilla.

Él soltó mi cabello.

—Entonces *hazla* sencilla. Lucha por ti. Si haces eso, nunca sabes a dónde te llevará la vida.

Con suerte me conduciría a la libertad. O, como mínimo, a un matrimonio corto y un divorcio discreto. Porque, independientemente de lo que papi esperara, no permanecería casada con un hombre al que no amaba. Y ciertamente no tendría sus bebés, sin mencionar que yo *claramente* no era el tipo de Derek. Lo más probable era que él estuviera tan a disgusto con este matrimonio arreglado como yo.

Me terminé lo que quedaba de mi cerveza, dejé la botella sobre un mueble y me asomé a la sala.

—¿Necesitas que te ayude a desempacar? Puedo buscar algunas camisas en esas cajas, si quieres.

Su boca se torció en una media sonrisa y se terminó su cerveza también.

—Nah. Yo lo hago. Además sí sé dónde están. Te advertí que me gustaba estar desnudo. Tienes suerte de que esté usando pantalones.

«¿Buena o mala suerte?», pensé.

—Entendido —dije secamente.

Me dio la espalda y sacó otra cerveza. La última. Después de abrirla, tomó un trago y luego me la ofreció.

—Pero no respondiste mi pregunta.

Acepté la botella y coloqué mis labios donde habían estado los suyos. Me esforcé por ignorar las mariposas que este simple hecho me provocaba en el estómago, pero la manera en que él observaba mi boca, como si estuviera pensando lo mismo que yo y *más*... bueno, eso tampoco ayudaba.

—¿Cuál era la pregunta? Me distraje cuando empezamos a hablar sobre la desnudez. Mi mente sólo puede pensar en una cosa a la vez.

Él rio.

—¿Ah, sí?

—Sí. Así es.

—Te pregunté que cómo te sentías sobre no ser maestra —hizo una pausa—. Y sobre la posibilidad de casarte con Fresa Pendejo.

El trago de cerveza se me atoró en la garganta y empecé a toser. Él me quitó la botella de la mano rápidamente y empezó a darme golpes en la espalda. Para cuando pude volver a respirar, la espalda me ardía un poco por los golpes y me dolía la garganta.

—E-estoy bien.

Pero volví a toser. Tan débilmente que incluso yo me di cuenta de que no sonaba convincente.

—Sí, claro —arqueó una ceja y me masajeó el punto entre los hombros que había golpeado antes. Prefería que me pegara—. Si tú lo dices.

Cuando recuperé el aliento, asentí. Pero me distraía más su mano en mi espalda que el susto por ver de cerca a la muerte por asfixia.

—No puedo creer que lo llamaras así.

—¿Te insulté? —aunque me lo preguntó, percibí que no le importaba en lo más mínimo si lo había hecho o no. Tenía la mano recargada en mi espalda y, así de cerca, yo alcanzaba a distinguir el color castaño jaspeado de sus ojos. Me era imposible apartar la mirada.

—Todo lo contrario —dije con una inhalación profunda que se me quedó atorada en la garganta—. Realmente no me agrada mucho. No de la manera en que un esposo debe agradarle a una esposa.

Él frunció el ceño y se le formaron unas cuantas arrugas en la frente.

—Ésa no es una buena manera de empezar un matrimonio.

—La mayoría terminan así —dije encogiéndome de hombros aunque estaba cien por ciento de acuerdo con él—. En caso de que termine casándome con él, no nos adelantemos todavía.

—¿En caso?

—Como te dije —agregué con un hombro alzado—, estoy intentando tomar mis propias decisiones.

Él dio un paso hacia atrás y me quitó la mano de la espalda. Los músculos entre mis hombros se tensaron de inmediato, como si estuvieran protestando por la pérdida. Pero al mismo tiempo dejé escapar un suspiro de alivio. Cuando me tocaba así, me costaba trabajo recordar que era mi *hermanastro*.

—¿Alguna vez has hecho algo por ti misma, sólo por gusto?

—Sí —respondí dando otro trago a la cerveza y luego se la pasé. Él la recibió y me observó atento mientras se la llevaba a los labios para dar otro trago largo—. Una vez.

Las aletas de su nariz se ensancharon y dejó salir una risa corta.

—Besarme no cuenta.

—¿Por qué no?

—Porque tú eras prácticamente una bebé y yo me aproveché de ti aquella noche y ambos lo sabemos —respondió con gesto compungido—. Nuevamente, lo siento mucho.

Yo intenté ignorar la punzada de dolor que me provocaban sus honestas palabras.

—También me mudé a esta casa cuando empecé mi segundo año porque no quería que papi estuviera vigilando todo lo que hacía. Eso lo hice por mí.

Él asintió.

—¿Tú sugeriste venir para acá o fue él?

—Él —respondí. Caminé hacia el refrigerador de acero inoxidable y me recargué en él, frunciendo el ceño a los gabinetes de arce—. Yo quería un dormitorio en la universidad pero él dijo que... oh.

—Sí, «oh» —sonrió Jackson con un gesto burlón a su botella de cerveza ahora vacía—. Eso tampoco cuenta realmente.

Mi rostro se tornó enfadado.

—Sí, supongo.

Él sonrió y se rascó la cabeza. Sin tener intención de hacerlo, me fijé en la manera en que sus bíceps y sus pectorales se tensaban y se movían, lo cual hacía que mis dedos sintieran ansias por tocarlo. Él me rozó la mejilla con los nudillos, apenas tocándome, pero lo sentí hasta el fondo de mi ser.

—Te propongo algo —dijo mientras sostenía mis dedos—. Tengo un trabajo para ti.

Yo tragué saliva porque la manera en que sus dedos se sentían contra mi piel era *asombrosa*. No había otra palabra para expresarlo.

—¿Mmm?

—Quiero que hagas algo por mí... No, espera. No por mí. Por ti. Y sólo por ti.

Yo me reí incómoda, sin estar segura de a dónde se dirigía con eso.

—¿Qué quieres que haga?

—Por primera vez en tu vida, haz algo que no debas hacer. Haz algo que siempre hayas tenido ganas de hacer pero que se supone que no debes. Algo así como lo que hiciste junto a esa piscina, sólo que yo no estaré incluido en esta ocasión. Hazlo contigo misma —sonrió y dio un paso hacia atrás. No se alejó lo suficiente. Yo todavía podía olerlo en todo mi cuerpo—. Haz algo *malo* y que te *encante*.

Él no sabía que yo ya había decidido hacer eso hacía dos días, después de ver a Derek con alguien más. Pero había una sola cosa que quería hacer por mí misma en ese momento, que estaba prohibida y que era «mala». Y si notaba que él también quería, nada me detendría. Porque yo sólo quería una cosa, aunque sabía que no debía. Sólo una cosa que me llenaba de deseo, necesidad y pasión subversiva: *él*.

CAPÍTULO 7

Jackson

En el segundo que las palabras salieron de mi boca, gemí para mis adentros. Eso sonó muy atrevido, pero no lo había querido decir así. Seguía intentando asegurarme de que la relación entre nosotros permaneciera cien por ciento platónica. Era la única manera en que resarciría lo que había hecho antes. Sólo así sería el hombre que ella quería que fuera. *Eso* era lo que había querido decir. Eso era.

Ella debería salir y divertirse un poco. Pero era Lilly Hastings y lo más desobediente que había hecho en la vida, además de besarme, probablemente fue cruzar la calle en un sitio prohibido. Retarla a que hiciera algo por ella y sólo por ella probablemente no conduciría a nada bueno. Tuve la sensación de que optaría por algo demasiado grande o demasiado pequeño. De verdad deseé que eligiera lo primero. Y que yo estuviera involucrado.

Estaba haciendo mi mejor esfuerzo por actuar como debe actuar un hermanastro. Desempeñar el papel que me correspondía y comportarme como se esperaba que lo hiciera por una vez en la vida. Hacer mi mejor esfuerzo por no decepcionar a nadie. Era lo menos que podía hacer. Pero tenía la sensación de que había fallado miserablemente porque mi maldito pene no se callaba la boca.

Ella se mordió la lengua y la punta rosada se asomó entre sus dientes blancos. Nunca antes me había sentido tan intoxicado por una lengua.

—Te agradezco la intención, pero ya estoy haciendo eso.

—¿Cómo? —pregunté. Las cervezas que me había tomado una tras otra hacían que mi cerebro y mis reacciones fueran más lentas. Pero cuando estiró la mano y tomó la mía, apretándola antes de volverla a soltar, lo sentí instantáneamente—. ¿Ya estás haciendo qué?

—Cosas por mí misma. Por eso fui a bailar con esos tipos la otra noche. Me estaba divirtiendo, y si me hubiera ido a casa con uno de ellos en vez de contigo, entonces eso también hubiera sido sólo para mí. Para nadie más. Bueno… supongo que el tipo se hubiera beneficiado también, pero aun así.

Me obligué a sonreír, a pesar de que la idea de que ella se fuera a casa con uno de esos tipos me revolvía el estómago. Cada vez que nos tocábamos, me acercaba un poco más a hacer algo colosalmente estúpido. Como declarar que no podía tocarla ningún otro hombre a partir de ya. Pero la seguía acariciando de manera inevitable, era un necio imbécil.

—Bien. Eso es un buen inicio. Vete a casa con quien quieras irte a casa. Nadie te lo impide.

Nos quedamos viendo y la tensión volvía denso el ambiente. Ella me estaba viendo como si quisiera irse a casa conmigo y yo estaba haciendo lo posible por ignorarla. Era difícil, pero de todas maneras haría mi mejor esfuerzo. No iba a echar esto a perder. No importaba cuánto me mirara o cuánto supiera que ella me deseaba —porque así era, se le notaba—, no haría nada al respecto. Haría caso omiso de mi deseo. Sería una persona buena por ella, no me necesitaba en su vida echando a perder las cosas.

Al menos me parecía que no me necesitaba. La mujer que estaba parada frente a mí con sus *leggings* ajustados color negro y su camiseta blanca con un hombro descubierto y un par de botas ya *no* era la chica que besé junto a la piscina hacía una eternidad. Y yo ya no era el chico a quien ella le escribió cartas.

Se percataría de eso muy pronto.

—En fin —dijo ella y se acomodó el cabello detrás de la oreja. Se paró de puntas para poder asomarse por encima de mi hombro—. Te ayudaré a subir tus cosas.

¿Y entrar a mi habitación conmigo? Por supuesto que no.

—Yo lo hago. Sólo dime cuál será mi habitación. No quería subir a husmear.

—Ah —dijo con una risa suave y pasó junto a mí con la nariz arrugada. Era adorable—. Está bien. Vamos. Te mostraré las dos habitaciones que están vacías y tú puedes elegir.

La seguí y, de paso, tomé una caja. Así aprovechaba el viaje. Ella hizo lo mismo a pesar de que le aseguré que lo podía hacer solo. Cuando se agachó para recoger la caja, pude ver su trasero y darme cuenta de la manera en que esos pantalones se ajustaban al cuerpo más sexy que jamás hubiera creado Dios. Me obligué a apartar la mirada.

«No eches esto a perder, Worthington. Ella es tu hermanastra», me dije.

Lo que nos pareció peligroso y divertido de jóvenes tenía ramificaciones reales ahora que éramos adultos que ella no merecía. Y a pesar de mi deseo inapropiado e inaceptable por Lilly, me daba la impresión de que ella tenía razón. Que, si la dejaba, podría convertirse nuevamente en mi amiga. Tal vez era el momento para intentar tener una de ésas. Dejar que alguien me conociera un poco. Y no quería arruinar eso con mi estupidez.

Además de Tyler y la doctora Greene, estaba solo en este mundo. Total y absolutamente solo.

Después de pasar siete años rodeado por mis compañeros soldados, la soledad no era algo a lo cual estuviera acostumbrado. No quería tener una novia; no estaba buscando un felices-para-siem-pre, pero aquí estaba Lilly, intentando acercarse, pidiéndome que se lo permitiera. Después de que toda la vida me dejaran atrás o me alejaran a patadas, no estaba seguro siquiera si lo estaba haciendo bien o si estaba comportándome muy torpe.

Ésta era la primera vez que intentaría ser un *hermano*.

—Como te decía, yo crecí aquí, antes de que papi comprara la casa donde viven ahora nuestros padres —empezó a decir. Abrió la primera puerta y entró mirando hacia mí por encima de su hombro—. Ésta es la habitación número uno, probablemente la que querrás elegir. Es la más grande y simple.

Las paredes eran color marrón claro y la alfombra era beige. Era tal vez el doble del tamaño que la habitación de motel donde había estado hospedándome.

—Se ve grande. ¿Ésta no es la habitación principal, o sí?

—Nah, yo estoy en esa —hizo un ademán con la cabeza y su cabellera larga le cayó sobre el hombro—. Está del otro lado del pasillo.

Supe entonces que no iba a elegir esa habitación, estaba dema-siado cerca.

Pero de todas maneras fingí que la estaba viendo. Además de las tonalidades neutrales, tenía dos ventanas, un armario enorme, su propio baño, una cama *king size* que ocupaba una pared y había una buena cómoda de roble en la otra.

—Es bonita.

—Como te decía, es la mejor opción —dijo y asintió una vez antes de regresar al pasillo. Yo la seguí—. La siguiente está al final del pasillo y es un poco más… bueno, ya la verás.

Era la que estaba más lejos de su habitación. Había dos puer-tas entre la suya y la que sería la mía.

—Ya me está gustando. Me gusta estar al final del pasillo.

Así era más fácil cuidarme las espaldas. Como ya mencioné, es difícil deshacerse de los viejos hábitos.

—No la has visto —rio—. Espera.

Detuve la caja con mi cadera y me adelanté para abrirle la puerta, ya que ella también traía una caja cargando.

—Estoy seguro de que estará bien. Sólo necesito… —las palabras se me quedaron congeladas en los labios cuando la vi. Rosada, era *rosada*. Las paredes, la alfombra, las cortinas, la colcha de la cama tamaño *queen* y la cómoda. Todo era del mismo tono de rosa nauseabundo. Me sentí como si me hubieran lanzado dentro de una botella de Pepto-Bismol y hubiera vivido para contarlo—. Mierda.

Ella rio. Una risa franca y fuerte.

—Te lo dije.

Cuando ella reía así, toda su cara se iluminaba. Y cuando eso sucedía me hacía sentir un poco menos sombrío. Como si sólo por estar en su presencia me pudiera convertir en un hombre completo nuevamente. No me gustaba esa sensación. No me gustaba para nada. Era como si ella ya tuviera demasiado maldito control sobre mí.

Todavía riendo, retrocedió un poco.

—Entonces… ¿dejo tu caja en la otra habitación?

¿Enfrente de su habitación, lo suficientemente cerca como para tocarla, para escucharla? Ni de broma.

—Tomaré ésta —dije rápidamente—. Me gusta.

—Pero el baño es más pequeño. Y es rosado.

—No me importa. Yo… Me encanta —casi me ahogo al pronunciar esas palabras—. Pero ¿por qué es rosa, exactamente?

—Era mi habitación de niña —dijo sonrojándose—. Me gustaba el rosa.

—No me digas —respondí y apreté los dientes. Coloqué mi caja en el piso y me acerqué a la ventana. Tenía estampas de mariposas rosadas pegadas en el vidrio. *Putas mariposas*—. Es —pensé a toda velocidad en algo agradable que decir— encantadora.

Desde mi vista periférica pude notar que me veía como si me hubiera salido una segunda cabeza.

—Está bieeeen.

Puso la caja en el piso y no dijo nada más. Parecería ridículo tomarse tantas molestias para poner un poco de distancia entre nosotros, pero *necesitaba* ese espacio que me separara de ella. No estaba aquí para besarla, seducirla ni arruinarla. Había venido a enmendar cosas, no a tratar de echarlas a perder. Y si estaba tan cerca de ella, era capaz de cometer un error estúpido. Si estaba a esa distancia de ella, podría... No, no lo haría. Podía controlarme. Sólo necesitaba conservar el control.

Me di la vuelta para empezar a hablar, listo para mandarla de regreso.

—Gracias, yo me encargo... ¡uy!

En algún momento se había acercado mucho a mi espalda. Como no me había dado cuenta, choqué con ella. Perdió el equilibrio y yo, por supuesto, intenté atraparla. Desafortunadamente ya no había manera de evitar que cayera, y mis intentos torpes por impedirlo de todas maneras nos enviaron a ambos al piso. Al *rosadísimo* piso.

Pasé mis manos debajo de ella, intentando cargarla para que no se golpeara demasiado, pero al final terminé empeorando todo. Chocamos contra el piso con fuerza y terminé sobre ella, con las manos atrapadas debajo de su espalda baja y mi verga quedó presionada contra el último lugar que tenía que hacerlo. Su cálida entrepierna. Estaba totalmente entre sus muslos.

Ella se sentía como el cielo y el infierno, todo envuelto en la misma alma dulce. Y mi cuerpo reaccionó acorde.

Sus piernas estaban a ambos lados de las mías y ella se abrazó a mí. Sus jadeos hacían que su pecho subiera y bajara rápidamente. Sus labios carnosos estaban entreabiertos. Sus senos generosos se levantaban y bajaban, presionándose contra mi pecho desnudo, y me enterraba las uñas en los bíceps mientras se retorcía debajo de mí. Gimió y movió las caderas.

—¿Puedes respirar? —pregunté con rapidez, intentando concentrarme en su bienestar en vez de en lo increíblemente bien que se sentía en mis brazos—. ¿Estás bien?

—Sí —dijo con una pequeña risa, sus mejillas estaban tornándose de un tono rosado muy atractivo—. Oh, Dios, soy tan tor... —interrumpió su frase a medio camino y su boca quedó en forma de una perfecta «o» pequeña.

Y yo sabía *por qué*, maldición.

Tal vez yo había decidido ser un mejor hermanastro, pero no había manera de detener mi reacción estando ella en mis brazos y yo entre sus piernas. A pesar de que *yo* estaba intentando ser bueno, mi verga no había recibido el memorando.

Y no había manera de que ella *no* notara mi reacción.

—Mierda —gruñí y agaché la cabeza—. Lo siento, no significa...

Ella tragó saliva y presionó una mano contra mi mejilla. Nos vimos a los ojos y dejé de respirar. No me atrevía a moverme porque muy lentamente, su mirada se dirigió a mi boca. Con suavidad le aparté el cabello del rostro y pasé mi pulgar sobre su pómulo. Ya era adicto a la suavidad de su piel.

Sabía que debía detenerme. Sabía que estaba cometiendo un error, pero ella me estaba alentando a que me acercara y no necesité más. Bajé la cabeza y ella acercó la barbilla hacia arriba, disminuyendo la distancia entre ambos aún más.

—Jackson, *sí*.

Su voz me trajo de regreso a la sensatez. Me dio suficiente control para alejarme un poco.

—Dios mío, Lilly. ¿Qué estamos haciendo? No podemos...

—Al diablo con eso. Estoy haciendo algo por mí misma y te va a gustar —pasó la mano detrás de mi cuello y me tomó con firmeza—. Igual que la última vez.

Con un tirón, sus labios se encontraron con los míos y todo dentro de mí simplemente estalló: el dolor, la rabia, el deseo e incluso el miedo. Todo reventó, como una banda elástica. Y todo regresó a *ella*.

Con un gruñido, fundí mi boca con la suya, pasando mi lengua entre sus labios. En cuanto la toqué, ella dejó escapar el gemido más encabronadamente sexy y movió sus caderas en círculos contra mi verga, y fue la forma más exquisita de tortura que jamás había experimentado. Y quería más, mucho más. Lo quería *todo*.

Liberé mis manos, recorrí sus costados y las metí debajo de su blusa. En cuanto cerré las manos sobre sus senos y pasé mis pulgares sobre sus pezones endurecidos a través de la tela delgada de su sostén, empecé a moverme contra ella, cogiéndomela con la ropa puesta. Moví la cadera fuerte y rápido porque ella se encendía como una bombilla eléctrica cuando lo hacía.

Volvió a gemir larga y suavemente en mi boca, moviendo la cadera frenéticamente mientras yo movía la mía con un ritmo mesurado y más lento. Maldije la ropa que estaba entre nosotros al mismo tiempo que le agradecí a Dios que la tuviéramos. Si estuviéramos desnudos y yo estuviera dentro de ella sólo duraría un par de segundos, y eso no lo podía permitir. No dejaría que se apartara de mis brazos hasta que se viniera al menos tres veces. Tal vez más.

Nunca quise llegar a conocer cada pulgada del cuerpo de una mujer como quería conocer el de Lilly. Ella nunca lo sabría, pero me había mantenido con vida cuando estuve en el extranjero. Sus cartas de temas superficiales sobre sus programas favoritos de televisión y sus salidas sociales, todo eso me ayudaba a conservar la cordura. En el caso de otros soldados, sus mentes se habían convertido en sus peores enemigas, llenas hasta el borde de peligro y muerte sin fin, pero yo tenía ese fragmento de normalidad al cual aferrarme como a un salvavidas. Sus cartas me mantuvieron fuera del agujero oscuro del estrés postraumático. Ahora, en sus brazos, sentía que ella podía volverlo a hacer. Sanarme, salvar mi alma. O romperme por completo.

Eso era mucho maldito poder para otorgárselo a alguien más. Iba en contra de la manera en que yo vivía mi vida desde que era niño. Violaba todas las reglas que había establecido para mí mismo. Pero de todas maneras seguía besándola.

Me enterró las uñas más profundamente en los bíceps y empezó a mover la cadera con más fuerza, arqueando la espalda. Podría jurar que nadie la había tocado así antes. Que ningún otro hombre la había tomado desde la última vez que yo la había besado junto a la piscina. Pero no era posible que nadie la hubiera tocado. Tenía un prometido esperando, aunque ella no lo quisiera. Un hombre con alguien tan sexy como Lilly a su lado no dejará de intentar hacerla pedazos en la cama. Era la manera perfecta de demostrarle que debía casarse. Fresa Pendejo sería un estúpido si no lo aprovechaba.

Le pellizqué los pezones con la cantidad exacta de presión y los torcí un poco mientras seguía moviendo la cadera contra ella, frotando mi verga dura y adolorida contra su sexo ardiente. Ella gritó en mi boca, se tensó y *se vino*. Yo me levanté un poco y el aspecto de su rostro me cautivó. Era sexy, delicioso y puro. Como si nunca hubiera sentido esto antes.

No podía deshacerme de la sensación de que tal vez le había provocado algo por primera vez. Fresa Pendejo y quien hubiera estado antes que él obviamente estaban haciendo algo mal. La mirada de sorpresa en su rostro cuando se vino me dejó ver eso. Quería que lo experimentara otra vez, de inmediato, sólo para poder perderme en ella.

Y ese pensamiento aterrador me trajo de vuelta a la realidad.

—Mierda —dije. No podía hacer esto. No podía tocarla. No podía arruinarla—. Lo siento.

Me levanté de encima de ella, respirando con dificultad, y me pasé las manos por la cara. Ella se quedó recostada en la alfombra rosada, con el pecho subiendo y bajando y la blusa levantada sobre sus senos. Alcanzaba a ver ahora que estaba usando un sostén rosado y transparente con un moño, por lo visto nunca dejó de amar ese color. Era como la prenda de una colegiala, y yo la había hecho venirse tan rápido que casi me había provocado una lesión cervical.

Y quería hacerlo nuevamente.

Ella se quedó parpadeando frente a mí, como si todavía no hubiera terminado de bajar de su orgasmo.

—Oh… oh.

Se empezó a poner de pie con trabajo y tuve que controlarme para no ayudarla. Si la volvía a tocar ambos sabíamos lo que sucedería.

—Puedo irme —dije con las manos hechas puños a mis costados—. Debería mudarme.

—No. Por favor, no —dijo frunciendo el ceño y dando un paso atrás abrazándose a sí misma—. Eso… eso fue mi culpa. No volverá a suceder.

Debí haberme ido. Pero el cometer un error más grande hacía que quisiera quedarme para demostrar que sí podía hacerlo, que sí podía ser el hombre que se suponía que era, por ella, sin joder las cosas.

De cierta manera, tenía que demostrármelo a *mí mismo*, también.

Así que no iría a ninguna parte.

—Tienes razón respecto a que no volverá a suceder —dije en voz baja mientras la vergüenza se revolvía en mi estómago. La vergüenza por mi comportamiento y el hecho de que no había durado ni una pinche noche antes de echarlo a perder me hizo comportarme como si estuviera molesto con ella—. Esto no está pasando. No repetiré la historia. ¿Tú y yo? No funcionamos. Ambos lo sabemos.

Su rostro se puso sombrío.

—Jackson…

—*No* —dije un poco demasiado fuerte; la rabia contra mí mismo y mi falta de disciplina cuando se trataba de ella me cegaban y corrían por mi torrente sanguíneo, haciendo eco en mi cabeza. Pero no podía desquitarme con ella. No lo merecía—. No te voy a hacer esto otra vez. Vine aquí para enmendar mis errores, no para volver a joder todo. Sólo vete —dije mirándola fijamente—, por favor.

Ella tragó saliva, asintió y salió de la habitación. Cerró la puerta tras ella con un suave *clic*. Yo me recargué contra la pared.

Lo había hecho. La había tocado y había jodido todo, ¿y lo peor? Ni siquiera me arrepentía.

No debería haber sucedido. Ella estaba prácticamente prometida a otro hombre. Tal vez ella no quisiera admitirlo, pero yo conocía a Walt lo suficiente para saber que se saldría con la suya al final. Lilly se casaría con Derek, lo quisiera o no. Pero me iría directo al infierno si no admitiera que ese periodo breve que la sostuve en mis brazos, besándola, me proporcionó un sentido de pertenencia. Desde que me habían reasignado a un empleo de escritorio en el ejército, había estado perdido. En sus brazos me encontré a mí mismo de nuevo. Fue el paraíso.

Mi verga pulsante exigía alivio, así que me metí al baño, cerré la puerta y encendí la ducha. En cuanto estuve desnudo bajo el chorro de agua caliente, cerré mi puño en mi verga y empecé a apretar y jalar. Aparté el mundo real, recargué mi antebrazo en las losetas de la pared y fingí que era Lilly la que me estaba tocando, que eran sus dedos los que recorrían mi dureza y no los míos.

Recordé la manera en que se habían sentido sus pezones duros bajo mis pulgares, la forma en que su sexo caliente y húmedo me llamó. Gimiendo empecé a tirar con más fuerza, mis testículos se pegaron a mi cuerpo y maldije suavemente al venirme. Y cuando lo hice, nada evitó que suspirara «Lilly».

Después, dejé que el agua me recorriera. No supe cuánto tiempo estuve ahí, mirando la loseta rosada de la pared, pero cuando salí con una toalla del mismo tono envuelta alrededor de mi cintura, algo me quedó claro. No estaba limpio.

Y tal vez nunca volvería a estarlo.

CAPÍTULO 8

Lilly

La noche siguiente salí del edificio corporativo de Hastings y me puse los anteojos oscuros con una mano inestable. Ni siquiera estaba soleado, pero tenía que hacer algo para ocultar mis ojeras. Me había sido imposible dormir la noche anterior después de... bueno, *después*. Y ese día lo único que había podido hacer era pensar en Jackson y en ese *beso*. A pesar de estar completamente vestidos, con unos cuantos roces y presión de su cadera, Jackson había logrado provocarme el mejor y aparentemente *primer* orgasmo de mi vida.

Yo pensaba que sabía cómo se sentía venirse. Pensaba que sabía qué era un orgasmo. Resultó que todo lo que había sentido antes era sólo placer, el antecedente. Lo real era *muchísimo más*.

Si algo aprendí la noche anterior, si algo me enseñó el momento en que me dijo que me fuera, fue que él tal vez no quisiera desearme, pero no podía evitarlo. Y eso significaba que yo tenía una oportunidad, real, de conquistarlo. De hacerlo mío.

Sabía que Jackson no era del tipo de hombre que se compromete ni tiene relaciones a largo plazo, pero eso no significaba que no pudiéramos ceder a la pasión que llevaba siete años ardiendo entre nosotros. Que no pudiéramos terminar lo que empezamos en aquella piscina. Yo lo deseaba. Y él a mí.

Debería ser así de fácil. Pero como se trataba de Jackson, y de mí, no lo era. No me avergonzaba de desear a Jackson. No sentía agonía ni dolor por el hecho de desearlo aunque no debía. Probablemente porque en realidad nunca pensé en él como mi hermanastro. Nunca. Si acaso, el deseo que sentía me empoderaba. Me liberaba. Era asombroso, carajo. Lo que sucedió el día anterior comprobó que sí podía hacer algo estrictamente para mí, a pesar de todos los motivos por los cuales no debería. Y eso me hacía sentir aún más decidida para encontrar una manera de escapar de mi matrimonio pendiente.

Apreté mi bolso contra el pecho, agaché la cabeza y me dirigí a mi coche. A medio camino, alguien me tomó del brazo. Mi corazón se aceleró por dos punto dos segundos, porque supe que era un hombre, y por algún motivo inmediatamente pensé que podría ser Jackson que venía por el segundo *round* tras lo de la noche anterior, sólo que esta vez sería más que sólo un *beso*.

No era él. Por supuesto que no era él. Era Derek.

—¿A dónde vas con tanta prisa? —preguntó con un tono tan insensible como mi reacción—. Llevo cinco minutos intentando alcanzarte.

Como no llevaba tanto tiempo afuera, me pareció difícil creerle. Pero no lo corregí. Al poco tiempo de empezar nuestra «relación», cuando todavía estábamos en la universidad, aprendí que Derek no reaccionaba favorablemente si lo contradecían. Un día, le mencioné que estaba equivocado sobre las propiedades químicas del azufre y el resultado fue que se salió de la habitación y no me habló durante dos días.

Dos días *maravillosos*.

—Perdón, no sabía que ibas a venir hoy a la oficina. Me voy a casa. Tengo que... —me trabé de momento porque, cuando vi bien su cara, me quedé boquiabierta—, Dios mío, tu nariz.

No sólo estaba hinchada o amoratada. Estaba rota, a juzgar por la cinta adhesiva y la gasa que la envolvía. Todo su rostro estaba sombreado en azules, morados y amarillos, incluso bajo los ojos y un poco de la cuenca ocular también. Se veía como si hubiera chocado con un camión en vez de con el puño de Jackson. O como si un niño le hubiera pintado la cara con los dedos.

Derek levantó la mano y se tocó los vendajes. La rabia le añadió unas manchas de tono rojizo a la paleta de colores de su rostro. Yo no podía apartar la vista. Parecía un arcoíris atropellado.

—Si llego a enterarme de quién fue ese tipo, le voy a meter una demanda tan grande que nunca logrará salir de debajo del montón de papeles con los que lo voy a enterrar. Mi rostro quedará arruinado para siempre.

Tragué saliva e intenté producir un sonido nervioso de afirmación para ocultar mi risa. Eso era lo que le preocupaba a Derek. Su futuro rostro como CEO de la empresa de su padre. Yo tenía cosas más importantes de las cuales preocuparme. Porque en algún momento Derek vería a Jackson. En algún momento se daría cuenta de que el patán que le dio el puñetazo estaba viviendo conmigo y era, de hecho, mi hermanastro.

Pero por otro lado, Derek estaba bastante borracho esa noche. Tal vez su recuerdo no fuera tan nítido y no pudiera reconocer a Jackson.

—¿Tuviste que ir al hospital?

—Sí. Papá me llevó.

Perfecto. Me fue difícil no poner los ojos en blanco al escuchar eso. Digo, este hombre tenía casi veinticinco años y seguía sin hacer nada sin consultarlo antes con su padre.

—Muy bien.

—Aunque sí me comentó que, como mi prometida, debiste haber estado a mi lado —dijo cruzándose de brazos—. Y, a todo esto, ¿a dónde te fuiste tan rápido?

«No soy realmente tu prometida», pensé.

—Estabas borracho y parecía que tus amigos tenían todo bajo

control. Así que cuando vi a mi hermanastro, me fui a saludarlo —alcé un hombro—. Además, estabas portándote como un patán.

—Lo lamento —dijo Derek con la cara aún más fruncida, si es que eso era posible—. Sigue sin gustarme que un tipo desconocido viva contigo.

Y yo no quería lidiar con la posibilidad de estar cautiva en un matrimonio sin amor mientras Derek se daba gusto con otras personas, pero a veces la vida no era justa.

—Y a mí sigue sin importarme —le dije con dulzura y una sonrisa—. No es un desconocido. Es mi hermanastro, así que se quedará. Y nadie puede enterarse. Ya hablamos de esto. Fin de la discusión.

Él se veía molesto.

—Nos vamos a casar. No quiero que estés viviendo con otro hombre, tengo derecho a opinar.

—Claro. Pero yo tengo derecho a no hacer caso de lo que digas —«exactamente como tú no haces caso de lo que yo diga además de que nunca he dicho oficialmente que me casaría contigo», pensé—. Dime, ¿cómo estuvo tu junta del jueves por la noche?

Palideció, porque ambos sabíamos que no había estado trabajando en realidad el jueves en la noche. Tal vez él no sabía que yo sabía, pero sí.

—B-bien. ¿Por qué?

«Porque te vi. Sé lo que estabas haciendo en realidad», moría por decirle.

—Nada más. Curiosidad. Sé cuántas cosas dependían de tu... junta.

—Te estás portando extraña —dijo y se acercó a mí con un gesto molesto y mirándome como si me hubiera brotado otra pierna o algo así de ridículo—. ¿Qué te está pasando últimamente?

—Nada —dije de inmediato, imaginándome la sonrisa de Jackson cuando le dije que intentaría hacer cosas por mí ahora. Era cierto. Ya no iba a seguir permitiendo que me pisotearan. Me casaría con Derek, si las cosas llegaran a eso, para salvar miles de empleos. Pero eso no significaba que tuviera que hacer un esfuerzo por hacerlo feliz. Y mucho menos cuando me quedaba tan claro que él tampoco lo haría por mí–. Simplemente ya estoy harta de que la gente me diga lo que quiere que yo haga. Harta de tener que obedecer constantemente en el instante que alguien voltea a verme.

—¿Y este cambio de parecer se debe a...?

—Mí –dije con la barbilla en alto–. Eso es todo lo que necesito.

Él resopló.

—Creo que tu recién descubierta independencia coincide demasiado con algo que sospecho.

Mi corazón se agitó un momento.

—¿Con qué?

—Tu hermanastro. Se mudó anoche, ¿no?

Yo me puse a juguetear con mis libros.

—Sí, ¿y?

—Él vio la pelea en el bar y piensa que yo soy el tipo de persona que anda peleándose en los bares —dijo Derek con un aspecto más preocupado. Si bajaba más las comisuras de los labios le llegarían a la mandíbula–. No le agrado. Tal vez piense que te mereces algo mejor.

Yo casi me atraganté al tratar de evitar que se me escapara una carcajada.

—Eh...

—No importa. Yo lo haré cambiar de parecer —sacudió la cabeza–. Pero te advierto esto de una vez: si siento que este acuerdo de vivir juntos está provocando algo más aparte de una mala actitud, la fusión se cancela.

Y así como así, la risa que casi me estaba ahogando se murió.

—¿Algo más como *qué*?

—No es tu hermano de verdad —me dijo mirándome fijamente y prestando atención a mi blusa escotada–. ¿Necesito decir más?

Oh.

—No seas ridículo.

—No lo soy —me dijo mirándome de arriba a abajo—. Me queda claro que eres una mujer atractiva. Lo de nosotros tal vez sea un acuerdo de negocios, pero no permitiré que empiecen a correr rumores de que me usas de tapete, sólo sobre mi cadáver. Involucrarte con tu hermano, eso es *repugnante*.

¿Se atrevía a decirme eso cuando él lo hizo en un coche en el estúpido estacionamiento apenas unas noches antes? Que se jodiera.

—Espera, espera —dije con una mano levantada—. No se pueden ambas cosas. No es mi hermano. *Acabas* de decirlo.

Presionó los labios y su boca formó una línea delgada.

—Ya sabes a qué me refiero. Mantenlo fraterno, no sexual. No quiero que nadie piense que no puedo satisfacer a mi mujer.

Me puso tan furiosa que me sentía casi mareada de rabia.

—Nunca has siquiera *intentado* hacer que esto sea algo más que una relación de negocios, ¿y ahora de verdad te atreves a pararte ahí y decirme qué puedo hacer con *mi* cuerpo?

Sus ojos se tornaron fríos e inexpresivos, y yo di involuntariamente un paso hacia atrás.

—Siendo franco, Lilly, me da igual a quién te cojas, pero si haces algo que me avergüence siquiera remotamente, me iré. Thornton Products siempre puede encontrar otra empresa de distribución, pero sin nosotros, Hastings International quedará en la ruina y miles de personas perderán su empleo. Y todo será tu culpa.

Con esas palabras se fue.

La intención de Derek era que sus palabras de despedida fueran desmoralizantes, pero lo único que yo quería en ese instante era lanzarle el bolso a su gorda cabeza con todas mis fuerzas. Apreté los dientes, abrí la puerta de mi coche, lancé mi bolso al asiento del copiloto y me metí. Con el ceño fruncido, golpeé el volante con todas mis fuerzas.

—Esa arrogancia, ese... ese *pendejo*.

Estaba temblando de rabia. Me estaba asfixiando. Y luego me empecé a masajear la mano porque vaya que eso me dolió.

Pero, ¿acaso pensaba que podía ponerme un ultimato y que a mí no me importaría? ¿Pensaba que podía ordenarme que me quedara sola, porque le preocupaba su preciada reputación? Oh, si sólo tuviera que preocuparme por mí, tomaría a Jackson y lo besaría en medio de una fiesta de universitarios. Si pudiera salirme con la mía, provocaría tal escándalo que Derek tendría que mudarse a miles de kilómetros de distancia y aun así no lograría escaparse de los rumores.

Pero no podía hacer eso hasta que encontrara otra manera de salvar la empresa de papi.

—Que se joda. Que se jodan todos.

Después de encender el auto, salí a la calle haciendo gestos de desagrado a cualquiera que se atreviera a cruzarse en mi camino. Cuando era niña, solía rezar para tener visión láser. Tal vez era porque nunca podía externar mis opiniones. Tal vez porque siempre estaba reprimiendo mi rabia y mi frustración, incluso siendo muy pequeña. Cada noche rezaba y rezaba y rezaba, pero nunca lo conseguí.

En ese momento, nunca había deseado más tener visión láser. Porque si la tuviera, podría destruir a todos en mi camino, incluido Derek, y convertirlos en una pila de cenizas y polvo con un abrir y cerrar de ojos. En ese momento nadie estaría a salvo de mis ataques. Ni siquiera Jackson.

Lo único que quería era llegar a casa, meterme a mi habitación y esconderme del mundo. Esperaba que él no me dirigiera la palabra cuando pasara a su lado.

El recorrido me pareció corto, probablemente porque estaba demasiado enojada para pensar en el tráfico. Cuando me estacioné en la casa, apenas había aminorado un poco mi rabia. Tomé mi bolso, salí del coche y empecé a caminar hacia la entrada. Cerré la puerta de una patada y coloqué mis llaves sobre la mesa.

Escuché una risa y me quedé paralizada. Jackson estaba en casa. Ya había deducido eso por mi cuenta, en la entrada, porque su camioneta estaba estacionada junto a mi auto. Pero... no estaba *solo*. Y ésa no era su risa. Me di vuelta muy lentamente y me asomé a la sala con los ojos muy abiertos. Jackson estaba en el sofá, agachado sobre un montón de papeles que tenía sobre la mesa de centro. Una mujer hermosa estaba sentada a su lado, riendo y acariciándole el brazo mientras lo observaba como si fuera su siguiente comida.

Jackson no la alejó. Tal vez incluso se acercó más a ella. Tragué saliva y los miré. Quería apartar la mirada pero no podía hacerlo.

Él no me debía nada. Me había dejado claro la noche anterior que no íbamos a repetir esa explosión de pasión. Él no *deseaba desearme*. Me había dicho, literalmente, que se acostaría conmigo si yo fuera otra persona. Cualquier otra persona. Bueno, pues había encontrado a *cualquiera*. Tenía el cabello rojizo y senos enormes, como la mujer inmortalizada en su tatuaje.

No se habían percatado de mi presencia todavía. Podía correr, escaparme y regresar después, cuando terminaran con... con lo que fuera que estuvieran haciendo. O podía mantener la cabeza en alto y pasar a su lado sin hacerles caso. Eso era lo que debía hacer.

Pero ella le puso una mano en el muslo y él no se la apartó y yo sabía que no me quedaría a ver lo que sucediera a continuación. No, gracias. Sabía de primera mano lo que sucedería después.

Esa *mujer* tenía en su futuro orgasmos estupendos. Sólo que con ella no se detendría en un beso. Con ella se quitaría la ropa y ella se enteraría dónde terminaba ese caminito al tesoro. Suertuda. ¿Dónde estaba esa maldita visión láser? Parpadeé y le fruncí el ceño, imaginando cómo se convertía en una pila de nada...

Jackson volteó y me vio.

Cuando se conectaron nuestras miradas, lo sentí hasta el fondo de mi estómago. No sonrió. Más bien parecía molesto.

—¿Está bien tu ojo?

Dejé de imaginarme la aniquilación por láser.

—Eh, sí, ¿por qué?

—Tenías uno cerrado y el otro entrecerrado.

Me sonrojé.

—Ah, sí —di un paso hacia atrás, hacia la puerta. Hacia la huida—. Tenía algo en el ojo pero ya me lo quité. Pero, bueno, yo...

—¿Quién es ella? —preguntó la mujer hermosa y se puso de pie para mirarme como si fuera su competencia. Qué tonto de su parte—. ¿Es con quien compartes la casa?

—Ella es Lilly, mi... —Jackson se frotó la mandíbula, observándome—. Mi pequeña... hermana.

Yo me tragué mi protesta. No era su *hermana*. Si lo fuera, lo de la noche anterior no hubiera sucedido. Y me podía gruñir hasta cansarse, pero yo supe entonces que la mirada en sus ojos significaba que quería hacerlo otra vez. Y si yo no fuera su «pequeña hermana», se lo permitiría.

—Gusto en conocerte —dijo la señorita y se acercó a mí como si quisiera darme la mano. Probablemente sería un error golpearla—. Qué adorable que sigan viviendo juntos a su edad.

«No. Debo. Golpear». Me obligué a sonreír y decir:

—*Tan* adorable.

—Debe ser entretenido vivir con un hermano como Jackson —dijo la mujer con un tono de voz seductor—. Me he divertido como nunca toda la tarde.

—Es *tan* divertido —respondí con una mirada penetrante hacia Jackson. Él torció la boca en respuesta, como si me estuviera desafiando en silencio a que me atreviera a contradecirlo con su sonrisa pedante. Yo sabía que él creía que no tendría el valor. Esperaba que fuera una niña buena. Pero, después de lidiar con Derek, estaba lista para liberar a mi niña mala interior. No podía esperar a demostrarle que estaba equivocado—. De hecho, justo anoche estábamos en su habitación y me hizo venirme...

La sonrisa desapareció de su cara muy rápido.

—A jugar videojuegos —intervino rápidamente y dio un paso para acercarse a mí—. Lo que sea para mejorar su coordinación.

—Sí. Soy de lo más torpe, me tropiezo por todas partes. Pero anoche estaba que ardía. Pobre de Jackson, simplemente no fue su noche, no logró llegar a la meta —dije con una sonrisa dulce—. ¿Verdad, *hermano*?

Él sonrió con falsedad.

—No me fue tan mal. Cuando te fuiste empecé una misión para un solo jugador. Resulta que juego mucho mejor cuando estoy solo. Para cuando terminé ya había superado tu puntuación, por mucho.

Dios mío. ¿Acababa de admitir que se había masturbado después de que me fui? ¿Por qué me excitaba tanto eso? ¿Y por qué me enojaba? Ese hubiera sido *mi* orgasmo. Debió dármelo a mí. Parpadeé.

—¡Bien por ti! Esa relajación que se siente al jugar —suspiré y sonreí como si hubiera sido un sueño agradable—, es casi orgásmica, ¿no crees?

Él caminó hacia mí con los puños muy apretados pero se contuvo y no llegó a mi lado.

—Lilly.

La mujer nos miraba, obviamente confundida. Su vibra de seducción ya había desaparecido y sólo exclamó:

—Eh…

Jackson me miró furioso, como si estuviera considerando mi muerte. Yo me aclaré la garganta y coloqué mis libros sobre la mesa. Podía sentir la mirada de Jackson quemándome la nuca.

—Hablando de «orgásmico», acabo de recordar que iba a salir a bailar con unos amigos. Diviértanse. Y no me esperes despierto, *hermano*.

Jackson gruñó y yo salí prácticamente corriendo de la casa. Me despedí desde la puerta moviendo los dedos y luego la cerré de golpe detrás de mí. Por un segundo pensé que me seguiría al exterior. Pero no lo hizo. Me dejó ir. No estaba segura si eso era bueno o malo.

Después de poner mi coche en reversa, retrocedí a toda velocidad e hice rechinar los neumáticos cuando puse la palanca en marcha. El recorrido me pareció más corto de lo normal. En cuanto detuve el coche, avancé dando pisotones por el estacionamiento y me metí al mismo bar al que habíamos ido la otra noche. La noche que Jackson regresó a mi vida. Pero no tendría que preocuparme de toparme con él esa noche, *claramente* estaba muy ocupado.

Mientras caminaba hacia la barra, estudié a la concurrencia. El barman, el mismo que había separado a Jackson y Derek cuando peleaban la otra noche, se acercó a mí.

—¿Qué te sirvo?

—Vodka. Mucho.

El hombre me miró con curiosidad, pero asintió y se alejó. Cuando regresó con dos tragos me los tomé uno tras otro rápidamente. Me limpié la boca con la mano y parpadeé porque los ojos me lloraban por el alcohol.

—Más.

—Con calma —me dijo el tipo—. ¿No eres la hermanita de Jackson?

Di un paso hacia atrás, sorprendida.

—¿Hermana? ¿Eso te dijo?

—Sí... —me respondió el hombre retrocediendo un poco—, la hermanastra, para ser exacto.

Me reí.

—No. Lo dijiste bien la primera vez. Soy su maldita hermana.

—Si tú lo dices —murmuró—. Podría haber jurado que dijo hermanastra.

Le hice un ademán de desagrado pero mi visión ya no estaba tan clara por el vodka. Probablemente porque no había comido nada aparte de un plátano a las ocho de la mañana. Había un grupo de tres hombres parados en un rincón que obviamente no estaban teniendo éxito con las damas.

—¿Sabes qué? Olvida el trago que te acabo de pedir. Voy a ir a bailar con esos tipos para ver si saben divertir a una chica antes de irme a casa con mi *hermano*. Ábreme una cuenta.

Crucé la habitación en tiempo récord. Uno de los chicos vio que me acercaba y golpeó en los brazos a los otros, así que para cuando llegué ya estaban viéndome descaradamente con la boca abierta. Y eso que traía puesta la ropa del trabajo. Papi me había dicho que no podía empezar a usar trajes sastre hasta terminar mi año como pasante, cuando realmente tuviera un puesto.

Los hombres eran de mi edad y adorablemente bobos, de cierta manera. Tal vez, de no haber tenido la cabeza llena de Jackson, hubiera sentido química con uno de ellos, pero en ese momento lo único que quería era ayudarlos a desplegar sus alas.

—H-h-hola —dijo el alto. Traía unos lindos lentes de armazón metálico y una camisa de vestir con una mancha de tinta en la manga—. Soy George.

—Yo soy Lilly. Es un gusto conocerte, George —respondí mientras me echaba el cabello por encima del hombro y le sonreía. Luego me asomé detrás de él. Las chicas que no les habían hecho caso nos estaban observando—. No han tenido mucha suerte hoy, ¿verdad?

Él miró hacia la mesa de las chicas.

—No, pero…

—Les diré algo. No me voy a ir a casa con ninguno de ustedes pero quiero bailar y beber sin tenerme que preocupar de que alguien arruine mi diversión —le pasé la mano por el brazo a George y me mecí de atrás hacia adelante sobre mis pies. Él contuvo el aliento cuando lo toqué y se me quedó viendo con una mirada confundida—. Si están de acuerdo en acompañarme esta noche —dije e hice contacto visual con cada uno de los chicos—, me aseguraré de que esas chicas regresen a ver qué es lo que se están perdiendo. Lo único que tienen que hacer es seguirme el paso en la pista, ir por mis bebidas al bar y coquetear de regreso. Todos ganamos. ¿Están de acuerdo?

George vio a sus amigos con las cejas arqueadas. El que tenía una playera con una tabla periódica que brillaba en la oscuridad dio un paso al frente.

—Yo soy Henry. ¿Puedo traerle una bebida, milady?

Le sonreí seductoramente.

—¿Milady? Qué caballero tan amable. Me encantaría un *Sex on the Beach*. Y la primera ronda corre por mi cuenta, caballeros.

Esperé a que Henry llegara a la barra y le asentí al barman cuando me miró para confirmar que yo pagaría las bebidas. Luego tomé de la mano a George y a su amigo silencioso y los llevé a la pista de baile.

¿Quién era ese tal Jackson?

CAPÍTULO 9

Jackson

En cuanto Amanda se fue, me recargué en la puerta y suspiré aliviado. Durante toda la junta para el posible reclutamiento se portó muy directa y atrevida. Yo intenté mantener el asunto en el ámbito profesional, pero esa mujer estaba decidida a tratarlo como una seducción. No importó cuántas veces intenté rechazarla, o apartar sus manos inquietas, no entendía las indirectas. Así que cuando Lilly llegó a casa, me pareció buena idea intentar usarla como escudo. Decir que era mi hermana para que la mujer se comportara. Ajá… no funcionó.

Si acaso, hizo que la incomodidad empeorara. No porque yo deseara a Amanda. No era eso. Para nada. No era mi tipo y yo no estaba interesado en hacer nada con ella aparte de enlistarla en el ejército. No, el motivo de mi incomodidad había sido mi *hermana*. Lilly me había provocado con palabras obscenas y recordatorios de lo que habíamos hecho, cuando yo estaba haciendo todo lo posible por olvidar lo sucedido. Olvidar lo bien que sabía, o cómo había gemido mi nombre cuando se vino, o cómo se aferraba a mí mientras yo la llevaba hasta ese punto. Olvidar lo mucho que quería que mi verga estuviera dentro de ella

Maldición, ya había empezado otra vez. Obviamente estaba

fracasando en mis intentos. En lo único en lo que podía pensar, respirar, oler y sentir era Lilly Hastings. Ella me tenía hechizado. Una probadita no había sido suficiente y nunca lo sería. Pero *tenía* que serlo.

Sin advertencia previa, repasé la manera en que se sentía su boca presionada contra la mía y cómo gemía cuando se vino y se quedó sin aliento. Con un gruñido me acomodé los jeans que ahora estaban demasiado apretados y maldije en voz baja. Me estaba *matando*.

Podría subir a mi habitación a masturbarme nuevamente, si pensara que eso ayudaría. Pero sabía por experiencia, por la noche anterior y por esa mañana, que no serviría de nada. Nada ayudaría excepto traerla de regreso a mi cama para terminar lo que había empezado ayer. Y no lo haría. Maldición, maldición, maldición.

La frase con la cual se despidió diciendo que no la esperara despierto estaba flotando en mi mente y me llenaba con una furia celosa inexplicable. Si estaba contemplando meter a un tipo a la casa, yo... no haría nada. Porque no era mía. No podía *ser* mía.

Y tenía que aceptarlo.

Mi teléfono vibró en mi bolsillo y lo saqué con el ceño fruncido. Reconocí el nombre de inmediato y deslicé mi dedo en la pantalla.

—¿Sí?

—Hola, soy yo. Tyler.

Me froté la frente. Empezaba a tener un dolor de cabeza llamado «Lilly» que iba en aumento rápida e intensamente.

—Sí, ya vi. ¿Qué pasó?

—Tu hermana está aquí.

Me enderecé.

—¿Mi hermana?

—Sí. Hay una rubia linda aquí que dice ser tu hermana y está bailando con tres tipos que obviamente quieren con ella. Se ve muy decidida a irse a casa con todos y les ha estado pidiendo que le lleven bebidas desde que llegó. En unos dos segundos se va a desplomar —dijo Tyler e hizo una pausa—. Hermana o hermanastra, pensé que te interesaría saber que está aquí y no está en condiciones para tomar decisiones inteligentes.

Se cortó la llamada y maldije nuevamente en voz baja, tomé mis llaves y me dirigí a mi camioneta. ¿Pensaba que era gracioso salir, actuar irresponsablemente y emborracharse tanto que no pudiera cuidarse? Pues no lo era. Había una diferencia entre rebelión y estupidez. Y se lo diría en cuanto salvara su bonito trasero *de nuevo*.

Entré al estacionamiento del bar y me estacioné directamente junto a su elegante Cadillac rojo. Con un gruñido abrí la puerta del bar de golpe y empecé a buscar entre la multitud para localizar su cabello distintivo. Mi mirada se detuvo en una rubia, pero estaba en un grupo hablando con tres nerds. No era Lilly.

¿Eso significaría que había llegado demasiado tarde? Con el corazón acelerado me acerqué a la barra. Si Tyler le había servido bebidas, si había dejado que se emborrachara y le había permitido irse con un desconocido, lo mataría. Le arrancaría el corazón pedazo por pedazo, pero a media habitación pude suspirar aliviado. Lilly estaba sentada en la barra, conversando con Tyler y moviendo las manos animadamente. Seguía aquí. No estaba atrapada en ninguna parte con tres desconocidos que no tuvieran inconveniente en aprovecharse de una chica como ella. El alivio que sentí no me duró mucho tiempo. De hecho, la rabia lo sustituyó casi de inmediato.

Cuando me acerqué caminando justo detrás de ella, con los dientes apretados, no me molesté en hablar. Ni me molesté con la lógica. En vez de eso, la levanté, la lancé sobre mi hombro como si no pesara nada, lo cual era cierto, y me dirigí hacia la puerta. Ella pateó y gritó por unos tres segundos. Fue tan poco efectivo como si una polilla hubiera aterrizado en mi brazo.

—Deja de retorcerte o te voy a tirar de nalgas —le grité.

—¡Auxilio! —chilló. Pasaron casi otros tres segundos antes de que su cerebro alcoholizado se diera cuenta de quién era yo. Y entonces se paralizó—. *Jackson.* Bájame. Ya.

—Nop.

Ella empezó a golpearme en la espalda, justo sobre el riñón.

—Si no me bajas y me dejas regresar, juro por Dios que…

—¿Lilly? ¿Necesitas ayuda?

Los tres nerds se acercaron para bloquear mi paso hacia la puerta principal. ¿Estos tipos? ¿Estos eran con los que había estado bailando? Me dieron muchas ganas de golpearlos, de pelear. Si eran sensatos, se quitarían de mi camino a tiempo.

—Ella está bien.

Lilly se empezó a reír.

—Está bien, chicos. Jackson tal vez sea un idiota, pero no me va a hacer nada malo. Es mi *hermano mayor.*

Era oficial. La iba a matar. Me quedé viendo al tipo frente a mí, le gruñí y le dije:

—Ya la oíste. Ahora muévete.

El nerd flacucho se hizo a un lado e hizo una especie de reverencia al decir:

—M-milady.

Me tuve que morder la lengua para no responderle alguna grosería por su término tan cursi. Empecé a avanzar y le hice una señal con el dedo medio a Tyler, quien estaba intentando no reírse mientras sostenía abierta la puerta del bar.

Qué mal que ya no podía matarlo y alegar que había sido fuego amistoso. Y Lilly, *Lilly*, estaba gritándole a los nerds, deseándoles buena suerte en su vuelo, lo que sea que eso significara. Yo ya me había cansado de que ella le estuviera prestando atención a otros hombres, así que le di una nalgada lo suficientemente fuerte para que se callara la boca.

Ella contuvo un grito y luego intentó reprimir un gemido. Un gemido que le hacía cosas malas, *muy malas*, a mi autocontrol, al igual que tener su trasero justo al lado de mi rostro y sus senos presionados contra mi espalda.

—Si sabes lo que te conviene, te callarás, te quedarás quieta y fingirás que no estás presente.

—¿En verdad acabas de darme una *nalgada*?

No me molesté en responder.

Ella se retorció en mi hombro y se sostuvo de mi camisa.

—No puedes simplemente... *arg*.

—Sí —la forcé a interrumpir sus palabras porque lo hice de nuevo. Le di otra nalgada. Luego lo hice una vez más—. Sí puedo.

Ya ni siquiera se molestó en disimular su gemido. Por lo visto, la no-tan-inocente Lilly disfrutaba que le dieran nalgadas. Eso era algo que podría, y de hecho *debía*, pasar el resto de mi vida sin saber. En especial ahora que no podía pensar en nada salvo hacerlo nuevamente, pero con ella totalmente desnuda mientras yo la tomaba por atrás.

Empezó a respirar con agitación y se sostenía de mi camisa con ambas manos.

—*Jackson*.

La sostuve con facilidad en el hombro mientras abría la puerta de mi camioneta. Sin advertencia, la dejé caer de golpe en el asiento del pasajero. Ni siquiera se molestó en protestar.

—Ponte el cinturón, niñita.

Le azoté la puerta en la cara.

Mientras caminaba hacia el lado del conductor respiré varias veces profundamente para tranquilizarme, pero mi pene estaba listo y preparado. Así estaba desde que ella soltó ese gemido sexy. No había manera de seguirlo negando. No tenía sentido seguir fingiendo que podía razonar con mi libido o confiar en mi auto-disciplina para mantener mis manos lejos de ella.

Estaba mal en tantos niveles, pero yo tenía hambre de Lilly Hastings.

Me metí a mi asiento sin verla e intentando recordar que era mi hermanastra, no una mujer sin rostro y sin nombre a quien podría llevarme para un rapidín. Cuando me estaba acomodando en mi asiento, ella se abrochó el cinturón.

—¿Ahora qué? ¿Vas a llevar a tu «hermanita» a casa? ¿Me vas a meter a la cama y me vas a dar un vaso de leche tibia para que me duerma? ¿Tal vez me leas un cuento?

Mis manos se retorcieron en el volante mientras hacía un último esfuerzo por recuperar el control. A su lado, eso no parecía ser posible.

—No eres mi hermana.

—¿Ah, no? —me desafió, inclinándose hacia el frente y girando para verme. Su nueva posición me daba una vista generosa de su escote—. *Pruébalo.*

Tras siete años en el ejército, resistirme a ella estaba resultando ser la batalla más difícil que hubiera enfrentado. Encendí mi camioneta y el rugido de su motor fue mi única respuesta.

—Claro —dijo ella cruzándose de brazos—. Lo supuse.

Yo seguía sin contestar, salí hacia la calle e hice mi mejor esfuerzo por no fijarme cómo la luz de la luna parecía hacer brillar su piel. Estaba borracha y agresiva, y no iba a permitir que me provocara. Pero lo *quería.*

—Ah, ¿entonces me vas a aplicar la ley del hielo? —resopló—. Nunca fui buena en ese juego. Me gusta demasiado hablar.

—No me había dado cuenta —dije con sequedad, incapaz de resistir.

—Da igual —respondió sin comentar sobre mi sarcasmo—. ¿Por qué viniste?

—Porque me informaron que mi «hermanita» estaba borrachísima y lista para ser el entretenimiento de la noche de tres tipos —hice girar el volante y me molestó toparme con un semáforo en rojo que me impedía llegar con ella a casa—. ¿Qué demonios estabas pensando?

Lilly se recargó en su asiento y me miró como si yo fuera el loco.

—¿Que quería divertirme un poco? ¿Que es *mi* cuerpo y por lo tanto es *mi* decisión a quién «entretengo»? ¡Si quiero acostarme con un tipo, es mi decisión, no tuya ni de nadie más!

Pisé el acelerador con demasiada fuerza intentando escapar a mis propios celos.

—¿Quieres cogerte a tres tipos al mismo tiempo? Adelante. Pero no lo hagas cuando estés demasiado borracha y no sepas lo que haces. Esos tipos te podrían haber hecho cualquier cosa y ni te hubieras enterado. No te podrías haber defendido.

Ella tuvo la osadía de encogerse de hombros. *Encogerse de hombros.*

—No estaba en peligro con George y los demás chicos. Teníamos un trato. Además, no estoy borracha.

—Por favor, no digas pendejadas.

—No son pendejadas —me respondió agresiva—. A pesar de lo que creas, me he cuidado yo sola por bastante tiempo y no soy una especie de peso ligero que no sabe controlar lo que bebe. No *estaba* borracha y no me *iba a ir* con ellos a casa. Pero si así fuera, a ti no te incumbe. Sólo soy tu «hermanita», ¿recuerdas?

Tragué saliva.

—No estás borracha.

—No. Estoy. Borracha —dijo y se abrazó las rodillas—. Y que me sacaras cargada del bar como un cavernícola fue... fue...

Esperé a que terminara la frase, pero no terminó. No tardé en entender por qué: ella estaba mirando por la ventana, presionando los muslos y supe, simplemente *supe*, que estaba intentando aliviar el tormento que ardía en su interior. El tormento que tenía mi nombre escrito por todas partes en letras enormes.

—¿Qué fue, Lilly? —pregunté a pesar de que sabía que no debía—. ¿Fue molesto? ¿Irritante? ¿O fue... sexy? ¿Te calentó? ¿Hizo que quisieras más?

Lentamente se dio la vuelta para mirarme con la boca entreabierta y el pecho agitado.

—¿Realmente quieres saber?

No. Tal vez.

—Por supuesto.

Por un minuto no pensé que fuera a responder. Se quedó mirando al frente, con las uñas clavadas en los muslos como si su vida dependiera de ello.

—Me recordó a lo de anoche. Me dejaste muy claro lo que opinas sobre lo que sucedió pero yo no he podido pensar en otra cosa. Sólo puedo pensar en ti y en lo bien que me hiciste sentir y en que quiero sentirme así nuevamente.

No debería haber preguntado. No debería haber...

—¿Cómo te hizo sentir? Cuando te toqué, ¿hice que te vinieras?

—Fue increíble —respondió y se frotó las palmas de las manos en las piernas—. Me hizo querer más. Mucho más.

—A mí también —admití.

—¿Por qué actúas así, entonces? —me preguntó y volteó a verme. Se sentó con una pierna doblada bajo el trasero. Algo de su expresión me dijo que si yo le daba siquiera el más mínimo estímulo... tendría que buscar frenéticamente un lugar para estacionarme mientras se subía a mis piernas. Y vaya que quería que lo hiciera—. ¿Por qué actuar como si no quisieras que volviera a suceder? ¿Como si desearas que no hubiera sucedido?

—Porque no debería haber sucedido —dije rápidamente—. No debería.

—No estoy de acuerdo —señaló y tomó el cinturón de seguridad obviamente lista para desabrocharlo—. Déjame mostrarte por qué.

—No —sacudí la cabeza y me quedé mirando directamente al frente, hacia la calle. Faltaba poco para llegar a casa—. No te desabroches.

Sus dedos se quedaron cerca del cinturón.

—Tú no traes puesto el tuyo.

—Sí. Lo sé —nos detuvimos frente a un señalamiento de alto a una calle de la casa. En unos cuantos segundos ya no estaría atada. En unos cuantos segundos tendría que confiar en mi mermado autocontrol para que permaneciéramos separados. En otras palabras... estábamos *jodidos*. O lo estaríamos—. Y respondiendo a tu pregunta, no estoy dispuesto a arriesgarme contigo. No quiero que salgas lastimada.

Ella se quedó mirándome, todavía con la mano en el cinturón.

—¿Quién dijo que tú puedes elegir si yo salgo o no lastimada? Soy adulta. Deja de intentar tomar decisiones por mí.

No pude evitar pensar que estábamos hablando sobre algo más que los cinturones. Que estábamos hablando sobre nosotros. Al menos yo sí. Al entrar a la cochera de la casa, hice girar el volante con más fuerza que antes.

—¿Qué tiene de malo querer que estés a salvo?

—Papi ha estado limitando mis decisiones alegando que me quiere mantener segura durante toda la vida. Ya me cansé de eso —se quitó el cinturón. La vi por el rabillo del ojo con el corazón desbocado—. Me sacaste del bar cargada y me diste nalgadas. ¿Quieres saber cómo me hizo sentir *eso*?

Mierda. Apreté la mandíbula. Tenía que decir que no. Tenía que hacer que se alejara. Tenía que...

—Lilly, maldición, ya sé, pero quiero escucharte decirlo. Dilo.

Ella se inclinó sobre la consola central de la camioneta y su perfume hizo estragos en mis sentidos. Si me tocaba en ese momento perdería el control, llevaríamos todo hasta sus últimas consecuencias. Sólo alguien que fuera un dechado de virtudes podría resistirse ahora. Y obviamente yo no lo era.

—Me hizo preguntarme cómo se sentiría si me dieras nalgadas estando desnuda —me rozó el brazo con los dedos, incitándome—, y mientras me practicas sexo oral. Apuesto a que se sentiría bien. *Muy* bien. ¿Quieres mostrarme?

Estiré los dedos en el volante sin soltarlo con los pulgares.

—No sabes lo que estás pidiendo.

Ella se inclinó al frente aún más y pude sentir su dulce aliento rozando mi mejilla.

—Pero sí lo sé. Nunca he podido elegir realmente lo que quiero en la vida. Siempre me han dicho qué es lo que quiero y yo les he seguido la corriente, aunque quisiera otra cosa. Pero contigo, sé que puedo obtener lo que *yo* quiero. Sé que me lo darás no porque tú quieras que lo quiera, sino porque *sabes* que lo quiero. Y tú quieres que yo esté contenta. Quieres hacerme sentir bien. Contigo no se trata de qué es lo que alguien más requiere de mí, ni de mis obligaciones o expectativas. Sólo somos nosotros y sólo es la pasión entre nosotros.

Sacudí la cabeza, desesperado y todavía con los pulgares envueltos alrededor del volante. Uno de ellos se soltó.

—Podría hacerte sentir bien una noche, pero no hay futuro para nosotros. Ambos lo sabemos.

—Entonces acepto una noche —se tocó el cabello y se lamió los labios. Yo no lograba separar la vista del camino húmedo que había dejado su lengua—. Y tal vez la noche siguiente también.

Volteé a verla con fuego recorriendo mis venas, quemándolas. Un fuego que no tenía nada que ver con la rabia y todo que ver con la mujer que estaba sentada a mi lado.

—Prácticamente estás comprometida, Lilly —gruñí un poco, no pude evitarlo—. ¿Qué tal si no logras salirte de ese matrimonio? ¿No te sientes mal por estar engañando al tipo?

Su mano soltó mi brazo y la presionó contra su pecho.

—No es… no estaríamos… él no… él nunca… —interrumpió lo que iba a decir—. Olvídalo. Sólo olvídalo.

Empezó a buscar cómo abrir la puerta, la abrió e intentó salirse rápido, pero la tomé del brazo. Tenía la sensación de que si la sostenía un poco más, nunca iba a querer soltarla.

—Termina la maldita oración, ¿él nunca *qué*?

—Dije que lo olvidaras.

Y entonces lo entendí. Ella quería estar conmigo porque el hombre con quien se suponía que se iba a casar no era bueno para hacerlo. Tal vez no le daba lo suficiente, o tal vez era muy malo. O, diablos, tal vez él también estuviera acostándose con otras. Por la razón que fuera, obviamente ella sentía que justificaba sus decisiones.

—Siempre estás hablando de irte a casa con desconocidos, pero no podía entender por qué lo harías. Pero ahora lo entiendo. Ya sé qué pasa —dejé de apretarle el brazo pero no la solté—. Es pésimo en la cama. Es eso, ¿verdad?

Ella rio violentamente.

—¡Por Dios!

—Está bien. Lo entiendo —pasé mi pulgar sobre su piel cálida y suave—. Quieres divertirte antes de dedicarte a una vida entera de sexo aburrido. Yo haría lo mismo. Pero no me puedes elegir a mí para divertirte. No puedes olvidarme después. Siempre vamos a estar en la vida del otro.

—Es curioso, porque ésta es la primera vez que te veo en siete años. No me había dado cuenta de que te ibas a quedar esta vez.

—No sé si lo haré —acepté.

Ella cerró los ojos y dejó caer la cabeza contra el respaldo de su asiento.

—Eres un… no hay otros tipos. Sólo eres tú. Siempre, siempre has sido tú. Quiero que nos desnudemos juntos y me niego a avergonzarme por ello. Pero no confundas mi deseo por ti con un deseo de desnudarme con *cualquiera*. Es contigo. Sólo contigo.

Con eso liberó su brazo de un tirón y salió disparada hacia la puerta principal, sin voltearme a ver ni una sola vez. Mientras tanto, yo no podía separar la vista de su figura en retirada. Acababa de admitir que me deseaba, a *mí*, y que no se avergonzaba de ello, ¿pero por qué lo haría? Era una mujer adulta. Y no éramos parientes consanguíneos.

Si ella quería tener sexo conmigo, ¿quién demonios era yo para decirle que no? Y si ella quería recorrer mi cuerpo con sus manos suaves y hacerme sentir bien por primera vez en años, ¿por qué habría de negarme? Aunque mucha gente asumía lo contrario, yo no era del tipo de hombre que se acostaba con cualquiera o que pasaba de una mujer a la siguiente. Podía contar el número de mujeres con quienes había estado con los dedos de una mano, y no tomaba a la ligera la decisión de acostarme con alguien.

Pero al diablo. Había pasado mucho tiempo desde que me dejé

llevar por la lujuria, años incluso, y si iba a hacerlo con alguien, ¿por qué no con Lilly? Ella había tomado su decisión... era hora de tomar la mía.

CAPÍTULO 10

Lilly

Caminé a ciegas por el camino hacia la casa y me tropecé en el sitio donde una de las rocas sobresalía de las demás. No porque estuviera borracha ni nada, no lo estaba. No había mentido sobre eso. Pero me sentía desequilibrada porque Jackson no dejaba de hacer esas preguntas íntimas y actuaba como si me deseara con la misma intensidad que yo a él, pero cuando respondí con honestidad a sus preguntas se quedó paralizado. No hizo nada.

Eso me enfureció, me molestó, me irritó. Era una tortura. Podría seguir y seguir describiendo todas las cosas que me hacía sentir Jackson Worthington y ninguna de ellas era buena, a menos que estuviera encima de mí, con sus manos en mi cuerpo, pero eso no parecía que fuera a suceder pronto.

Necesitaba entrar a mi casa, subir a mi habitación y cerrar la puerta de mi recámara con llave. Dejarlo fuera junto con todo este desastre, dejarlo atrás. Desafortunadamente, mi bolso seguía en el coche, con Jackson, y en el bolso estaban las llaves para la puerta principal. No me di cuenta de esto hasta que llegué al porche, pero nada me haría regresar por ellas. No había manera de que lo viera a los ojos después de haber admitido que él era el único hombre que yo deseaba.

Podía dormir afuera. Acampar bajo las estrellas. Estar en comunión con la naturaleza hasta que la tierra me hiciera el favor de tragarme entera. Cualquier cosa con tal de no regresar con él.

Me di la vuelta, lista para desaparecer antes de que se diera cuenta pero, en vez de eso, ahogué un grito y mi espalda chocó contra la puerta. Jackson venía dos segundos detrás de mí, caminando rápidamente en mi dirección con sus ojos color castaño ardiendo. Su paso era decidido, determinado, duro. Pero no me quedaba claro si estaba a punto de besarme, matarme o *ambas*.

Me recargué contra la puerta que me sirvió de apoyo, me sostuve de la perilla y me obligué a decir alguna palabra antes de que se acercara demasiado.

—Jackson, yo...

—Cállate. Sólo cállate.

Puso su mano en mi nuca. La otra se extendió por la parte inferior de mi espalda y me atrajo hacia su pecho. Apenas tuve tiempo de inhalar antes de que su boca se posara sobre la mía y entonces, literalmente, me robó el aliento como si quisiera llevárselo todo y nunca devolvérmelo. Y yo lo *permití*.

Me acercó tanto a él que el zíper de su pantalón se enterraba en mi vientre suave y sus dedos se clavaban en la parte superior de mis nalgas, pero no me importó. Lo único que importaba era que ahí estaba y me estaba besando como si nunca fuera a dejar de hacerlo. Yo ciertamente no iba a dar nada por sentado. Le mordisqueé el labio inferior y luego lo chupé para aliviar el dolor.

Un gruñido grave escapaba de su garganta al mismo tiempo que me tenía aprisionada con su cuerpo. Y yo no sentía ningún deseo de escapar. Nada importaba, mientras siguiera besándome y tocándome como si yo fuera lo único que siempre hubiera deseado. Enrollé los dedos en su camisa y me sostuve con fuerza. Y no tenía intención de soltarlo. No hasta que terminara este viaje enloquecedor.

Estiró la mano y abrió la puerta. Me hizo pasar de espaldas hacia el interior mientras su boca destrozaba la mía. En el segundo que se cerró, las llaves chocaron contra el piso y él dejó de besarme y me volvió a poner sobre su hombro. Grité, principalmente por el cambio abrupto de equilibrio, y me sostuve de él mientras subíamos las escaleras.

En vez de ir a su habitación, entró a la mía, pero titubeó en la puerta. Nunca había entrado, así que probablemente sólo estaba observando todo, pero eso no evitó que yo sintiera una punzada de temor que hizo vacilar por un instante la espesa lujuria que se sentía entre nosotros. Si se arrepentía en ese momento, no habría suficiente alcohol ni baile en el mundo que pudiera atenuar ese dolor.

Levanté la cabeza y me puse a mirar mi recámara tan familiar, intentando verla a través de sus ojos. Tenía paredes color verde pálido, alfombra marrón claro, dos ventanas y mi baño. También había una gran cama *king size* con un edredón azul y amarillo —mi cabeza era la única que se había posado en esas almohadas súper cómodas— y un armario enorme con un tocador a juego en la otra pared.

No tenía mucha personalidad, pero era mejor que el dormitorio abarrotado de una universidad, al menos según papi. Y no me había mudado aún, ni siquiera después de graduarme. No era mi hogar, ni mi casa, pero servía para vivir. Lo único de esa habitación que yo quería declarar como mío era él, pero él seguía inmóvil.

Se quedó quieto conmigo sobre el hombro, mirando la recámara como si fuera una zona de guerra en vez de la habitación donde estaba mi cama.

—Jackson... por favor.

Mi voz pareció despertarlo del trance en el que estaba sumido, para bien o para mal. Me apretó el muslo con la mano y exhaló.

—¿Por favor qué? ¿Te bajo? ¿Te tomo? ¿Me voy?

Sacudí la cabeza con la última pregunta, a pesar de que él no podía verme.

—Tómame.

Sin decir palabra, caminó hacia mi cama y me depositó en ella.

En cuanto choqué con el colchón, mientras todavía rebotaba un poco, ya estaba sobre mí, acomodándose entre mis piernas, sin darme tiempo de preguntarme si lo haría o no. Era el paraíso. El paraíso puro.

Bajó su cara hacia la mía y se detuvo justo antes de besarme. Contuve el aliento, sabiendo que todo estaba a punto de cambiar. *Todo*. Todo por él.

—Ya no quiero pelear. Ya me cansé de que sigamos negándonos algo que ambos queremos. Ya no hay vuelta atrás.

—No quiero que te trates de controlar —dije y crucé las piernas en su cintura con la intención de no soltarlo. Si decidiera alejarse en ese momento, probablemente me mataría—. Nunca te lo pedí.

—Lo sé, pero estaba intentando hacer lo correcto —pasó una mano bajo mi trasero y me lo apretó—. Pero ahora es hora de hacer lo *incorrecto*.

Gemí. No pude evitarlo.

—Dios, esos sonidos que haces me van a matar, Lilly —me besó la base del cuello y mordió suavemente mi piel—. Cada sonido que haces me acerca más al límite y ya estoy tan cerca que alcanzo a ver el abismo. Ayer que me masturbé no me sirvió de nada para aliviar mis ansias. Intenté de nuevo esta mañana, cuando te escuché en la ducha, consciente de que estabas mojada y desnuda a unos metros de distancia. De no haberlo hecho, hubiera entrado a tu baño y te hubiera cogido recargada contra la pared —tomó mi mano y la presionó contra su erección—. Pero no ayudó en nada para que esto se bajara, carajo.

Tragándome otro gemido, moví las manos por su larga dureza y respiré profundamente. Me aprendí los contornos de su cuerpo tocándolo y oliéndolo.

—¿Está mal que esto me haga feliz? ¿Saber que me necesitas para solucionar eso?

Él rio y fue, definitivamente, la risa más erótica que jamás había escuchado.

—Siéntete todo lo feliz que quieras —me mordió el hombro y

presionó su erección contra la palma de mi mano—. Pero lo vas a compensar. Vas a hacer lo que yo quiera esta noche.

Yo asentí y la respiración se me atoró en la garganta.

—Lo que sea.

—Oh, me encanta cuando las chicas dicen eso —dijo travieso y frotó su nariz contra mi cuello—. Hace todo más divertido.

Antes de que pudiera contestar con algún comentario sarcástico, o sentirme celosa de esas «chicas» que mencionó, me besó y su lengua tocó la mía. Todos los pensamientos ajenos a él desaparecieron y busqué su erección nuevamente. Esta vez fue él quien gimió y empezó a besarme más profundamente, presionándose más cerca de mí y luego atrapó mi mano y detuvo mis caricias.

—Sólo te lo voy a preguntar una vez: ¿quieres hacer esto? —con unos cuantos movimientos ágiles me sostuvo ambas manos sobre la cabeza con la mano izquierda mientras desabotonaba mi pantalón con la derecha—. Porque si no te levantas y te alejas caminando en este momento, te voy a tomar. Te voy a coger tan duro y tan profundamente que nunca podrás volver a ver a tu prometido a los ojos. Ni siquiera en cincuenta años.

Mi estómago se tensó y sacudí la cabeza sin molestarme en corregirlo sobre el hecho de que Derek no era mi prometido.

—No iré a ninguna parte.

—Que así sea —me acarició la curva de la mejilla con suavidad—. Esta noche harás lo que yo diga. Me obedecerás. Y prometo que te va a gustar. Pero si luego regresas y te arrepientes de esto, me voy a encabronar. Yo no creo en el arrepentimiento. La vida es demasiado corta y es una perra.

Asentí y luego sacudí la cabeza sin estar segura de cómo debía responder. Tenía la mente demasiado nublada con deseo y estaba demasiado distraída por la sensación de estar cautiva bajo sus manos firmes.

—N-no lo haré.

—Prométemelo —exigió mirándome fijamente con la mano todavía en mi mejilla—. Sé que no rompes tus promesas.

Tragué saliva y dije:

—Prometo que no me arrepentiré de un solo segundo que pase en tus brazos.

Al principio no se movió. Algo cruzó por su expresión, algo que no pude leer, y me pasó el pulgar por encima del labio inferior.

—Allá vamos, entonces.

Y su boca se posó nuevamente sobre la mía. Esta vez, cuando me besó, fue diferente. Era como si antes hubiera estado controlándose. Y ahora que no lo estaba haciendo, tal vez yo no sobreviviría al calor. Cada parte que tocaba o besaba, o donde se presionaba en mi cuerpo, estallaba en llamas que amenazaban con consumirme. Pero no me importó.

—No te muevas. Quédate ahí —ordenó.

Se levantó y se quitó la camisa por arriba de la cabeza de la manera en que hacían siempre los hombres que no tienen nada de modestia o dudas. Y, a decir verdad, ¿por qué sentiría algo semejante un hombre que se veía *así*? Ya conocía la mayor parte de los tatuajes de su pecho bastante bien, pero cuando se desabotonó el pantalón y dejó también que cayera al piso, olvidé respirar. Quiero decir, literalmente. Lo olvidé.

Lo único que traía eran unos bóxers que se le ajustaban al cuerpo justo donde debían, y yo no pude apartar la vista de su larga dureza. Y por si eso no fuera distractor suficiente, también tenía tatuajes en los muslos. Eran varios números, fechas e iniciales. En una pierna tenía un dibujo hermoso de una cruz y una mujer en túnica llorando de rodillas. Continuaba debajo los bóxers, así que no alcanzaba a ver toda la imagen. No podía dejar de verla.

—Fuera pantalones.

Me quedé parpadeando.

—¿Eh?

—Dije que... —me abrió el zíper de los jeans— fuera pantalones.

—Hace rato me dijiste que no me moviera —contesté y levanté la cadera. Las mejillas se me calentaron en cuanto los pantalones cayeron al piso. Lo único que traía puesto eran unas bragas pequeñas de satín negro. Al menos eran sexys y no de abuelita. Las había elegido esa mañana con él en mente pero nunca pensé que las vería—. No sabía que ya podía hacerlo.

Riendo, me levantó un pie y lo apoyó en su hombro. Lenta, muy lentamente, rozó sus dedos por mi pantorrilla y por la parte de atrás de mi muslo. Contuve el aliento cuando se fue acercando a mi entrepierna, pero se detuvo justo antes, incitándome. En especial ahora que yo sabía lo que esas manos me podían hacer.

—Jackson. Necesito...

Sacudió la cabeza y me besó, interrumpiendo mi frase.

—Todavía no, Lilly. No es así de fácil. Si sólo tengo esta noche para aprenderme tu cuerpo, quiero estar seguro de no perderme nada.

—Pero... oh, Dios —dije moviendo las caderas con impaciencia, gimiendo cuando pasó la mano bajo mi muslo y me acarició el trasero a través del satín y sus dedos tocaron brevemente mi entrepierna—. Sí. *Por favor.*

—Tan dulce. Tan suave —me besó un tobillo—. Tan deliciosa.

Asentí frenéticamente.

—¿Quieres saber si mi sabor es así de rico en todas partes? Tengo algunas sugerencias sobre dónde puedes empezar tu cata.

¿No me dio ni tantita vergüenza haber dicho eso? Muy bien. Eso demostraba lo perdida que estaba ya. Se quedó paralizado antes de reír.

—Dios, me encanta tu sentido del humor. Espero que, mínimo, Fresa Pendejo aprecie eso de ti —en cuanto pronunció esas palabras, dejó de reír—. Mierda. No quiero que estés pensando en eso, en *él*, mientras estás desnuda en mis brazos. Suficiente plática.

—Estoy totalmente de acuerdo.

—Veamos —tiró de mi tobillo hasta que mi trasero quedó colgando en la orilla de la cama y se agachó hacia el piso. Antes de que yo pudiera parpadear, me mordió la parte interior del muslo, pero no tan fuerte como para dejarme una marca, sólo lo suficiente para que me retorciera—. Definitivamente deliciosa ahí.

—Jackson. Quiero…

—Ya sé qué quieres —pasó las manos por debajo de mi trasero y me levantó. Empezó a mordisquearme el muslo un poco más arriba y me probó—. Más arriba sabes aún mejor.

Me sostuve con fuerza del edredón.

—Oh, Dios.

—No te preocupes. Ya llegué.

Pasó su lengua por mi clítoris pero el satín estaba en medio. Eso no evitaba que se sintiera increíble, pero después de la muestra de lo que podía ofrecerme, yo sentía avidez por más. Y más. Y *más*. Sabía que teníamos una fecha de caducidad: mi posible matrimonio que se veía cada día más ineludible y proyectaba una sombra oscura sobre mi futuro, pero estaba decidida a absorber cada instante que pudiera estar con Jackson. Tenía la sensación de que esa noche sería la mejor noche de mi vida. De toda mi vida.

Apreté su cabeza con los muslos y él me dio una palmada suave en el trasero. Gemí y sacudí la cabeza de lado a lado. Sin advertencia alguna, retrocedió y me arrancó la ropa interior.

—La blusa se tiene que ir —gruñó—. *Ahora*.

Me la arranqué por encima de la cabeza y cualquier dejo de timidez que me quedara desapareció en el instante en que su lengua me rozó. Para cuando me quité el sostén, él ya tenía las manos sobre mis senos y pasaba las uñas de sus pulgares sobre mis pezones duros y adoloridos. Todas las sensaciones que me provocaba eran nuevas y embriagadoras, además de adictivas. Si hubiera sabido que el sexo se sentía tan bien, ¿hubiera esperado pacientemente hasta que Derek y yo nos casáramos para conseguir un poco? ¿Hubiera sido una niña tan buena?

No lo sabía. Y, honestamente, no me importaba. Cerró su boca sobre mi clítoris y su lengua empezó a hacer su magia nuevamente y yo apreté más los muslos a cada lado de su cabeza. Pasé los dedos por su cabello, grité su nombre y moví la cadera en círculos intentando acercarme más a él, al alivio, sólo *acercarme más*.

—Jackson... Dios... necesito... necesito...

Dejó de hacerme el amor con la boca y retrocedió. Sus ojos oscuros y profundos me miraron fijamente. Me miró como si yo fuera la única mujer en el mundo y, en ese momento, así me sentía.

—Te dije que ya sé lo que necesitas —de manera posesiva, enterró los dedos a los lados de mis muslos—. Me necesitas a *mí*.

Bajó la cabeza, pasó su lengua sobre mí y me perdí. Mi orgasmo me sacudió con más fuerza que cualquier otra cosa antes; arqueé la espalda y mi boca se abrió en un grito silencioso. Él dejó que mi cadera cayera al colchón y se puso de pie para quitarse los bóxers. Se agachó y sacó un condón del bolsillo de su pantalón, lo abrió y se lo puso. Sin aliento, vi cómo su mano trabajaba sobre su cuerpo, incapaz de apartar la vista de su dureza. Desde mi posición en la cama podía distinguir una vena gruesa y azulada que iba por uno de los costados de su pene. Antes, al explorar su cuerpo, había notado que era grande, pero verlo en vivo, y saber que estaba a punto de hacerme el amor, hizo que mi corazón se detuviera un segundo, lo suficiente para que decidiera decirle algo que no había sentido la necesidad de compartir antes.

—Jackson, yo...

—Ya sé. Aquí estoy —subió por mi cuerpo y me besó, tomó una de mis piernas y la subió por encima de su cintura. Retrocedió lo suficiente para ordenarme—: prepárate.

Su boca se fusionó con la mía y se posicionó en mi entrada. Le clavé las uñas en los bíceps, cerré los ojos y entonces un dolor agudo me golpeó.

Jackson

En el momento en que la penetré con fuerza, supe que algo estaba mal. En primer lugar, a pesar de estar cálida y húmeda, estaba tan apretada que sentí como si tuviera que forzar mi entrada. Y cuando presioné más fuerte, rompí una barrera suave que cedió ante la presión y ella se tensó bajo mi cuerpo. Tal vez nunca me había acostado con una virgen antes, pero era muy probable que Lilly hubiera sido una hasta hacía unos segundos... y que yo fuera su primer amante.

Saber eso sólo me hacía querer sonreír, lo cual me convertía en el equivalente a un cavernícola, pero yo quería acompañarla en muchas primeras experiencias y ahora ya lo había hecho. Toscamente, sin cuidado o precaución. *Mierda.*

—Dios, Lilly —retrocedí buscando su rostro—. ¿Te lastimé? ¿Estás bien?

Le rodaban lágrimas por las mejillas, pero asintió.

—S-sí. Estoy bien.

—¿Por qué no me lo dijiste? —exigí saber—. Deberías habérmelo advertido. Podría haber ido más lento. Algo más suave, podría haber sido más... más...

¿Qué? ¿Caballeroso? Un caballero no la hubiera tomado, para empezar. Ella intentó no llorar y bajó las pestañas.

—No quería que cambiaras de opinión.

—¿Por qué yo? —pregunté. Tenía que saberlo—. ¿Por qué fui el primero?

—Porque yo te elegí —dijo ella y deslizó las manos por mis brazos antes de dejar descansar las muñecas en mis hombros—. Porque yo sabía que tú me cuidarías y no estarías concentrado sólo en ti mismo.

Empecé a salir de ella, lentamente, para no empeorar el asunto. Fue lo más difícil que había hecho, ya que su cuerpo estaba intentando que volviera a penetrarla pero no había manera de que lo pudiera hacer ahora. Ella merecía una mejor primera vez que esto.

—Mierda. Deja de *retorcerte*.

—No —me clavó los talones en la espalda—. No te vayas.

Tragué saliva y me quedé recargado con los codos a ambos lados de su cabeza.

Tenía las manos todavía enterradas en su cabello y volteé la cabeza maldiciendo en silencio. Cómo no había podido detectar las señales de que era virgen, yo no tenía... *Dios*. Cuando aparté la mirada, mis ojos descansaron en el único espejo que tenía en su habitación. Su posición en la otra pared mostraba cómo lucíamos, los cuerpos unidos y las extremidades enredadas.

Y yo, maldición, no podía apartar la vista de lo bien que nos veíamos entrelazados, juntos. Su piel suave y lisa, perfecta, contrastaba con la mía. Mi cuerpo oscuro, con cicatrices, bronceado y con tatuajes debería verse fuera de lugar con el suyo, pero *no*. Nos veíamos perfectos con mi verga enterrada en su interior, cubriéndola con mi cuerpo, y no me apartaría ahora. Ésta era su primera vez y tenía que ser increíble. Le debía eso, como mínimo.

Una actitud protectora, otra emoción no bienvenida que estaba brotando, empezó a aparecer dentro de mí. Por alguna razón, Lilly confiaba en que *yo* le mostrara lo que podía ser hacer el amor. Me había elegido a mí para que fuera su primera vez en lugar de, no sé, a *su prometido*. Así que necesitaba apagar mi mente, mis dudas y mis preguntas, y demostrarle lo bueno que podía ser.

—No te voy a dejar —susurré.

Cuando nuestros labios se unieron nuevamente, algo era distinto. No podía identificar con exactitud qué era, pero no por eso mi sensación era menos verdadera o aterradora.

Había sobrevivido a una guerra. Misiles, bombas caseras, balas. Pero este sentimiento que ella hacía aflorar en mí me causaba un puto terror más grande que todos los demás combinados.

Después de un momento, ella empezó a relajarse debajo de mi cuerpo. La tensión que la hacía temblar se desvaneció mientras mi lengua acariciaba la suya y cerraba las manos sobre sus senos. Encajaban perfectamente y, si yo fuera un hombre propenso a ese tipo de cursilerías, podría decir que estaban hechos para mí.

Pero no era así. Le pertenecían a alguien más. *Ella* le pertenecía a alguien más. Por mucho que intentaba no hacer caso a eso, no dejaba de asomarse en mis pensamientos. Empecé a mover la cadera con suavidad, asegurándome de que el movimiento fuera lento, suave. Su vagina apretada estaba exprimiendo mi verga pulsante y tuve que hacer acopio de todo mi control para no venirme ahí mismo sin antes asegurarme de que ella también lo hiciera.

Así de increíble se sentía. Era como si me hubiera muerto y hubiera llegado al cielo. Tal vez al fin era verdad. Si esto era el cielo, no quería regresar nunca a la tierra.

—*Jackson* —gimió. Tenía los dedos clavados en mis bíceps y estaba arqueando la cadera más alto. Eso me hizo penetrarla más profundamente y mis ojos se pusieron en blanco porque tener su cuerpo envuelto a mi alrededor era demasiado—. Otra vez. Más.

—No. Necesitamos ir lentamente —dije y dejé caer mi frente sobre la suya, respirando con agitación—. No quiero lastimarte.

—No me vas a lastimar —enterró las manos en mi cabello y me jaló hacia ella; el fuego que siempre me había cautivado se volvió a encender en ella—. Tómame. *Ahora*.

Si eso era lo que ella quería, se lo daría. Esto ya presentaba una tendencia alarmante: que siempre estuviera considerando qué era lo que ella quería. Nunca me había importado nadie salvo mi pelotón. ¿Por qué ahora? ¿Por qué ella?

—Envuelve tus piernas a mi alrededor —exigí sin hacer caso a esas preguntas—. Y no me sueltes.

Ella obedeció. Respiré profundamente para calmar mi necesidad creciente de tomar todo lo que me ofrecía, y más, sin preocuparme por si ella se venía o no. No lo haría. Ella necesitaba venirse. Al menos una vez. Y entonces, y sólo entonces, me relajaría.

Entonces encontraría mi paz.

Sin desperdiciar un segundo, la penetré con fuerza nuevamente. Ella gritó, arqueó la espalda e hizo un esfuerzo por acercarse más.

—Sí. Dios, sí, Jackson. *Más fuerte*.

Apreté los dientes y metí la mano entre nuestros cuerpos para buscar su clítoris mientras me movía dentro de ella con un ritmo constante. En cuanto la toqué ella gritó y empezó a sacudirse debajo de mí. Su cuerpo tomó el control. Fue lo más sexy que jamás hubiera visto.

Sus ojos se abrieron repentinamente y se quedó mirándome fijamente mientras su vagina se apretaba contra mi cuerpo. Su orgasmo fue rápido e intenso, pero ella no apartó la mirada. Ese momento en el cual la vi venirse, esa intimidad, me hizo algo. Algo aterrador, real y poderoso. Me sentí *conectado* con ella.

—Jackson —dijo en voz baja cuando al fin dejó que sus párpados cayeran y puso una mano sobre mi corazón acelerado—. Más. Dame más.

Era insaciable. Hambrienta. Sexy. Yo también.

Y entonces sucedió. Intenté aferrarme a cualquier control tenue que aún quedara en mí, pero no. Me perdí. Lo único que podía pensar y experimentar era a Lilly, cómo me hacía sentir, lo bien que se sentía al estar a mi alrededor. Ella me consumía. Nos subimos por completo a la cama, la penetré hasta el fondo y sostuve su cadera mientras lo hacía.

Ella gritó con placer y arrastró las uñas por mi pecho antes de clavarlas en mi trasero.

—*Jackson*.

—Tu vagina virgen está tan apretada —gruñí volviendo a presionar mi mano contra su clítoris mientras la penetraba con rapidez y fuerza—. Tan. Condenadamente. Apretada. Tan. Condenadamente. Mía.

Ella asintió frenéticamente.

—Sí, Dios mío, sí.

Cuando le di una palmada al costado de la nalga con la otra mano, se vino de nuevo instantáneamente. Sentí su orgasmo hasta el fondo de los restos destrozados de mi alma. Su cuerpo se tensó y se enroscó y sus paredes me apretaron con más fuerza que antes. Grité su nombre, moví mi cadera una, dos veces y *bam*. Me perdí.

Gimiendo, me colapsé en la cama a su lado, sin soltarla todavía para seguir disfrutando de las secuelas del orgasmo más intenso que jamás hubiera experimentado en toda mi maldita vida. Tuve la sensación de que no iba a querer separarme de ella en ningún momento del futuro previsible, y eso era malo. Me hizo algo esa noche. Algo que yo no estaba seguro de comprender por completo, ni de llegar a entender jamás. Y no estaba seguro de querer hacerlo.

Lo único que supe fue que ahí, en los brazos de Lilly, me sentí en paz por primera vez en... bueno, *por primera vez*. Esa misma paz y tranquilidad que había sentido hacía tantos años junto a la piscina, sólo que amplificadas un millón de veces. Y se sentía increíble.

—Carajo.

Ella dejó escapar una risita y apretó el rostro en mi pecho.

—Sí, opino lo mismo.

—Eso fue… —le sostuve la nuca con la mano e incliné su rostro hacia el mío—. Eso fue especial. Espero que lo sepas.

Ella asintió con expresión solemne.

—Lo sé.

—¿Por qué no me habías…? —me incliné hacia ella y le quité el cabello del rostro, mirándola hacia abajo. Tenía las mejillas sonrojadas y el cabello despeinado y nunca se había visto más hermosa que en ese instante, en su cama, en mis brazos, desnuda—. ¿Por qué no han tenido sexo tú y Fresa Pendejo?

Ella exhaló y sus mejillas se sonrojaron aún más.

—Porque no es mi prometido de verdad. Y… y… dejémoslo en que yo no soy su tipo.

—¿Cómo carajos es posible eso? —pregunté mirando su cuerpo desnudo y perfecto—. Mírate. ¿Está esperando para asegurarse de que de verdad se casen? ¿O tú? ¿Eso decidieron hacer? ¿O sigues buscando una manera de escaparte de eso?

—No —me respondió. Arrugó la nariz y esquivó mi mirada—. Él ha estado con otras personas.

—¿Pero no…? —interrumpí mi pregunta cuando entendí de golpe, como si me hubiera caído un cubo de agua fría—. Ah, espera, ¿quieres decir que es gay?

Ella asintió.

—Sí. Bueno, supongo que podría ser bisexual, pero nunca ha intentado iniciar algo físico conmigo.

Entonces era gay. Y ella de todas maneras estaba considerando casarse con él.

—No te puedes casar con él. De ninguna manera, ésa es tu salida, dile a tu papá que es gay.

Ella no ocultó su sobresalto.

—No podría, no lo haría, no le haría eso. Si él no quiere que la gente sepa, entonces yo no seré quien lo diga.

—¿Aunque eso invalidara el contrato? ¿Aunque eso te liberara?

Ella levantó la barbilla.

—Aun así. Tiene que haber otra forma. Una que no comprometa mis estándares morales.

—¿Te das cuenta de a qué te estarías atando si no encuentras otra salida? Nunca será una relación real —dije lentamente intentando no permitir que mi irritación ante su idea de casarse con otro tipo se distinguiera en mi voz.

—Él no sabe que yo sé. Lo descubrí una vez. En el peor de los casos, sólo tendremos que mantener las apariencias por un par de años, hasta que todo lo de la fusión se solucione, y luego ya podemos salirnos del acuerdo con un divorcio discreto.

Lo dijo con tal frialdad, como si no estuviera hablando de venderse a sí misma por dinero.

—Lilly —dije intentando ocultar mi frustración—, no puedes estar hablando en serio. No hay manera.

—Eso realmente no te incumbe —señaló. Luego se sentó y apretó las rodillas contra su pecho—. Es mi vida, no la tuya. Si yo decido que no hay escapatoria y que tengo que casarme, es mi decisión. No tuya. *Mía*.

Me le quedé viendo, incapaz de creer que realmente ella *creyera* eso. Nadie podía ser tan desinteresado. Me pareció que era mentira.

—¿Lo dices en serio? ¿Realmente quieres… en serio?

—Sí —respondió ella y dobló las manos frente a sus rodillas, claramente incómoda—. Las cláusulas del convenio de incorporación son complejas. Las acciones de la compañía sólo pueden otorgarse o venderse a miembros de la familia. Así que si Derek y yo nos casamos, él puede comprar las acciones, lo cual le dará a Hastings un flujo de efectivo. Entonces, Thornton Products también podrá usar nuestra red de distribución. Es una manera de salvar ambas compañías sin tener que ir a la corte y arriesgarnos a que se haga público que estamos en problemas.

Me bajé de la cama y empecé a caminar hacia el bote de basura en su recámara para tirar el condón. No me di la vuelta para verla.

—¿Qué significó para ti esta noche? —pregunté, mirando el condón hacia abajo con el ceño fruncido.

—¿Qué fue para ti? —me devolvió la pregunta.

—Una liberación. Una manera de rascar un sitio que me picaba, tal vez —me encogí de hombros, aún sin voltearla a ver porque había sido muchísimo más. Si yo fuera un hombre cursi, diría que era el destino—. No sé. Pero tú pareces ya tener toda tu vida decidida, así que pensé que sabías lo que querías cuando me besaste anoche.

Ella se quedó en silencio. Después de unos momentos, dijo:

—Sabía que te deseaba. Quería estar contigo. Y fue increíble. Pero...

Como no terminó la frase, finalmente me di la vuelta. Se había metido bajo las mantas y estaba ocultando su desnudez de mí.

—¿Ahora qué?

Ella se encogió un poco al escuchar eso.

—No sé. Es complicado.

—Genial —dije cruzándome de brazos y sin tomarme la molestia de vestirme. No tenía problema con estar desnudo—. Me da mucho gusto escuchar eso.

Ella empezó a mordisquearse el labio inferior y levantó un poco un hombro.

—Me haces sentir viva, muy femenina y sexy. Me gustas y quiero pasar tiempo contigo, pero no puede ser nada público por muchas razones. La gente ni siquiera sabe que ya *regresaste*, para empezar. Y luego está la fusión.

—Mierda —dije y me pasé las manos por la cabeza—. Realmente estás considerando casarte con un tipo que nunca te va a coger así.

Sus mejillas se enrojecieron aún más.

—Tú no sabes eso. Derek y yo podríamos aprender a hacer que las cosas funcionaran tolerablemente bien. Y es sólo un matrimonio. No es para siempre. Dime qué matrimonio es para siempre en estos días.

El mío podría serlo. Me negaba a ser como mi madre y volverme a casar cada año. Cuando me casara, *si* me casaba, sería para siempre.

—Es verdad. Me sorprende mucho que mi madre siga teniendo todavía la capacidad de tolerar a tu padre. Yo pensé que lo iba a mandar al carajo hace *mucho* tiempo.

Ella me miró molesta.

—¿Qué estás intentando hacerme admitir? ¿Que me siento mal? ¿Que no quiero hacerlo? Porque aunque así fuera, aunque no quisiera, no importaría. Si yo decido que es lo mejor, entonces lo haré de todas formas.

Demonios, ni siquiera sabía con claridad qué era lo que quería de ella. Tal vez quería que ella reclamara su propia vida. Que se negara a entrar a un matrimonio sin amor y sin pasión con un hombre que nunca la desearía de la manera en que lo merecía. O tal vez se podría negar a ser un peón en el tablero de ajedrez de la vida. Qué *mierda*, que tomara lo que quisiera, y que peleara como nunca para conservarlo.

—Di que no lo vas a hacer, dile a Walt que se vaya al diablo.

—No puedo hacer eso todavía —respondió sacudiendo la cabeza—. No lo haré hasta estar segura...

No me pasó desapercibida la ironía de esta situación. Yo nunca había querido algo más de una amante, así que no estaba preparado para ese sentimiento que tenía. Pero ahí estaba, no podía hacer nada para fingir que no era así. Y lo peor era que *sabía* perfectamente bien que no podía tener más. No sólo estaba comprometida con otro hombre, sino que también estaba el pequeño dato de que Lilly era mi hermanastra. Nadie nos aceptaría juntos.

Que nuestra relación se hiciera pública sería un escándalo de proporciones épicas. Levanté una mano y ella dejó de hablar de inmediato, como la niña buena que era. Walt la había entrenado bien. Me enfermaba.

—No podemos decirle a la gente de esto. Nadie puede saberlo jamás.

—Lo sé. Eso acabo de decir —respondió y evadió mi mirada—. Pero podemos seguir viéndonos así, como hoy. Estar juntos en secreto. Nadie tiene por qué saber lo que está ocurriendo. Puede ser nuestro secreto. Nadie lo adivinaría.

Así que quería ser una niña buena en público, pero también la chica que se cogía a su hermanastro en privado. Yo no podía hacer eso. Me negaba a ser su secreto sucio. Ya estaba demasiado viejo para eso.

—¿Entonces quieres acostarte conmigo mientras planeas tu boda con Fresa Pendejo?

—Sí —repuso encogiéndose de hombros—. Si me caso con él, no rompería mis promesas de matrimonio. Aunque nunca lo consumáramos, no lo haría. Sé que no tiene sentido, dada la situación, pero no cruzaré esa línea.

Me quedé parpadeando. No lograba entender su lógica.

—¿Pero antes está bien?

—Sí —dijo frunciendo el ceño—. Él también está con otras personas. Lo he visto. Así que sí, por mí, está bien. Pero sólo hasta la boda, si es que *hay* una boda.

—Después de la cual serás la esposa abnegada y fiel, aunque él no lo sea contigo —dije con las manos hechas puños—. Perdón, corrijo: a pesar de *saber* que él no te es fiel, ya que, ya sabes, prefiere a los hombres. Según yo, tú no tienes verga.

Ella se encogió un poco cuando le dije eso. Su aversión a comprometerse a años de celibato quedaba físicamente clara, pero al mismo tiempo pude ver su decisión a hacerlo de todas maneras. Era algo *desquiciado*.

—Si a eso llegan las cosas, sí.

Si ella expresara alguna duda, aunque fuese una muy pequeña, sobre si debía seguir adelante con el matrimonio, tal vez me sentiría distinto. Tal vez intentaría convencerla de que merecía ser feliz con un hombre que en realidad la pudiera amar. Yo no podía ser ese hombre, pero sabía que en alguna parte *existía* alguien que la podría hacer increíblemente feliz, alguien que estaría a su lado para enfrentar el mundo juntos. Pero si ella estaba dispuesta a comprometerse a un matrimonio sin amor que la haría desdichada por unos cuantos años, si ella realmente pensaba que eso era algo que *tenía* que hacer, entonces no había nada más que decir. Lilly podía tomar sus propias decisiones.

Pero yo me rehusaba a hacérselas más sencillas. No sería su tranquilizante secreto, su distracción de la realidad. Ya no podía haber más sexo. Con mi suerte, terminaría enamorándome de ella porque, carajo, si alguien podía hacer que me enamorara era *ella*, y de todas maneras se casaría con Fresa Pendejo. Y yo estaría condenado a seguir siendo el cuñado por Dios sabe cuánto tiempo. *Joder. No.*

Sería mejor dar todo por terminado de una vez, antes de que cualquiera de los dos se encariñara demasiado. Mejor achacárselo a la estupidez de una noche y seguir con nuestras vidas como adultos. Podía hacer eso. Ella también.

—Vamos a fingir que esto nunca sucedió. Y *nunca* volverá a suceder.

Ella palideció y sacudió la cabeza.

—Jackson...

—*No* —recogí mi ropa y la rabia empezó a circular por mi cuerpo—. Si crees que me voy a quedar sentado tranquilamente y dejar que te cases con un tipo que ni siquiera te agrada mientras estás en mi cama todas las noches sin que te importe un carajo tu propia vida o cómo va a terminar, estás loca. ¿Qué clase de tipo crees que soy?

Y con eso, salí furioso de la habitación, decidido a olvidar lo maravillosa que se sentía Lilly Hastings desnuda entre mis brazos y cómo alejarme de ella dolía mucho más que un balazo.

CAPÍTULO 12

Lilly

A la mañana siguiente tiré de las mantas y me cubrí la cabeza porque la luz del sol iluminaba mi habitación. No dejé de dar vueltas en toda la noche y mi mente no se había detenido ni siquiera por un segundo. Ya llevaba dos noches sin pegar el ojo y mi cerebro se sentía torpe y lento. Lo único que podía pensar y sentir era a Jackson y todos los orgasmos que me había provocado, pero ahora él quería que yo fingiera que no había siquiera *sucedido*. Eso no podía ser.

Tal vez él tenía suficiente experiencia para dejar el pasado atrás, pero yo ciertamente no. Tuve un encuentro sexual real, *uno* en toda mi vida y fue con él. No había forma de archivar su recuerdo en el fondo de mi mente, detrás de otros, porque no existían. Éramos sólo él y yo, desnudos. Eso era *todo*.

Cerré los ojos e intenté olvidar nuestra pelea o lo decepcionado que se veía cuando defendí mi decisión de casarme con Derek. Pero el asunto era que yo sabía en lo que me estaba metiendo. Sabía que si terminaba casándome, nunca sería un matrimonio de cuento de hadas, sin importar cómo se viera desde el exterior.

Pero no importaba. Si yo no encontraba una manera de salvar ambas empresas sin el matrimonio, entonces me casaría. Tal vez no quisiera hacerlo, pero lo haría. Era mi felicidad contra la felicidad de miles de personas, y no había manera de ganar esa batalla.

Si no me casaba con Derek por no querer estar atada a alguien a quien no amaba, las compañías de nuestros padres quebrarían, y eran compañías que empleaban a miles de personas. Esas miles de personas tenían familias, hijos, padres, cónyuges. Y toda esa gente se quedaría sin empleo ni dinero ni comida sobre la mesa porque... ¿qué? ¿Porque yo no podía aguantarme y casarme con un hombre que era, en sus mejores días, un patán? ¿Todo porque yo quería un orgasmo?

No era tan egoísta, y me negaba a quedar mal con nuestros empleados. Si las cosas llegaran a eso y no hubiera otra manera de salvar las empresas, entonces lo haría. Me aguantaría y me casaría con él. Las necesidades de muchos se anteponían a las mías. Y así era la cosa. Derek y yo habíamos crecido juntos, él me había acompañado a mi fiesta de dieciséis años y a mi graduación del bachillerato. Nuestros padres naturalmente esperaban que uniéramos a las familias en algún momento vago del futuro, pero cuando las compañías empezaron a tener problemas, esas divagaciones se convirtieron en certezas.

¿Eso significaba que estaba contenta con la decisión? ¿Que no ansiaba que hubiera una manera de tomar el control de mi propio destino y salvar a la compañía sin tener que casarme con Derek? Por supuesto que no. Eso era justo lo que estaba intentando hacer, mientras al mismo tiempo fingía ser una niña buena que haría lo que le ordenaban. Cuando empecé a sentirme ansiosa porque se acercaba el futuro y mi eventual matrimonio, consulté en secreto a una abogada en un poblado vecino. Bajo el acuerdo de confidencialidad, ella me dio la noticia, con una mirada afligida, de que la única opción era convencer a mi padre y al consejo de que redactaran una enmienda a los artículos. Cambiar el contrato y ofrecer las acciones en venta al público. Entendí entonces que los artículos no especificaban exactamente cuál debía ser la relación familiar mientras el contrato prematrimonial dijera que él tenía derecho a retener las acciones si yo era quien solicitaba el divorcio.

Así era. Me aseguré de ello. Y si me casaba con él me divorciaría lo más rápido posible. Ninguno de los hombres había pensado mucho sobre esto porque, ¿a quién se le ocurriría que Lilly Hastings tendría el valor de alterar un plan que se había diseñado con tanto cuidado? Sabía que nuestros padres tenían la esperanza de que Derek y yo tuviéramos un Derek Thornton IV, pero terminarían decepcionados. Tener un bebé era lo que menos quería en ese momento. Derek, en efecto, *era* un «Fresa Pendejo», pero si lograba convencerme de acostarme con él y me embarazaba, no le arrancaría a su hijo. Para mi fortuna, Derek probablemente sentía la misma apatía sobre tener relaciones sexuales conmigo. Como señaló Jackson, yo no tenía una verga.

Y respecto a mí, bueno… Derek no era Jackson.

Con un gruñido tiré de las mantas nuevamente y miré mi reloj, molesta. Los números rojos me indicaban que tenía que haberme levantado para ir al trabajo hacía diez minutos, así que salí de la cama y me apresuré para arreglarme. La falta de sueño no contribuyó a que me sintiera motivada por mejorar mi apariencia, así que tomé unos *leggings* y una blusa holgada color gris con un tigre de lentejuelas de camino al baño. Mientras me lavaba los dientes, abrí la ducha y me quité la playera con la que había dormido. No lo vi hasta que escupí y me enjuagué la boca: tenía sangre en los muslos. Y no eran *esos* días. Era una evidencia de que había hecho algo sólo porque me hacía feliz.

Tragué saliva y me quedé viendo asombrada al espejo. Aparte de la sangre, no me veía nada distinta. No tenía una señal en la frente que anunciara que ya no era virgen. Ni siquiera me sentía distinta, pero, al mismo tiempo, sí lo era. Me sentía mayor. Más sabia. Más… *atrapada.*

Jackson tenía razón. Mi futuro inmediato era uno de falta de amor, celibato y depresión. Derek y yo apenas podíamos tener una conversación educada, ¿cómo podríamos tener una relación significativa algún día? Él nunca lograría quitarme el aliento ni hacerme venir con tanta intensidad como para ver estrellas. Nunca podría hacerme gritar su nombre y enterrar los dedos de los pies en el colchón.

Antes de Derek, sólo salía con chicos escogidos que tenían la aprobación de mis padres. Ellos nunca soñarían con mancillar a la hija de los Hastings, porque yo era la chica buena con quien se casarían, no el tipo de chica con quien adquirirían experiencia. Así que seguí siendo virgen, conformándome con la masturbación ya muy noche, cuando no existía la posibilidad de que alguien me escuchara. No sabía que podía haber más que eso. Si hubiera sabido lo que se sentía que un hombre me penetrara profundamente, esa deliciosa vulnerabilidad de que ese mismo hombre te cargue sin tener que esforzarse, bueno, tal vez me hubiera empezado a portar mal antes. Pero probablemente no, porque entonces no hubiera sido con Jackson.

Me sacudí los pensamientos tristes, me metí a la ducha y me lavé lo más rápido posible. Estaba un poco adolorida y me ardía un poco entre las piernas si me movía demasiado rápido, pero por todo lo demás me sentía bien. Es decir, bien salvo por el hecho de que pronto tendría que enfrentar al hermanastro al que me había cogido la noche anterior, el mismo que se negó a cooperar para que pudiera engañar a mi prometido, a pesar de que lo llamaba constantemente «Fresa Pendejo». Me gustaría poder odiarlo por eso.

Después de vestirme, me recogí el cabello en un chongo suelto, tomé mi bolso y bajé las escaleras. En cuanto llegué al recibidor, Jackson salió de la cocina con una taza de café en una mano y un vaso para llevar en la otra. Traía puesta una camiseta negra que le apretaba todas las partes indicadas y un par de jeans color azul oscuro. Se veía injustamente sexy.

Claro que, si algún día no lo viera sexy, probablemente significaría que estaba agonizando en mi lecho de muerte.

Nos quedamos mirando y la manera en que me vio, como si

me estuviera recordando desnuda, me hizo sentir incómoda y sentí un dolor distinto entre las piernas.

—Te hice café —dijo con un tono inmutable y precavido.

—Gracias —le respondí y estiré la mano para tomarlo. Nuestros dedos se rozaron y mi estómago se tensó por la caricia inocente. A él se le tensó la mandíbula, por lo que supe que él también lo había sentido: la tensión sexual entre nosotros desde aquella primera noche en el bar—. No te hubieras molestado.

Él inclinó la cabeza.

—Lo sé, pero quise hacerlo. A pesar de mis actos de anoche, quiero que seamos amigos, Lilly. No quiero que lo que sucedió entre nosotros sea algo que no podamos superar. Lo hicimos, fue maravilloso, pero ya pasó. Ahora debemos volver a ser amigos… familia… o como sea que lo quieras llamar.

Sostuve mi café con fuerza y dejé que me calentara las manos porque sus palabras drenaron todo el calor que tenía mi cuerpo. No porque fueran palabras frías ni nada parecido, de hecho era algo muy amable de su parte. Pero yo no quería ser su *amiga*. Yo quería más. Lo quería a él. Y no podía tenerlo.

—A mí también me gustaría mucho eso. Mucho.

—Qué bueno —dijo con una sonrisa que no le llegó a los ojos—. Tu coche está afuera. Fui por él anoche.

—Oh —yo ni siquiera había pensado en eso—. Gracias de nuevo.

—Cuando quieras —dijo moviéndose hacia adelante y atrás en los pies—. Si vienes a casa temprano esta noche, voy a preparar una pizza para cenar. No querrás perdértela.

Dios, era bueno en esto. Actuaba como si ya me hubiera archivado en su categoría de aventura pasajera. No alcanzaba a distinguir ningún deseo o pasión residuales. Era como si hubiera apagado un interruptor mental y ya no pensara en mí de esa manera. Me dolía más de lo que debería.

Pero enderecé la espalda y me obligué a colocar una sonrisa despreocupada en mis labios. Si *él* podía superarlo tan rápido y actuar como si lo de la noche anterior no hubiera significado nada, *yo* también podía.

—Sí, claro. Suena muy bien. Me encanta la pizza.

—Lo sé. Me acuerdo —nos miramos y se hizo un silencio incómodo entre nosotros. Después de un momento, movió los pies—. ¿Necesitas algo más?

—N-no —abrí la puerta—. Nos vemos más tard... oh, *mierda*.

Derek estaba frente a mi puerta con sus llaves en la mano. Nunca venía a mi casa, así que, ¿por qué ahora? ¿Por qué esta mañana después de que Jackson y yo... mierda. Esto no podía estar sucediendo.

—Hola, tengo una junta en la oficina de tu papá hoy sobre la fusión y pensé que podía pasar y presentarme con tu... ¿qué carajos? —Derek finalmente vio a Jackson parado detrás de mí. Su arcoíris facial ya se había convertido en pasteles suaves y me quedó claro que no había estado tan borracho como para no recordar quién se lo había dibujado con el puño.

—¿Qué está haciendo *él* aquí?

Miré a Jackson por encima del hombro. Su gesto hacia Derek era de desagrado. Sin embargo, en cuanto notó que yo lo veía, suavizó la expresión de su rostro e, impávido, dio un paso hacia el frente con la mano extendida.

—Soy Jackson Worthington, el hermanastro de Lilly.

—Soy Derek, su prometido.

No lo corregí porque él no sabía que yo siempre lo hacía. Aún creía que estaba dispuesta a casarme con él.

—Derek, Jackson. Jackson, Derek.

Derek no le tomó la mano.

—Tú me golpeaste. Fuiste tú, en el bar.

—Sí, supongo que empezamos con el pie izquierdo —dijo Jackson sonriendo y retiró la mano. Con la otra apretaba con fuerza su café. Su taza tenía un logotipo del ejército—. Yo sólo vi a alguien acercarse a Lilly, y noté que se alteró, así que intervine. Soy su hermanastro, después de todo. Estoy seguro de que entiendes mi... instinto protector, ¿verdad?

Derek se sonrojó, miró a Jackson de pies a cabeza y tomó su mano.

—No estaba borracho. Sólo me estaba sintiendo un poco... inquieto. Así que busqué a mi hermosa prometida —dejó caer la mano de Jackson y me pasó un brazo por la cintura, acercándome a él—. Seguramente *tú* entiendes eso.

Jackson se quedó viendo el sitio donde Derek me abrazaba, justo por arriba de la cadera.

—Por supuesto. Y mientras la «inquietud» sea mutua, nunca interferiría.

—¿Por qué no lo sería? —protestó Derek

Jackson no dijo nada. Sólo arqueó una ceja.

Derek se le quedó viendo. Ni siquiera apartó la mirada cuando me preguntó:

—¿Quieres que te lleve al trabajo? Tenemos que ir a casa de tus padres saliendo, así que sería buena idea ir en un solo coche.

Maldición. La cena. Se me había olvidado.

—Eh, sí, claro. Me iré contigo.

—Supongo que me comeré la pizza yo solo —dijo Jackson lentamente. Se metió la mano libre al bolsillo y chasqueó la lengua—. Más para mí.

—Deberías acompañarnos —dije rápidamente—. A la cena. A decirles que estás de regreso.

—Ajá... No, no lo creo.

Derek abrió la puerta.

—Es una pena. Me hubiera encantado verte allá.

—Estoy seguro de eso —dijo Jackson con un tono demasiado alegre—. ¿Cuánto tiempo, exactamente, tienen ustedes de conocerse?

—Desde que éramos niños —respondió Derek. Le dio la espalda a Jackson con una sonrisa tensa—. Incluso antes de que su padre decidiera casarse con tu madre. Mucho antes de que tú entraras en su vida.

—Ah —dijo Jackson. No pareció impresionarle para nada—. Lo gracioso es que no recuerdo haber oído hablar mucho de ti en aquel entonces.

—Ya sabes cómo es todo cuando eres niño —Derek me volteó a ver—. No sabes apreciar las cosas más refinadas que tiene la vida.

Jackson inclinó la cabeza.

—¿Qué quiere decir eso, exactamente? Me encantaría saberlo.

—Jackson —dije yo.

—¿Qué? Es una buena pregunta —dio un paso hacia nosotros—. La primera vez que lo vi te estaba maltratando. ¿Así es como normalmente trata a las «cosas más refinadas» de su vida?

—No me importa si te agrado o no —repuso Derek con el labio superior torcido en una mueca—. Tal vez en el futuro seamos familia política, pero no confundas eso con pensar que tu opinión tiene peso conmigo. Lo único que me importa, *Jackson*, es que no te metas en lo que no te incumbe. Y si quieres que mantenga tu secretito, así lo harás.

—Ella es mi hermanastra —dijo Jackson acercándose—. Y vivimos juntos. Sería difícil incluso si quisiera hacerlo. Y no quiero.

Derek se paró frente a mí.

—¿Qué quieres decir con eso?

—Por Dios, chicos, ya basta —intervine bruscamente—. No significa nada. Sólo significa que me protege porque soy su… su…

—Familia —intervino Jackson, y me miró con tal intensidad que me hizo sentir incómoda.

—Así es. Familia —«pero la familia no hace lo que nosotros hicimos anoche, ¿o sí, Jackson?», pensé—. Discutir con él no va a arreglar nada.

—Nada de nada —concordó Jackson con un tono de voz demasiado animado. Estaba disfrutando esto, el infeliz—. Si quiero odiarte, te odiaré. Me gané ese derecho cuando peleé para que tú tuvieras la libertad de usar esos horrendos pantalones caquis que usas todos los días.

Yo me atraganté con la risa pero traté de disimular tosiendo.

No pude evitarlo, porque Derek *sí* los usaba todos los días y era ridículo. ¿Dormiría con ellos también? Como si siempre tuviera que mantener las apariencias o algo así.

Derek se puso rojo y tomó mi mano.

—Vámonos —casi le arrebaté mi mano con violencia porque nunca me había tomado de la mano. Nunca. De hecho, evitaba tocarme; cuando mucho, me ponía una mano en la espalda cuando teníamos que asistir juntos a eventos. Claramente, él percibía a Jackson como una amenaza, y cómo no, si Jackson era sexy, estaba tatuado, era seguro de sí mismo y estaba soltero. ¿Qué hombre no se sentiría intimidado por todo eso?—. Se nos va a hacer tarde.

Vi a Jackson una última vez por encima de mi hombro. Arqueó una ceja, como si me estuviera desafiando a decir que no. Como si esperara que recuperara el sentido y saliera corriendo y gritando.

—Nos vemos luego, Jackson.

—Sí —dijo moviéndose sobre los pies y con el ceño fruncido—. Nos vemos al rato.

Cerré la puerta detrás de nosotros y, en cuanto estuvimos solos, Derek me soltó. Se había terminado la farsa.

—¿Por qué no me dijiste que el tipo que me golpeó era tu hermanastro?

—No sabía si te ibas a acordar de él —dije, sin importarme si estaba enojado. Como dijo Jackson, nada de lo que yo hiciera haría que yo le gustara. No tenía el equipo necesario, por ponerlo de alguna manera—. Así que preferí tomar esa decisión cuando hubiera que tomarla.

—Bien, pues ese momento llegó —caminó hacia el coche y abrió su puerta de un tirón. Yo abrí la mía sacudiendo la cabeza. Su padre nunca le había enseñado modales. Vivir con él iba a ser *genial*—. Y estoy enojado de que nunca me lo dijeras. Tu hermanastro me atacó violentamente y tú me dejas entrar a una situación peligrosa así, sin advertencia.

Cerré mi puerta y me puse el cinturón. Tenía la disculpa en la punta de la lengua. Era lo que siempre hacía. Pero no quería. No tenía nada de qué disculparme, no le debía nada.

—Oh, por favor. Tal vez la próxima vez sólo debas evitar tocarme a menos que yo te dé autorización explícita de que lo hagas. Eso podría evitar que se enoje de nuevo.

—O tal vez deberías recordarle que el hecho de que se hayan conocido de niños no significa que su opinión tenga más importancia que la mía —dijo Derek con brusquedad mientras encendía el auto—. Estamos comprometidos. No tiene por qué intervenir. Ni siquiera si quiero agarrarte el trasero en público, lo cual obviamente no hice, pero ése no es el punto. Tu trasero es mío, para todos los propósitos del mundo.

Me tensé. Derek no era así antes. Siempre había sido un niñito mimado, pero nunca así de vulgar. Algo había cambiado en él. O tal vez yo era la que había cambiado. Tal vez no tenía tolerancia ya para esta mierda.

—No. No lo soy. No soy y nunca seré tu propiedad.

Él descansó los codos en el volante y se frotó el rostro con las manos.

—Tienes razón. Lo lamento. Es que… tenemos un plan, ¿no? Hay cosas por hacer para asegurarnos que nuestras vidas no se vayan al infierno. Para salvar miles de empleos. Ambos sabemos que es lo correcto. Un sacrificio por los demás. Él es una desviación del plan y eso me alteró. ¿Y qué sucedería si decidieras arrepentirte? Entonces toda esa gente perdería su empleo. Yo no puedo vivir con eso, ¿tú?

Y ahí, justo ahí, estaba la parte medular del asunto. Por supuesto que podía alejarme. Por supuesto que podía elegirme a mí misma sobre todas las demás personas. Pero tendría que vivir con esa decisión el resto de mi vida.

—No —dije cruzándome de brazos—. No si está en mi poder evitarlo.

—Igual para mí. Así que ambos sabemos lo que tenemos que hacer —colocó una mano en mi brazo—. Lo lamento, ¿está bien?

Ya sé que me he portado como un idiota últimamente. Mamá ha estado reuniéndose con Nancy y le están poniendo los toques finales a nuestra boda. Estaremos casados en muy poco tiempo y todo este estrés desaparecerá.

Nancy, mi madrastra, había apartado tiempo de su apretada agenda de eventos de caridad y varios comités sociales para «ayudar» a planear la boda. Lo único que yo tendría que hacer sería decir: «Sí, acepto». Me quedé mirando por la ventana. Porque mientras más lo pensaba, más ganas me daban de vomitar.

—Sí, bueno, eso sólo significa que las compañías estarán a salvo más rápido. No es una excusa para el comportamiento que has tenido hacia Jackson.

—Lo sé —dijo y retiró su mano para salir en reversa hacia la calle—. Es que odio a los tipos como él, que se alejan para hacer lo que se les da la gana y no cumplen con sus responsabilidades. Yo soy el que está haciendo sacrificios por nuestras familias, ¿y él tiene el descaro de juzgarme a mí? Pero, por ti, intentaré llevarme bien con él.

Tragué saliva y no contesté. Derek no estaba precisamente equivocado. Si Jackson no se hubiera enlistado en el ejército y hubiera hecho lo que papi tenía planeado, probablemente yo no estaría sentada en ese coche. Pero Derek realmente no conocía a Jackson, no sabía el tipo de hombre que era. No como yo.

CAPÍTULO 13

Jackson

Esa misma noche, mientras bebía lentamente un escocés sentado en un gabinete de cuero con respaldos acojinados, no lograba sacudirme el mal humor que se cernía sobre mi cabeza como una nube de tormenta. Llevaba ahí todo el día, siguiéndome donde quiera que fuera. Después de que Lilly se fue con Fresa Pendejo, me invadió una irritación generalizada contra el mundo y no lograba librarme de ella.

Cuando Tyler me propuso que fuéramos a cenar, accedí de inmediato. Saber que mi madre estaría cerca, pero que todavía no se enteraba de mi regreso, no ayudaba a tranquilizarme a pesar de que mi madre y yo nunca fuimos particularmente cercanos. Nunca nos habíamos llevado muy bien porque yo fui un error que ella nunca quiso.

Tampoco sentíamos un desagrado profundo por el otro, ni me maltrató de niño ni nada así de dramático. Pero mientras yo estaba ocupado creciendo, ella eligió centrarse más en su marido en turno o estaba en busca del siguiente. No tuvo mucho tiempo para dedicarle a ese niño estorboso que nunca planeó tener, para empezar. Y no perdía oportunidad de recordármelo.

Ahora que ya era adulto, y que podríamos asumir que terminó

la parte difícil de ser madre, finalmente parecía haber sentado cabeza. Lo cual, obviamente, significó que de pronto dispuso de tiempo para su hijo no deseado, o sea, *yo*. Así que empezó a escribirme más correos electrónicos. A preguntar qué haría con mi vida cuando saliera de la milicia.

Después de mi lesión le dije por teléfono que tal vez regresaría a casa, que tal vez me saldría del ejército. Ella inmediatamente empezó a planear mi futuro: dónde iría a estudiar y en qué me convertiría ahora que había terminado de «jugar al soldado» en el extranjero. Dónde viviría cuando regresara. Fue un proceso inmediato y yo no tuve el corazón para decirle que podía planear todo lo que quisiera pero yo elegiría mi propio maldito camino. Así lo había hecho siempre. No iba a cambiar eso sólo porque de repente ella se acordó de que yo existía.

Así que aún no le decía que regresé a casa. No había hablado con ella desde entonces, a pesar de sus llamadas frecuentes, y de todos los planes de vida que hacía emocionada para mí con ayuda de Walt.

Carajo, cuando estaba *luchando* en el extranjero me mandaba una carta al año. Una maldita carta. Lilly me escribía una vez a la *semana*. Y cuando sus cartas finalmente empezaron a disminuir hasta que las dejó de enviar, las extrañé cada vez que llegaba el correo. Si hubiera podido elegir, hubiera preferido que mi madre dejara de escribir y no Lilly. Y hablando de Lilly…

Carajo, no lograba definir con claridad mis sentimientos por ella en ese momento. Estaba molesto porque ella podría casarse con Fresa Pendejo, me sentía orgulloso porque obviamente todavía me prefería a mí en lugar de a él, y estaba ofendido porque a ella no parecía importarle una mierda que no pudiéramos estar juntos. Revuelto con todo esto estaba el deseo de tenerla en mis brazos nuevamente, de ver la pasión en su rostro mientras perdía el control en la cama.

Pero no podía tenerla. Me negaba a tener solamente una parte de ella, y eso me estaba matando. *Ella* me estaba matando.

Tyler volvió y se deslizó en el gabinete con el teléfono todavía en la mano.

—Perdón, me hablaron del bar. Otra vez nos quedamos sin vodka.

—¿No tienes un gerente de inventario que se encargue de esa mierda? —pregunté.

—Sí, pero renunció. Sigo buscando un sustituto —levantó su *gin and tonic* y se lo bebió de un trago—. Entonces, ¿cómo va eso de vivir con tu hermana?

—No es mi hermana —respondí tan precipitadamente como él bebió—. Pero va bien. Nos llevamos bien.

—Qué bueno —señaló y colocó su vaso en la mesa—. Es bonita.

Yo fruncí el ceño.

—Sí...

—Debe ser raro vivir con ella —comentó Tyler con los labios torcidos y su mirada fija en una rubia hermosa que estaba sentada sola en el bar—. Casi ni se conocen y ahora viven juntos y ella es muy sexy y obviamente siente algo por ti. Y tú sientes algo por ella, aunque no estoy seguro de qué sea ese «algo».

Me tensé.

—¿Por qué dices eso?

—Tengo ojos —respondió sin más—. Pero, como ya te dije, vivir con alguien que no conoces es raro.

Eso no era cierto. Yo sí conocía a Lilly. De hecho, apostaría la vida a que la conocía mejor que cualquier otra persona. Pero no admitiría eso frente a Tyler. Di un sorbo a mi escocés. Ya habíamos terminado de comer y estábamos esperando que nos trajeran la cuenta, así que la mesa estaba limpia.

—Me escribió cuando estaba en el extranjero. Hasta que entró a la universidad, como Walt le dijo que hiciera. Así que la conozco más de lo que tú crees.

—Las cartas de hace años no cuentan —dijo Tyler y tomó su vaso vacío con el ceño fruncido—. ¿Cómo era tu hermana, de niña?

—No es mi hermana —respondí automáticamente y me quedé

mirando el líquido ambarino de mi vaso—. Pero era... inteligente. Graciosa. De espíritu libre, pero no sabía cómo mostrarlo. Siempre supe que quería liberarse del control de su padre, pero nunca hizo nada al respecto. Todavía no lo hace. Carajo, hasta le escogió un esposo. Tiene un contrato y todo. Y tal vez se case con ese tipo.

—Espera, ¿qué? —me interrumpió Tyler sacudiendo la cabeza como si no estuviera seguro de haberme escuchado bien—. Estás bromeando, ¿verdad?

—No. Es en serio —coloqué mi vaso casi vacío sobre la mesa—. Ella tiene un contrato legal para casarse con un pendejo.

Tyler parpadeó como si no estuviera seguro de haberme escuchado bien.

—¿La gente todavía *hace* esas cosas?

—Aparentemente, la gente rica sí —repuse encogiéndome de hombros—. Tiene algo que ver con dinero y fusiones y sus negocios.

—Carajo, hombre —Tyler se recargó en el respaldo del gabinete—. ¿Y ella simplemente lo va a hacer?

—Eso creo. Dice que está buscando una manera de salirse, alguna opción, pero incluso cuando lo está diciendo puedo notar la resignación en su mirada —alcé nuestros vasos mirando al barman, quien asintió desde el otro lado del lugar—. Tal vez no la conozca tan bien como debería, pero esto sí lo sé. Ella tal vez crea que puede salirse del contrato, pero si no encuentra un modo se va a casar con él. No sé con qué la estará amenazando su padre, ni por qué siente que lo tiene que hacer, pero lo hará.

Tyler silbó entre los dientes.

—Carajo. Eso está jodido.

Me terminé lo que restaba de mi bebida y no respondí nada.

—¿Y qué hay de ti?, ¿tú cómo estás? —preguntó Tyler.

—Estoy bien —respondí rápidamente—. Trabajando. Durmiendo. Viviendo.

—¿Ya le dijiste a tu madre que regresaste?

Me reí.

—No.

—¿Le vas a decir?

—No lo sé —contesté honestamente—. De hecho estoy averiguando si me pueden dar un puesto en alguna otra parte para hacer reclutamiento. Hawái suena bien.

—¿Te irás de nuevo? —preguntó Tyler en un tono inexpresivo.

Yo deslicé nuestros vasos hasta la orilla de la mesa porque no podía estarme quieto.

—Tal vez.

—¿Alguna vez consideraste que estás huyendo de algo?

Tamborileé en la mesa con un ritmo constante, fingiendo que estaba contando los segundos antes de disparar contra un objetivo.

—No quiero vivir aquí, con mi madre. No creo haber ocultado mi...

—¿Qué hay de tu hermana? —preguntó Tyler inclinándose hacia mí—. ¿También estás huyendo de ella?

—¿Por qué lo haría? —pregunté. Mi corazón latía con fuerza dentro de mi cabeza—. Sólo somos hermanastros. Nada más.

—Sí. Claro —me dijo Tyler con desdén—. Y yo soy el maldito Bradley Cooper.

Llegaron nuestras bebidas y tomé la mía de inmediato. Tyler hizo lo mismo.

—Ella no significa nada para mí. No puede significar nada. Sólo tengo una deuda con ella y estoy intentando compensarla. Corregir los errores de mi pasado.

—¿Qué deuda es ésa? —preguntó Tyler con la atención todavía puesta en la rubia. Ella ya lo había notado y lo observaba también—. Eso todavía no me lo dices.

—Porque es algo personal.

—Ah, claro —respondió parpadeando—. Te vi cuando leías esas cartas, hombre. Una y otra y otra vez. Vivías para leerlas. Las amabas. No finjas que no era así. Carajo, todavía las tienes.

Me reacomodé en el asiento; me irritaba porque era cierto. Las llevaba a todas partes. Y, cuando tenía un mal día, las leía. En especial mis favoritas.

—Eso no significa que sienta algo por ella.

—¿Entonces por qué te mudaste con ella y no conmigo?

—Ya te dije —me encogí de hombros—. Una deuda.

—Sí. Claro.

Tyler le sonrió a la rubia y ella se sonrojó. Era otro motivo por el cual no quería vivir con él, pero no quería decírselo. Si él pensaba que acostarse con todo el mundo y emborracharse le ayudaba, ¿quién era yo para decirle que lo dejara de hacer? No era su médico. Era su amigo.

—Anda. Ve a saludar. Yo pago esta vez.

—¿Estás seguro? —me preguntó mientras salía del gabinete.

—Sí. Pero no olvides que tienes que ir a ver a la doctora Greene mañana —le recordé. Eso hacíamos siempre. Manteníamos al otro por el camino correcto. Cuando hirieron a Tyler, él eligió salirse por completo del ejército. Fue una decisión con la cual tuvo muchos problemas—. Quiero que me des un informe completo.

—Sí, sí —murmuró Tyler—. Diviértete jugando a la casita con tu hermana.

—Vete a la chingada —le dije.

Pero sonreí por nuestras bromas. Tyler era mi hermano, aunque no fuera de sangre. En cuanto estuve nuevamente solo, mi mente regresó a Lilly. ¿Cómo era posible que de verdad estuviera planeando casarse con un hombre que no le agradaba? Se merecía más. Merecía ser *feliz*.

Era el tipo de mujer que, desde adolescente, aceptaba a los tipos como yo. Quien me había escrito carta tras carta sin que hubiera ninguna señal de aliento de mi parte, y lo había hecho sólo para que yo supiera que era importante para ella. Quien me había amado cuando yo claramente no merecía ese amor. Quien me continuó amando a pesar de que yo nunca le contesté cuando yo era un chico que ella apenas conocía.

¿Cómo se sentía acerca del hombre en quien yo me había

convertido? No importaba. En realidad no. Todo porque ella iba a ser una mártir y se casaría con Fresa Pendejo porque su padre le dijo que «tenía» que hacerlo. Eso no era justo. Nada de esto era justo. Y ella no tenía que estar de acuerdo con esto.

Sonó mi teléfono y me encogí al ver quién era. Mi madre. Suspiré y contesté:

—¿Hola?

—Hola, querido. Soy yo. Tu madre.

Apenas pude controlar mi instinto de poner los ojos en blanco.

—Sí. Lo sé.

—¿Cómo están por allá? ¿Qué es todo ese ruido?

—Son los chicos, hacen mucho escándalo. Es la noche que nos toca salir. Y estoy bien, bien. ¿No se supone que deberías estar en...? —me mordí la lengua porque, aunque sabía que estaba en una cena con Lilly, no podía decírselo—. Digo, ¿qué estás haciendo ahora?

—Nada. Acabo de llegar a casa de una cena.

—¿Estuvo buena? —pregunté con cortesía. Si ella ya estaba en casa eso quería decir que Lilly no tardaría en regresar. De repente, sentí prisa por irme—. ¿Te divertiste?

—Estuvo muy bien —respondió con un bostezo—. ¿Cuándo vas a regresar? Dijiste que volverías a casa pronto.

Yo hice un gesto de dolor porque ella ni siquiera sabía que me habían disparado. Cuando le hablé del hospital, omití esa parte a propósito durante nuestra plática. Y fue una buena decisión porque al final no me había salido del ejército ni me saldría.

—Cambié de opinión, mamá.

Entonces se quedó muy callada.

—¿Qué quieres decir?

—No me salí del ejército. Me quedé.

Más silencio

—¿Por qué hiciste eso?

—Porque aquí es donde quiero estar —respondí y me froté la frente mientras me despedía de Tyler en silencio al verlo irse con la rubia bajo el brazo. El tipo trabajaba rápido—. Es donde quiero estar.

Ella empezó a hablar sobre todos los planes que había hecho, y cómo se suponía que yo debía regresar a casa y tomar mi lugar como su hijo y convertirme en un político y bla, bla, bla. Me desconecté después de los primeros tres minutos, con la mente todavía en Lilly. Ahí me quedé en mis pensamientos hasta que ella gritó:

—¡Jackson! ¿Siquiera me estás escuchando?

—Sí, perdón —respondí parpadeando—. No dormí bien anoche y es tarde aquí.

Mi mentira provocó una sensación de malestar en mi estómago.

—¿Por qué no? —escuché que movía el teléfono—. ¿Estás teniendo pesadillas? He escuchado que muchos soldados tienen pesadillas. Deberías ir con el doctor de la base. Apuesto a que es muy discreto.

—No, mamá. No estoy teniendo pesadillas —simplemente no había podido dormir después de cogerme a Lilly y con todo lo que sucedió después. Los sonidos que hizo al venirse me siguieron hechizando hasta altas horas de la madrugada—. Simplemente tomé mucho café.

—Deberías tener cuidado con eso —dijo muy seria.

Tuve que esforzarme por no reír. Dios, cuando era niño tomaba dos litros de Coca-Cola y ella no me decía nada. Pero ahora que era adulto, estaba intentando ganar el premio de la Madre del Año y le preocupaba mi consumo de cafeína. Era más que ridículo.

—Tienes razón. Es algo serio.

—Desearía que regresaras a casa, Jackson.

Tragué saliva y el sentimiento de culpa volvió a surgir.

—Lo siento.

Hablamos unos cuantos minutos más y luego colgamos.

Ahora que había cumplido con su deber, seguramente ya no me llamaría en otras dos semanas. Después de mentirle a mi madre necesitaba relajarme y tranquilizar los sentimientos que estaban desgarrando mi interior antes de regresar caminando a casa. Así que me acomodé en mi gabinete y me terminé mi bebida mientras estudiaba el bar atestado de gente. Estaba completamente lleno, pero parecía ser un lugar bastante inofensivo. Sólo mucha gente que estaba intentando emborracharse, coger con alguien o ambas cosas.

Nadie estaba pensando en matarme, ni atacarme, pero de todas maneras me sentía tenso. Odiaba las multitudes. Había demasiada gente a quien vigilar.

Una morena se acercó a mí, obviamente era una clienta del lugar que estaba a la caza de carne fresca.

—Te ves solitario aquí sentado sin compañía —dijo con una sonrisa—. ¿Quieres invitarme un trago?

Claro. *Nada* me gustaría más.

—Perdón. Estoy con alguien. Una dama me espera en casa —no era totalmente una mentira, sólo que no era *mi* dama—. Pero si la situación fuera otra...

Ella hizo un puchero juguetón antes de dedicarme una sonrisa genuina.

—Tu dama es una mujer con suerte.

No era cierto. Lilly era tan generosa que repartía toda su suerte. Miré a la mujer alejarse al acecho de otro. Era sexy y estaba dispuesta a divertirse sin ataduras. Sería la persona perfecta para empezar a superar a Lilly, pero yo no sentía nada. No sentí ni la más mínima reacción en mi verga.

Lo único que quería era pensar en Lilly, en cómo me había hecho sentir la noche anterior. Y cómo se había arqueado su espalda cuando se vino, con sus ojos verdes y brillantes mirándome fijamente mientras se iba flotando en su orgasmo. Y su risa. Su sonrisa. Lo suave que era su cabello... *Mierda*. Me puse duro como piedra. Tal vez sí debería irme con la otra mujer.

Mientras bebía, miré a la multitud a mi alrededor. Por alguna razón, me divertía observar a los demás mientras toda la noche intentaban conseguir una pareja, persona tras persona, hasta que finalmente tenían éxito. Conforme iba pasando el tiempo, más y más personas lo lograban y se marchaban juntos. Y sin embargo yo seguía en el mismo sitio, con mi misma bebida.

Cuando vi a la morena mirarme con interés renovado, dejé algo de efectivo sobre la mesa y me puse de pie para dirigirme hacia la puerta. Ya que estuve afuera, saqué mi teléfono por décima vez esa noche. Tenía una llamada perdida y un correo de voz.

«Hola, Teniente Worthington. Soy el Suboficial Thomas. Llámeme y programaremos una cita para platicar sobre el cambio que solicitó a Hawái».

Sonreí porque iba a suceder. Las cosas se estaban acomodando y si todo iba según el plan, pronto estaría nuevamente fuera de Arlington. Lejos de mamá, de Walt, y de *Lilly*.

Era curioso. Esa última parte ya no se sentía tan bien. Y eso me encabronaba.

CAPÍTULO 14

Lilly

Habían pasado *cinco* noches. Cinco noches largas, tensas y solitarias desde que Jackson y yo hicimos el amor. Y, desde entonces, él había mantenido su palabra. Me trataba con amabilidad y nunca se acercó siquiera a algo más íntimo. Éramos amigos, yo alcanzaba a notar que le importaba y Dios sabía que él me importaba a mí. No habló de la noche que compartimos ni sugirió que pudiera estar interesado en más. Se estaba portando al ciento por ciento como el hermanastro platónico y eso me estaba matando. Tal vez él estaba bien con una noche de placer, pero yo *no*.

Ansiaba sentir sus manos. Soñaba con él todas las noches, incluso desperté como a las dos sudando frío con la mano metida en mi ropa interior. Jadeando, abrí los ojos con la esperanza de que el sueño donde él me hacía el amor con la boca fuera real, pero no era así. Estaba sola en la cama. Y así como así, mi orgasmo inminente se desvaneció.

El sueño me dejó ansiando más cosas que antes. Y estaba a punto de explotar. Si él me sonreía una vez más, o si actuaba como si no me deseara cuando sin duda *tenía* que hacerlo, le brincaría encima. No era posible que este deseo insistente fuera unilateral, ¿o sí? Seguramente él todavía me deseaba también.

—¿Siquiera me estás escuchando? —preguntó Derek.

Me obligué a emerger de mis pensamientos. Desde que Jackson se mudó a la casa, Derek encontraba más y más excusas para visitarme. No estaba segura si era debido a que estaba intentando arreglar nuestra relación, como había dicho el otro día, o si era porque le gustaba babear por Jackson. Porque lo hacía, y mucho.

—Sí, perdón. ¿Qué decías?

—Te pregunté a qué hora llegarías al trabajo mañana —dijo lentamente.

Me enderecé.

—Ah. A las nueve.

—Está bien —cambió de posición y miró el reloj—. ¿A qué hora dices que llega Jackson a la casa?

Ahí estaba mi respuesta. No podía culparlo. Yo también quería babear por Jackson.

—En cualquier momento.

Como si lo hubiéramos invocado, se abrió la puerta y Jackson gritó:

—¿Lilly? ¿Estás en casa?

—Sí —respondí y me abaniqué con mi cuaderno. Hacía un calor infernal dentro de la casa y las cosas se calentarían más en cuanto él entrara a la habitación—. En la cocina.

—Te traje un... —se detuvo en la puerta, dudando. Seguía usando su uniforme militar color verde oscuro y le quedaba súper sexy. Cada vez que lo veía vestido así y no podía tocarlo, sentía que me moría un poco—. Ah, no estás sola.

—No, no lo está —respondió molesto Derek, sin perder la oportunidad de admirar la figura de Jackson—. ¿Te decepciona?

Era gracioso porque cuando Jackson estaba en casa, Derek actuaba como si lo odiara. Pero yo notaba cómo se reanimaba cuando entraba a la habitación. Podía ver el interés que brillaba en sus ojos color azul intenso. La actitud de patán que fingía con Jackson claramente era una especie de coqueteo. Derek mostró más interés en sostener un diálogo ingenioso con Jackson que en la hora de conversación que tuvo conmigo durante la cual básicamente habló sobre sí mismo.

Me pregunté si Jackson también lo notaría.

—¿Que estés aquí? —preguntó Jackson encogiendo un hombro—. Sí, pero lo superaré.

Suspiré y miré sus brazos. Traía un paquete de seis cervezas y una pizza. No sabía qué se me antojaba más: la cerveza, la pizza o *él*. ¿Para qué me engañaba? No había competencia. Jackson ganaba, definitivamente. Y siempre sería así.

Apreté los labios y me sacudí el trance en el que me había puesto Jackson para mirar a Derek y ver si se había dado cuenta, pero él estaba muy ocupado cautivado por los mismos músculos que yo. Tragué saliva e hice mi mejor esfuerzo por ignorar que mi futuro esposo estaba babeando por el único hombre con quien *yo* me había acostado. Era una situación tan enferma.

—¿Una de ésas es para mí?

Pregunté, y Jackson me miró con la mandíbula tensa.

—Sí, claro. Si quieres.

—Gracias.

Me puse de pie y levanté los brazos sobre la cabeza, gimiendo cuando los músculos adoloridos de mi espalda finalmente pudieron estirarse. Derek y yo habíamos estado haciendo un crucigrama. Ya me sentía como de noventa años. Jackson me vio con los ojos entrecerrados y, por primera vez en días, pude ver el deseo en su mirada. Fue suficiente para hacerme querer saltarle encima, con o sin el supuesto prometido en la misma habitación.

Jackson me observó como si pudiera leerme el pensamiento y sonrió con sorna.

Derek no se dio cuenta. Estaba demasiado ocupado fijándose en *él*.

—¿Quieres una cerveza? —le pregunté a Derek.

—¿Qué? Ah. No, gracias —miró su reloj y se puso de pie. Ya había conseguido lo que quería en su visita. Ya había visto a Jackson—. Debo irme.

Jackson ni siquiera lo volteó a ver. Sólo dejó su cerveza sobre el mueble de la cocina y abrió la caja de la pizza.

—Muy bien. Nos vemos.

Yo acompañé a Derek a la puerta.

Miró hacia la cocina.

—Si pudiera ser un poco más respetuoso, no me importaría que estuviera aquí todo el tiempo, pero actúa como si *yo* fuera el que está estorbando. Debería ser amable conmigo para que yo guardara su secreto, debería estar tratando de complacerme.

—¿Qué? —pregunté.

—No importa —corrigió rápidamente con las mejillas sonrojadas—. Nos vemos luego.

Salió corriendo por la puerta como si lo estuviera persiguiendo un perro rabioso. Tal vez yo era ese perro rabioso. Tal vez él estaba tan a disgusto con este posible matrimonio como yo. Y tal vez, sólo tal vez, podría ser un aliado para salirnos del compromiso. Cerré la puerta tras de él, suspiré con fuerza y dejé caer mi frente contra la puerta fresca de acero.

—Gracias a Dios.

—¿Gracias a Dios qué? —preguntó Jackson—. ¿Estás bien?

—Sí —era el momento de lidiar con su amabilidad imposible mientras seguía fingiendo que nunca me había visto desnuda—. Este, tengo el cuello adolorido. Dormí en una mala postura.

Él rio un poco y en un instante tenía las manos alrededor de mis hombros y masajeaba mis músculos adoloridos.

—Siempre has sido inquieta al dormir. Recuerdo que andabas por los pasillos a mitad de la noche cuando éramos chicos.

—Lo sé. Todavía… —dejé de hablar y gemí. No pude evitarlo. En cuanto se me escapó el sonido, él se tensó pero se acercó un paso. Podía olerlo. Sentirlo. *Percibirlo*—. Todavía lo hago.

Él se acercó más. Un paso más y su zíper se enterraría en mi espalda. Y yo podría sentir *su erección*. La extrañaba.

—Lo sé. Te oí anoche.

Sí. No podía dormir por su culpa. Apostaría a que eso también lo sabía.

—Tu mamá habló mucho de ti la otra noche —dije con la perilla de la puerta en la mano como si fuera un salvavidas—. Nos contaba que tal vez vinieras pronto a casa.

—Lo sé —dijo y se puso rígido. No alcanzaba a verlo, pero lo pude sentir. Sus manos seguían masajeándome, bajando ligeramente más por mi espalda, pero las sentía más tensas—. Le dije que no iba a regresar.

Intenté voltear a verlo pero él me sostuvo en mi sitio e hizo más intenso el masaje. Mis ojos se cerraron.

—En algún momento le tendrás que decir.

—Tal vez. O tal vez no —entonces lo hizo. Se acercó otro paso. Ni con toda la indiferencia del mundo podría ocultar el hecho de que ahí, en ese momento, me deseaba. No había manera de explicar *eso* como un accidente—. Depende de si me quedo o no.

Sentí un hueco en el estómago y apreté los muslos.

—¿Qué quieres decir? ¿Estás pensando en mudarte de nuevo?

—No lo sé. Tal vez —se inclinó hacia mí e inhaló profundamente. ¿Acababa de... oler mi cabello? De verdad lo había hecho—. Hay un puesto en Hawái, y un poco de arena y sol me parecen bastante bien.

Hawái. Se me secó la garganta. Intenté imaginarlo recostado en la playa de arenas blancas y eso hizo que el hueco que sentía en el estómago se hiciera más grande. Apreté más las piernas, pero eso no alivió el dolor sordo que sentía entre ellas. Tampoco disminuyó el vacío que me embargaba al pensar que se iría. Esta vez, quizá no regresaría.

—Pero está tan lejos...

—Lo sé. Es el punto.

Tragué saliva.

—¿Nancy lo sabe?

—No. Sólo te lo he dicho a ti —su mano bajó por mi espalda y, sin tener la intención de hacerlo, yo me incliné hacia atrás para sentir su erección y presioné mi trasero contra él. Los dos nos quedamos inmóviles y sin respirar–. Sabes, puedes apretar esas piernitas tuyas todo lo que quieras, pero eso no te proporcionará alivio. Nada lo hará.

Me di la vuelta rápidamente y me recargué contra la puerta. Mi pecho estaba agitado. Él ya se había quitado la camisa del uniforme y sólo tenía la camiseta verde oscuro.

–Sé de algo que sí lo haría.

–Lilly.

–Jackson –susurré de vuelta.

Estaba muy cerca, mirándome hacia abajo.

Lo suficientemente cerca como para, si así lo quisiera, ponerme de puntas con las manos en sus hombros y besarlo. Con un movimiento pequeño podría conseguir lo que quería. Él seguía sosteniéndome del hombro y tenía la otra mano en mi cadera. No me soltó. No me rechazó.

Después de varios días de nada salvo amabilidad y distancia, se sentía como un milagro. Como un rayo de sol entre dos enormes nubes de tormenta. Lentamente levanté mi mano y le toqué la mejilla. En cuanto lo toqué, él se sacudió lo que fuera que lo había mantenido cautivo y dio un paso hacia atrás.

Gimió y se pasó la mano por el cabello con una risa.

–Perdón. Me perdí por un momento.

Me tragué mi protesta y se me atoró en la garganta. Pero fingí una sonrisa. Fingí que no quería treparme en él como un mono.

–Sí. Yo también. Claro.

–En fin –dijo mientras se frotaba la nuca y volvía a reír. Sonó más forzado que antes–. Bueno, pues sí. Hawái. Tal vez. Pero no le digas a nadie.

–No lo haré –respondí con suavidad–. Tu secreto está a salvo conmigo.

Nos volvimos a mirar fijamente. Ninguno de los dos se movió. Al fin, él se aclaró la garganta y dijo:

–Sí. Lo sé. Y el tuyo está a salvo conmigo.

Mis manos se hicieron puños.

—¿A qué secreto te refieres?

—El obvio —dijo y me miró de arriba a abajo—. El hecho de que no importa cuánto quieras fingir lo contrario, no quieres casarte con Fresa Pendejo. Ni te gusta darte cuenta de que me mira con más interés de lo que jamás ha mostrado por ti.

Sacudí la cabeza.

—No lo hagas.

—¿Que no haga qué? —dijo riendo y se alborotó el cabello—. ¿Decir la verdad?

—Ya te dije —respondí con la barbilla en alto—. Es asunto mío.

—Tal vez sea cierto —volvió a acercarse y vi sus fosas nasales ensanchadas—. Pero eso no significa que yo no sea capaz de ver la verdad que tengo frente a las narices. Tú dijiste que tal vez podrías escaparte del compromiso pero creo que sabes, en el fondo, que no lo harás. Y eso te está matando.

Sacudí la cabeza.

—Si tengo que hacerlo, lo haré. Y estaré bien —estiré las manos hacia adelante—. ¿Qué hay de malo en eso?

—Podrías defenderte, decirle «no» a tu papi por una vez en la vida.

Me reí.

—Sí, como si eso fuera tan fácil.

—Lo es —me respondió con brusquedad.

—¿Crees que no he pensado en decirle que no? —pregunté mientras me acercaba más a él. Él dio un paso atrás—. Esto no tiene que ver con papi ni con lo que él quiere. Es algo más grande. Fui con un abogado. La fusión es la única solución.

—La América corporativa está vivita y coleando. Yupi —dijo con sarcasmo.

—No es así —le expliqué entre dientes—. Si no hago esto, *miles* de vidas saldrán afectadas. Miles de personas perderán sus empleos, sus casas, todo. No hay manera de escaparse de esto. No para mí.

Él frunció el ceño.

—Que se jodan las compañías y al diablo con tu padre. Solamente aléjate, toma tus propias decisiones. Eso es lo que yo hice.

—Sí, lo recuerdo. Estuve ahí, tal vez no te diste cuenta.

Él apretó la mandíbula.

—No seas tonta. Por supuesto que me di cuenta. Pero de todas maneras me fui. Es lo que la gente hace, irse.

Me quedé mirándolo incapaz de responder a eso.

Pasaron varios segundos. Por fin, rompí el silencio porque obviamente él no lo iba a hacer.

—Fue diferente para ti. Tú te podías dar el lujo de pensar sólo en ti mismo.

—¿El *lujo* de pensar sólo en *mí mismo*? Peleé por mi maldito país. Arriesgué la vida todos los días durante siete años —me miró de arriba a abajo—. ¿Me vas a decir que eso es un puto *lujo*?

—No lo quise decir así —respondí cubriéndome el rostro. Estaba ya exhausta de esta batalla constante con él. No entendía y nunca lo haría—. Quiero decir que, en cierta forma, hay similitudes entre lo que tú hiciste y lo que yo estoy haciendo. Obviamente yo no estaré rodeada de muerte ni en peligro mortal. Pero si sigo adelante con este matrimonio, estaré sacrificando años de mi vida, también, por el bien común. Sí, tú hiciste un sacrificio honorable y, sí, eso fue increíble. Pero también fue tu manera de escapar. Nos dejaste a todos atrás sin pensarlo dos veces y te *fuiste*. De no haber sido por tu lesión, no estarías aquí en este momento. Y lo sabes.

Él apretó los dientes.

—¿Qué tiene eso que ver contigo y Fresa Pendejo?

—Yo también estaría haciendo un sacrificio honorable al casarme con él, aunque claro, no podría escaparme o empezar de nuevo —presioné los labios—. Pero estaría salvando a miles de personas del desempleo, de la quiebra, del divorcio, del estrés, de todo tipo de consecuencias. Lo único que tengo que hacer es casarme con Derek por un par de años y ellos se salvarán. Ése es *mi* trabajo. Ése es *mi* sacrificio. Y es *mi* decisión. Y es algo que no tomo a la ligera, sin importar cuánto deseara poder hacerlo.

CAPÍTULO 15

Jackson

Me quedé viendo a Lilly haciendo mi mejor esfuerzo por no mal-decir y darle un puñetazo a la pared. Porque ahora ya entendía por qué lo estaba haciendo, y de todas maneras no me gustaba. No estaba haciendo esto por ser mártir, ni por ser la niñita buena de papito querido. No estaba buscando compasión ni que yo la salvara de un destino que no merecía.

Si seguía adelante con esto y se casaba con Derek, sería por-que, para ella, era lo *correcto*. Estaría sacrificando su libertad, su futuro inmediato y su felicidad para salvar los empleos de miles de trabajadores sin rostro que nunca sabrían que debían agrade-cerle a ella sus crecientes cuentas bancarias. Ella estaba siendo noble. Amable. Honorable. Con un carajo, no podía sino admirar su posición.

—De acuerdo —dije pasándome la mano por el cabello.

Ella se quedó parpadeando y con la frente arrugada.

—¿Qué?

—Dije «de acuerdo» —bajé las manos a mis costados—. No me *gusta* y no lo *comparto*, pero entiendo por qué sientes que tienes que hacerlo. Y es noble, en cierta manera.

—No soy noble —susurró ella—. Estoy tratando de salirme de esto.

—Sí, pero si no puedes encontrar una manera de salvar a las compañías, a la gente —dije mirándola directamente a los ojos—, lo harás, ¿no es así?

—Sí —respondió con un tono que no logré distinguir si era miedo o compromiso con su causa—. Lo haría. Pero estoy esperando no tener que hacerlo.

Me dirigí a la cocina sin saber qué más hacer o decir.

—¿Quieres una cerveza?

—Sí —me dijo y me siguió—. Por Dios, sí.

Después de abrir el refrigerador, saqué una cerveza, la abrí y se la di antes de tomar una para mí. Seguía pensando que estaba loca por hacer lo que hacía, pero sabía por experiencia propia lo difícil que era romper con las expectativas, en especial cuando otras personas salían afectadas por tus acciones. Y ella no era el tipo de persona que lastimaría a alguien deliberadamente. Ni siquiera a personas que no *conocía*.

Era otra cosa que admiraba de ella. Cuando éramos más jóvenes, un día que Walt estaba fastidiándome, como siempre, ella entró a la habitación con el cabello rubio volando detrás de ella y le dijo que me dejara en paz. Y Walt lo hizo. Fue el día más pacífico que tuve en esa casa.

—Así que Hawái, ¿eh? —dijo con la mirada en su cerveza—. ¿Tienes, no sé, un deseo de morir o algo así?

Resoplé.

—Si fuera así, soy pésimo para conseguirlo. Pasé los últimos siete años en situaciones peligrosas y viví para contarlo. Pero dime, ¿cómo es que vivir en Hawái te acerca a desear la muerte, según tú?

—Está, literalmente, sobre un volcán.

Me reí y no me molesté en ocultarlo.

—De todas maneras es mucho mejor que el desierto.

—Sí. Estoy segura de que sí —agregó y arrugó un poco la nariz—. ¿Cómo era allá?

Me tensé y di un gran trago a mi cerveza. No me gustaba hablar sobre eso. Vi a más hombres morir de los que podía contar, maté a más de los que quería contar, y perdí a demasiados amigos. Vi a muchos perderse a sí mismos, incluso yo. Era una batalla constante lograr seguir siendo... bueno, seguir siendo yo. No perderme en los recuerdos ni en el dolor. Pero con ella, no sé, se sentía bien responder. Como si ella mereciera saberlo.

—Fue un infierno. Y eso es todo lo que tengo que decir sobre mi tiempo allá.

—¿Por eso nunca contestaste mis cartas? —levantó su cerveza y se la puso en los labios, pero no bebió. Yo no podía apartar la mirada—. ¿Porque no tenías nada que decir?

Sí. Y no. No le contesté porque no tenía nada que decirle *a ella*. Mientras seguía hablando de su vida y de su futuro, yo no sabía si los tendría. ¿Pero quién quería escuchar eso?

—Leí todas las cartas —dije en vez de contestar a su pregunta—. Todas y cada una.

Ella dio un sorbo a la cerveza y se recargó contra un mueble. Esta posición hacía que sus senos sobresalieran y, de nuevo, no pude evitar mirar.

—¿Ah, sí?

—Sí —todavía las tenía en mi habitación. Como dijo Tyler el otro día, no importaba dónde estuviera ni cuántas veces me hubiera mudado, siempre me llevaba las cartas. Pero me moriría antes de aceptarlo. Tampoco le diría que algunas de ellas las había leído y releído tantas veces que empezaban a borrarse—. Me gustaron. Las extrañé cuando dejaste de escribir.

Nos quedamos mirando y ninguno de los dos habló. Quería preguntarle si había dejado de escribir porque me dejó de querer. Pero, en realidad, ¿qué caso tenía? No importaría su respuesta, eso no cambiaría el hecho de que lo más probable era que se casara con Derek y yo tendría que continuar solo con mi vida. Por alguna razón, eso ya no se sentía tan bien como antes. Y no tenía idea de qué tendría ella en la cabeza, pero parecía igual de contemplativa.

Finalmente, carraspeé y me fui a la sala. Ella me siguió.

—¿Qué va a pasar cuando me vaya a Hawái?

Ella rio un poco.

—No sé. Tú dime.

—Lo que quiero saber es, ¿quién estará aquí para recordarte que te diviertas? ¿Para recordarte que decidas algo por ti de vez en cuando? —me senté y di unas palmadas en el lugar junto a mí. Ella se subió al sofá y se acurrucó sin dudarlo. Sus rodillas rozaron mi muslo cuando se acomodó—. ¿Quién será tu siguiente error?

—Tú no fuiste un error —dijo ella con voz suave—. Fuiste una de las mejores decisiones que jamás tomé. Esa noche, en tus brazos, me sentí en control de mi vida por primera vez en... bueno, por primera vez. Y fue muy emocionante —le empezó a quitar la etiqueta a la cerveza y se mordió el labio—. Gracias por darme eso.

Di un trago con la garganta increíblemente seca y me acomodé los jeans. Mi verga se había despertado en el instante en que ella me tocó el muslo y no se estaría quieta pronto.

—Lilly... de nada. Pero seamos honestos. No fue un acto de sacrificio —dije intentando inyectarle humor al momento antes de darme por vencido en esta lucha y saltar sobre ella.

Las comisuras de su boca se alzaron un poco.

—¿No?

—No —dije y le di un trago más a la cerveza—. Pero no puedes solamente acostarte con alguien cuando necesitas desfogarte. Necesitas otra cosa, tal vez otra persona.

Ella se me quedó viendo y parpadeó.

—¿Quieres que encuentre otro hombre?

—Carajo, no —dije con el ceño fruncido—. Dios.

Ella sacudió la cabeza.

—No entiendo.

—Lo sé. Yo tampoco —le puse una mano en el hombro y apreté suavemente—. Lo único que sé es que quiero que seas feliz, y que Derek no servirá para eso. Así que necesitas a alguien más. Un mejor amigo. Un confidente. *Algo.*

—Podría tenerte a ti —me dijo y me miró con disimulo—. Podríamos escribirnos. Por correo electrónico, ahora, o mensajes de texto. O, ¿sabes qué sería mejor? Podrías quedarte. Podrías no irte.

Me reí incómodo porque casi quería decir que sí. Quería ser su red de apoyo, la persona en la que confiara cuando necesitara algo, a pesar de que sabía que eso me mataría poco a poco.

—Con base en nuestro historial, creo que sabemos que cualquier correspondencia entre nosotros sería unilateral —dije deliberadamente dejando a un lado su sugerencia de que me quedara.

No era una posibilidad. Lo último que quería era quedarme suficiente tiempo para verla casarse con Derek. Ni siquiera yo era tan masoquista.

—No tendría que ser así. No estoy sugiriendo que tuviéramos que compartir secretos profundos y oscuros. Simplemente mantener abierto el canal de comunicación —sonrió con tristeza—. Si quisieras intentarlo, podríamos seguir siendo amigos.

Se me encogió el corazón porque ella quería confiar en mí y yo no pensaba poder ser ese hombre para ella. En algún momento la decepcionaría. Eventualmente le haría daño, y no quería hacerle eso. No a ella. *A cualquier persona* antes que a ella.

—No puedo hacerte feliz, Lilly. No puedo ser esa persona.

Ella levantó un hombro y se terminó la cerveza. La empujó por la mesa de centro y fingió que mi rechazo no la había hecho sentir mal. Yo me puse de pie y tomé dos cervezas más. Parte de mí deseaba poder aceptar ser la persona a quien llamara después de un mal día o para celebrar una buena noticia. Ser el tipo de hombre que se quedara para acompañarla cuando tuviera dos boletos y Derek no pudiera ir. El hombre en cuyo hombro llorara cuando necesitara alguien fuerte en quien apoyarse.

Pero no lo era. Y no quería ser un sustituto. Quería más, y por primera vez en mi vida, estaba dispuesto a admitirlo.

Para cuando regresé, ella ya se había relajado y estaba recargada contra el sofá, con las manos apoyadas en su estómago plano. Tenía los muslos ligeramente abiertos y sabía que si me metía entre ellos y la besaba, ella no diría nada para detenerme. Sabía que podía tomarla si sólo decidía olvidarme de lo que yo realmente quería y dejaba de preocuparme lo suficiente para tomar lo que ella ofrecía. Si tan sólo pudiera volver a ser el egoísta infeliz que realmente era.

Pero hice un gran esfuerzo por mantener mi distancia estos últimos días, por tratarla como debía hacerlo un hermanastro. No podía dejar que se desperdiciara tanto trabajo arduo. Así que en vez de hacer lo que pensaba, me senté a su lado. Y mantuve mis manos quietas.

—¿Cómo te va en el trabajo? —pregunté y me sentí como un idiota. No era bueno para las conversaciones superficiales y ésta no era la excepción. Preferiría preguntarle si quería que le provocara un orgasmo otra vez que hablar sobre su trabajo. Por eso precisamente yo no era una buena *persona*—. ¿Ya te pagaron?

Ella rio.

—No. Papi dice que primero debo demostrar mi valor antes de que me den un salario real. Él no cree en darle nada a nadie gratis solamente porque es su familia.

—Sí, recuerdo eso —dije y pensé en todos mis encuentros con el buen Walt—. Demasiado bien.

—Sí, no lo dudo —se quedó con la mirada perdida en la distancia. No estaba viendo nada que yo pudiera distinguir, pero sonreía un poco—. Ya sólo me quedan diez meses más para entrar.

—Guau —dije sacudiendo la cabeza—. ¿Un año entero?

—Sí —agregó y la sonrisa desapareció—. El doble que cualquier otro pasante.

Maldición, su padre era más maldito de lo que yo recordaba, y eso era mucho decir.

—¿Si pudieras hacer cualquier cosa, cualquiera, qué sería?

Ella tragó saliva.

—Ésa es una pregunta profunda.

—Perdón —dije, aunque no era cierto—. Si me hubieras preguntado a mí hace un mes, hubiera dicho que sería regresar con mi pelotón, regresar a las trincheras con los chicos. Ahora realmente quiero que funcione lo de Hawái. Ser reclutador es diferente, pero sigue teniendo esa hermandad del ejército que me encanta. No es el futuro que pensé que tendría, pero me parece que puede ser bueno —le di un trago a mi cerveza—. Te toca.

—Ya tenías esa respuesta preparada, ¿verdad? —murmuró.

—La doctora Greene me obliga a hablar mucho sobre el futuro —dije rápidamente—. La vi hoy y hablamos de eso.

Ella me miró de soslayo.

—¿Y qué hay de una esposa, hijos? ¿Una casa con un jardín cercado y un perro?

—No quiero eso. Nada de eso.

Ella inclinó la cabeza con un gesto inquisitivo. Dios, amaba cuando hacía eso.

—¿Por qué no? ¿Qué tienes en contra de la familia?

—Soy solitario. Soy un espíritu libre. Mamá me ha estado molestando desde que mencioné que tal vez regresaría a casa y me está matando. Me está asfixiando y eso que sólo hablamos por teléfono —le di otro trago a la cerveza—. No puedo imaginar estar con una persona el resto de mi vida, teniendo que reportarme constantemente, sin que eso me haga sentirme atrapado. Y si mi esposa ficticia decidiera que me odia, estaríamos condenados a estar juntos. Si me caso, quiero que dure. El divorcio no debería ser una ruta de escape. Así que nuestros hijos ficticios estarían atrapados en un entorno tóxico con dos padres que no se soportan.

Me negaba a permitir que mi mente divagara hacia la única mujer con quien podría pasar mi vida felizmente. Después de todo, ella podría terminar casándose con alguien más por un sentido del deber.

Ella retorció las manos en la botella de cerveza y bajó la cabeza.

—Estás asumiendo que terminarían siendo desagradables entre ellos. ¿Pero qué tal si pudieran vivir felices toda la vida? ¿Qué tal si dejas escapar a tu alma gemela porque tienes demasiado miedo a arriesgarte?

Todavía no pensaría en eso. Ni siquiera creía en las almas gemelas, o te gustaba alguien o no. Fin de la historia.

—¿Qué tal si tú dejas escapar a la tuya por estar casada con Fresa Pendejo?

Ella palideció.

—No sé.

Bueno, *mierda*. No había durado ni veinte minutos antes de romper mi juramento de no volver a fastidiarla con eso de su matrimonio.

—Perdón. No debería haber dicho eso —murmuré.

—Está bien. Tienes razón. Podría perdérmelo. Todo. La felicidad, las risas, el amor —suspiró—. Y sería horrible, pero así es. A veces la vida no es justa. A veces no consigues lo que quieres. No todos podemos tener finales felices, ¿o sí?

—No sé —respondí con honestidad. Apreté mi cerveza y al mismo tiempo me di cuenta de lo cerca que estábamos sentados. Nuestras piernas apuntaban hacia adentro y nuestras rodillas se rozaban. Ella tenía su mano sobre mi muslo, ¿cómo pasó eso?

Ella levantó la mano y ambos saltamos

—Estoy cansada —dijo repentinamente.

—Voy a lavar los platos —dije enseguida.

Reímos e intentamos salir al mismo tiempo, pero íbamos en la misma dirección. El resultado fue que mi pecho quedó presionado contra el de ella y su mano en mi cadera. Su perfume me envolvió y yo gemí. Gemí de verdad.

—Perdón. Perdón.

Lilly retrocedió y se acomodó el cabello detrás de las orejas. Tenía las mejillas más rosadas que antes. Los dedos le temblaban cuando bajó las manos y yo sabía, sabía perfectamente bien, que temblaba de deseo por *mí*.

—Sabes, para ser un hombre que valora tanto el concepto de hermandad, creo que no te estás dando suficiente crédito sobre tu potencial como esposo. El matrimonio sólo significa que estás en un equipo de otro tipo.

Su mandíbula se movió un momento más, como si estuviera dudando si decir otra cosa, antes de salir disparada a las escaleras. Yo la vi alejarse y mi mente finalmente pudo pensar cómo serían las cosas si Lilly estuviera libre, cómo sería la vida si me casara con *ella*.

Me recordé todos los motivos por los cuales seguirla a su habitación era una pésima idea. Si le permitía ser parte de mi vida, al final no sólo sería su corazón el que se rompiera. Su nivel de autosacrificio me sorprendía y no podía presionarla más para que fuera en contra de sus principios. Si decidía que tenía que casarse con Derek, entonces yo no intervendría.

Además, ¿qué tenía yo para ofrecerle? Vivía en su casa, sin pagar renta, por su caridad. Sólo tenía los ahorros de siete años en el ejército en el banco. Si subía esas escaleras, si tocaba a su puerta, ella se convertiría en mi mundo. No me importaría que fuera mi hermanastra, el escándalo que generaría nuestra relación ni el hecho de que estuviera comprometida con otro hombre. Lo único que me importaría sería ella.

Perdería el control sobre mi propio destino y mi felicidad. Todo le pertenecería a Lilly. Ella tendría todo mi ser entre sus manos. Después de años de no ser capaz de controlar nada en mi vida, no estaba listo para ceder así. No podía estar así de desamparado. *Vulnerable*. Ni siquiera por ella.

Ya no podría ser sólo mi hermanastra. Si era honesto conmigo mismo, ella empezó a metérseme a mi corazón cuando me llevó esas malditas galletas. Cuando se tomó el tiempo de escribirle a un soldado de dieciocho años, recién salido del cascarón y muerto de miedo.

Conocerla ahora, otra vez, empeoraría todo. Era increíble. Sorprendente. Única. Y no era mía.

Recogí la pizza que no habíamos tocado y las botellas vacías de cerveza y luego me tomé otra. Perdí la noción del tiempo, pero tuvieron que ser al menos unas cuantas horas. Cuando subí las escaleras, la habitación me daba algo de vueltas y tuve que sostenerme del barandal para recuperar el equilibrio. Tenía la esperanza de que tomarme el resto de la cerveza atenuara un poco el vacío doloroso que había dejado Lilly Hastings en mí. Esperaba que pudiera aminorar la lujuria, la necesidad, el dolor. Pero no fue así. En todo caso, lo hizo más fuerte.

Me así del barandal parpadeando en la oscuridad mientras terminaba de subir las escaleras. Cuando llegué a su puerta, me detuve. Por un segundo, por un maldito segundo, luché conmigo mismo. Podría entrar, despertarla con un beso y tomarla. Conformarme con las sobras que me pudiera dar antes de que aceptara casarse con Derek. Pero no podía. No debía. No lo haría.

—Jackson... sí, Dios, *sí*.

Me tensé y recargué la mano en el marco de la puerta para acercarme más. ¿Realmente había escuchado eso o era mi imaginación? Seguramente era la cerveza que me estaba...

—Jackson —gimió de nuevo—. Ohhh...

Hay un límite de lo que puede soportar un hombre como yo. Ni siquiera un santo podría haberse alejado de esa puerta, y yo ya había establecido varias veces que no era ningún maldito santo. Si ella iba a estarse tocando fingiendo que era yo, no había manera de alejarme de eso. No era un hombre lo suficientemente bueno. Y nunca lo sería. En especial después de *esto*.

Conteniendo el aliento, hice girar la perilla, casi esperando que estuviera cerrada con llave pero deseando que no. Demonios, aunque estuviera cerrada, probablemente podría haber tirado la maldita puerta para llegar con ella.

Se abrió sin protestar. Entré a traspiés y me arranqué la camisa mientras caminaba hacia su cama. Ella estaba en medio de ésta, respirando pesadamente, sin las mantas. Sus muslos perfectos estaban separados y tenía la mano presionada contra su clítoris, debajo de sus bragas delgadas de encaje. No ocultaban nada, pero al mismo tiempo escondían demasiado. Podía ver sus labios rosados y podía ver lo mojada que estaba, pero no la manera en que su dedo entraba a su suave vagina ni cuánto disfrutaba mientras jugaba con su clítoris. Pero de todas maneras era, por mucho, lo más erótico que había visto en mi vida.

Una parte de mí esperaba que se quedara paralizada al verme. Que empezara a tartamudear disculpas, que se sonrojara o que intentara cubrirse con las mantas. Algo modesto e inocente. Pero se me quedó viendo, se mordió el labio y movió sus dedos con más fuerza. Con más rapidez. Y luego *gimió*.

Me ahogué sin tener nada en la garganta, me arranqué los pantalones y dejé que cayeran al suelo.

—Te voy a coger y nada, *nada*, me va a detener.

—Dios, sí. Jackson —gimió y arqueó la cadera, todavía tocándose, con los labios abiertos cuando exclamó—: Ya era hora, carajo.

No podía quitarle la vista de encima y me apreté la verga mientras veía, porque necesitaba un poco de tiempo por la necesidad que me desbordaba sin piedad. No había más oportunidad de hablar, ni era menester. Ya no. Ya lo habíamos dicho todo. Ya lo habíamos pensado todo.

Ahora era hora de callar, ignorar todo y simplemente *hacer*.

CAPÍTULO 16

Lilly

Cuando lo vi ahí parado, su silueta resaltaba por la luz del pasillo y estaba segura de que todavía soñaba. Como de costumbre, desperté tocándome y haciendo mi mejor esfuerzo por venirme. Por lo general, al despertar, la emoción que había alcanzado durante el sueño empezaba a desvanecerse lentamente... hasta que regresaba a ser sólo una chica con la mano metida en la ropa interior.

Pero esta vez, cuando desperté, ahí estaba, quitándose la ropa. Un sueño hecho realidad. Y, en ese momento, no me importó por qué había cambiado de parecer mientras me ayudara a liberar algo de la necesidad que recorría mi cuerpo.

Se metió entre mis piernas y fue besando mis muslos.

—Ya me cansé de resistir a esto. Ya me cansé de luchar. No soy lo suficientemente bueno.

Yo grité, todavía con los dedos frotando mi clítoris pulsante, mientras él se acercaba. Puso la mano sobre la mía y me detuvo. Yo protesté. Estaba respirando más rápido que cuando corrí cinco kilómetros por una organización de caridad.

—Jackson.

—Si te vas a venir con mi nombre en los labios, puedes estar segura de que va a ser porque yo te estoy haciendo venirte —dijo con su voz gruñona, sexy y seductora—. Ese orgasmo que está haciendo que se te paren los pezones y se agite tu respiración es mío.

Gemí porque sus palabras me estaban acercando más a la liberación que sabía que sólo él podía darme.

—Entonces tómalo, carajo.

Me arrancó, literalmente me *arrancó* las bragas, me levantó el trasero con las manos y cerró su boca sobre mí. En el segundo en que su lengua tocó mi clítoris ya sensible, empecé a gritar y a rasguñar camino a un orgasmo. Me llegó instantáneamente, rodando por mis venas hasta que no existió nada salvo el placer. Pero él no se detuvo ahí. Hizo sus roces más suaves y me metió un dedo mientras me volvía loca.

—Dios, detente —dije enterrando las manos en su cabello y jalándolo, pero ni siquiera parpadeó—. No te detengas. No te atrevas a detenerte. Detente. No... *Arg*.

Levanté más mi cadera, el orgasmo que estaba formándose empezaba en mi estómago y lentamente estaba dispersándose por todo mi cuerpo a través de mis venas, haciéndome sentir adormecida y hormigueante. Era más fuerte que lo que había sentido antes, y lentamente estaba adquiriendo fuerza hasta que me abarcó, y me hubiera ahogado de no haber estado firmemente aferrada a Jackson.

Esta vez me dejó caer en el colchón. En cuanto se hincó entre mis muslos, me senté. Me lamí los labios resecos mientras mi cuerpo seguía vibrando por el orgasmo que me había provocado y pasé mis dedos por su pene. Era tan duro, pero tan suave, todo al mismo tiempo.

—Me toca.

Se tensó.

—Lilly... sí, joder, sí.

Nunca había hecho esto antes, pero sabía qué hacer. O al menos tenía la esperanza de saberlo. Había leído suficientes novelas románticas e incluso había visto un par de películas pornográficas para intentar sentir *algo* ahí abajo, así que sabía lo básico. Respiré profundamente y recorrí toda la longitud de su dureza con mi lengua.

Él se tensó y dejó escapar un gemido ahogado.

—Dios. Más.

Tomé sus testículos con suavidad y los apreté muy ligeramente mientras succioné su pene con mi boca. Sabía bien, un poco salado y demasiado sexy, y tuve que abrir mi mandíbula al máximo para lograr que cupiera. Gimiendo, pasé mi lengua por la cabeza de su miembro y jalé de sus testículos al mismo tiempo.

Él gimió, un sonido largo y fuerte, y me enterró las manos en el cabello.

—Sí. Justo así, amor.

Cuando empezó a maldecir y a empujar más hacia el interior de mi boca, aumentó mi confianza. Retrocedí y casi lo saqué de mi boca antes de volver a meterlo nuevamente. Él gimió y los músculos de su abdomen se tensaron mientras tiraba de mi cabello.

Me dolía, pero de una manera agradable. Y me hacía querer hacer que perdiera más el control, como él lo hacía conmigo. Gemí y lo metí más profundamente en mi boca hasta que llegó a mi garganta. Me relajé, concentrada en que me cupiera, y succioné con tanta fuerza que se notaba en mis mejillas ahuecadas.

—Carajo, maldición, voy a venirme —gruñó tirando de mi cabello. Yo resistí, negándome a detenerme hasta que se viniera. Hasta que lo probara en mi boca—. Tienes que detenerte o… *Dios.*

Succioné con más fuerza, moviéndome por todo su pene hasta que perdió el control.

Empezaron a volar las maldiciones mientras él bombeaba con la cadera suavemente sin soltarme el cabello.

—Lilly. Dios. Sí. *Sí.*

Bombeó una última vez y todo su cuerpo se tensó, su boca se relajó y echó la cabeza hacia atrás. El chorro caliente de semen tocó mi lengua y lo succioné. Me tragué hasta la última gota, e inmediatamente quise más. Me hice hacia atrás, le pasé la lengua por el glande y no lo solté.

—¿Puedo hacer eso otra vez?

—*Lilly* —dijo con un sonido que era a la vez gemido y risa, y retrocedió frotándose la nuca—. Sí, pero no justo en este instante. Si lo hicieras, podría morir.

Yo me lamí los labios y me pasé la palma de la mano por la boca.

—¿Estás seguro?

Él me observó mientras me limpiaba y su mirada se volvió a calentar.

—Eres, sin duda, la mujer más sexy, caliente y abierta con quien he estado jamás.

Tragué saliva porque no supe qué decir a eso. Principalmente porque ahora quería saber con cuántas mujeres *había* estado, pero nunca le preguntaría. Ni siquiera la nueva yo haría esa pregunta. Eso sólo me pondría celosa de todas las mujeres que había tomado antes que a mí. Y eso sólo me haría pensar en todas las mujeres que tomaría cuando terminara conmigo.

Su insistencia de que nunca se casaría me hacía sentir inexplicablemente triste. Odiaba la idea de que él estuviera con alguien más, pero también odiaba la de que él se quedara solo. Intenté relajar el ambiente y dije:

—Tú eres el hombre más sexy con quien he estado también.

Él echó la cabeza hacia atrás y rio. Fue el mejor sonido que hubiera escuchado.

—Soy el *único* hombre con quien has estado.

—Hmmm… —dije tocándome la boca con un dedo y fingiendo estar perdida en mis pensamientos—. Tienes razón. No puedo decirlo hasta que haga algunas comparaciones. Ya sabes, como una investigación, ¡uf!

Aterrizó sobre mí y protegió mi cuerpo con sus brazos cuando caímos sobre el colchón.

—Ya es suficiente de eso —dijo susurrando y me besó el cuello—. Me tienes. Eso es todo lo que necesitas.

Mi corazón casi se detuvo, ahí, en ese momento, antes de acelerarse. ¿Eso significaría que esto no era una cosa aislada?, ¿que no me dejaría ni volvería a resistirse? Porque si era así, yo estaba totalmente de acuerdo. Él era el único hombre que yo quería. El único hombre que *siempre* quise.

—¿Qué dijiste?

....

Jackson

En cuanto me lo preguntó, supe qué era lo que en realidad me estaba preguntando. Quería saber si esto era algo que sólo sucedería una vez o si tenía la intención de repetirlo. Y, hasta ese momento, aún no lo sabía en realidad. No había planeado tomarla otra vez. Había hecho mi mejor esfuerzo por no hacerlo, pero todo eso cambió en el segundo que me detuve frente a su puerta.

Retrocedí un poco y estudié su rostro. Ella se me quedó viendo casi como si me tuviera miedo. Lo cual no tenía ningún sentido. Nunca la lastimaría a propósito.

—Voy a estar por aquí poco tiempo. Si me dan el empleo, cuando me lo den, me iré a Hawái y seguiré adelante con mi vida. Así que, por un rato, hagamos esto. Seamos nosotros. Mientras ambos estemos conscientes de que esto tiene una fecha de caducidad. No hay finales felices.

—Claro —dijo ella lentamente—. Estoy consciente de todo eso.

Estuvo de acuerdo conmigo pero no me hacía sentir bien. Casi quería que me discutiera que teníamos un futuro.

—Nadie puede enterarse —dije mientras subía mi mano por su muslo muy lentamente y enterraba mis dedos en él, ignorando mis deseos no expresados de que hubiera un final feliz a pesar de mis palabras—. Es nuestro secreto y se quedará entre estas paredes.

Ella titubeó pero asintió.

—¿Qué te hizo cambiar de parecer?

Hice una pausa y me quedé mirándola. Las sombras de la habitación ocultaban sus ojos. Me encogí de hombros e intenté no hacer caso al hecho de que nada de esto se sentía bien. Que quería que esto fuera más que nuestro puto secretito.

—Eres una mujer increíble, y si esto es lo único que tengo de ti, lo voy a aprovechar. Y si te casas, continuaremos nuestras vidas y fingiremos que esto no sucedió. Regresaremos a ser solamente hermanastros.

Ella se mordió la lengua y volvió a asentir.

—No tenemos alternativa, ¿no?

Siempre había alternativa, pero me negaba a rogarle por más. Yo no sería ese tipo de hombre. Tomaría lo que me ofreciera y me conformaría con eso.

—Ninguna que yo pueda ver —moví mis dedos hacia el interior y me fui acercando más a su entrepierna, a pesar de haberle pedido un descanso. Mi cuerpo ya estaba listo y dispuesto a otro *round*. Tenía la sensación de que nunca me cansaría de ella—. Pero hasta que llegue el momento, podemos divertirnos muchísimo. ¿Es un trato?

Ella movió la cadera y sonrió.

—Por supuesto que sí.

—Intenté resistirme a esto. Resistirme a ti. Incluso pensé en buscar otra mujer para coger y así poderte olvidar. Para poder fingir que ella era tú. Para sacarte de mi cuerpo —sentí cómo ella se tensó debajo de mí. Reí y le puse un dedo en los labios entreabiertos con los nudillos descansando en su barbilla—. No te preocupes. No funcionó.

Ella volvió a descansar en el colchón.

—Estaba esperando encontrar a alguien en el bar la otra noche, pero en cuanto entré, supe que no podría haber nadie que se comparara contigo.

En vez de darme placer, sus palabras me hicieron reacomodarme y cambiar de posición. Saber que no podía tenerme, y que yo no podía tenerla a ella, me afectó. Cuando me fuera, no quería que ella me extrañara.

—No importa qué suceda con Derek, algún día encontrarás a un hombre que te aprecie como mereces.

Ella me sonrió con tristeza.

—Si crees que va a funcionar para mí, ¿eso significa que ahora piensas que tú también encontrarás a alguien más?

—¿Importa? —pregunté.

Ella apretó los labios y no respondió. No importaba lo que sucediera ni con quién terminara yo, si es que terminaba con alguien, porque no sería con ella. Y eso estaba muy jodido.

—Eso es lo que pensaba —dije suavemente y bajé mi boca hacia su cuello. Lo besé y acerqué mi cadera contra la de ella al mismo tiempo—. Lilly...

Su pulso se aceleró rápidamente y envolvió las piernas a mi alrededor.

—Pensé que necesitabas un descanso.

—¿Qué diablos crees que acabamos de hacer? —murmuré—. Nos tomamos cinco minutos.

Gimiendo, arqueó su cuello para darme un mejor acceso.

—*Oh.*

—Si piensas que voy a irme a dormir sin venirme dentro de tu vagina apretada —le dije mordisqueándole la oreja mientras me ponía en posición—, no me conoces para nada.

Ella enterró las uñas en mis hombros y apretó los muslos contra mis caderas.

—Dios mío. Sí.

Metí la mano entre nosotros y la acomodé en su entrepierna. Le metí dos dedos y presioné la palma con fuerza contra su clítoris. Justo como le gustaba.

—Ya estás muy mojada y lista para mí.

—Siempre —dijo ella rápidamente, sin aliento—. No tienes idea de lo mucho que te deseo. Eres en lo único que pienso. En lo único que sueño.

Le metí un dedo y empecé a frotar mi pulgar sobre su clítoris al mismo tiempo.

—Maldición. Yo tengo el mismo problema. ¿Qué nos está pasando, Lilly? Es como si estuviéramos hechizándonos mutuamente.

—Sé cómo corregirlo —susurró y pasó sus manos por mi espalda hasta que llegó a mi trasero. Cuando llegó ahí me clavó los dedos y tiró de mí—. Tómame. Con fuerza. Ahora.

Carajo, claro. Gimiendo dejé caer la frente sobre la suya.

—¿Tienes condones aquí?

—No, pero tomo pastillas —tragó saliva—. ¿Tú... cuántas... estás limpio?

—No ha habido muchas mujeres, si eso es lo que estás preguntando. Un puñado. Estar en el extranjero todo el tiempo no es lo óptimo para las citas, por ponerlo de alguna manera —levanté las manos y me quedé mirando al sitio donde se presionaba contra mí—. Pero de cualquier forma, nunca he cogido sin condón antes. Estoy limpio. Pero, ¿estás segura?

—Yo llevo desde los diecisiete tomando pastillas —dijo y levantó la cadera y se presionó contra mi piel desnuda. Solamente un roce y yo ya quería más. La quería toda—. Nancy insistió, a pesar de que sabía que yo no era sexualmente activa. Dijo que lo último que necesitaba era un embarazo no deseado que me arruinara la vida. Me tensé.

—Jackson...

—No —bajé la cabeza y oculté mi rostro de ella—. Lo sé desde hace tiempo. Está bien. Estoy bien.

—No. No está bien —con cuidado tomó los lados de mi cara y la levantó. No me resistí. Nunca pude, así que ¿para qué intentar?—. Nunca dudes que estabas destinado a estar aquí. Estabas destinado a ayudar a la gente, a salvar vidas. Desde el momento en que entraste a la mía, la hiciste mejor. Me mostraste que había posibilidades en este mundo además de gastar dinero y dirigir comités. Lo que sea que hubiera sido, ahora soy distinta. Tú me *cambiaste*.

Algo dentro de mí se liberó. Lo sentía en la manera en que la veía. En la manera en que la acercaba a mi cuerpo, con la respiración agitada, y no quería dejarla ir. Y lo sentí muy dentro de mí, en mi pecho, donde nadie más lo vería jamás. Sólo yo. Era como si estuviéramos destinados a estar juntos.

—Lilly... mierda —la besé y mi boca se movió sobre la suya con una urgencia que no había estado presente antes—. Las cosas que me haces... Voy a serte honesto. Me asustan. Tú me asustas. Siempre lo has hecho. Incluso cuando éramos niños, sabía que podría apegarme a ti muy rápido y eso me aterraba, porque juré nunca permitírmelo con nadie. Pero no me importa. Lo voy a hacer de todas maneras.

Mi lengua se enredó con la de ella y mi pene saltó a la vida instantáneamente, exigiendo más. Pero no sólo era el lado carnal, era más en esta ocasión. Como si todo dentro de mí la necesitara, y era alarmante. Era demasiado, demasiado fuerte. Demasiado pronto.

Gimiendo, ella volvió a envolverme con las piernas pidiéndome que lo hiciera. Que la tomara.

—Jackson... sí. Te necesito. Yo... yo...

—Lo sé, amor —me posicioné en su entrepierna, tensándome al deslizarme en su vagina apretada—. Mierda. Eso se siente tan bien. Se siente como... como si finalmente hubiera encontrado un hogar.

Ella asintió frenéticamente y algo pasó por su mirada. Algo que yo no quería detenerme a analizar pero que me hizo desear, sólo por un segundo, que las cosas pudieran ser distintas. Que el maldito final de nuestra historia no estuviera ya escrito. Pasé los nudillos sobre su pómulo, era tan suave, tan tersa. Tan especial y tan, tan no *mía*.

—No quiero lastimarte. No me dejes hacerlo.

—No lo haré —se lamió los labios y añadió—. No me dejes lastimarte a ti.

—Lilly —dije con suavidad—, sería un honor que tú me lastimaras.

Ella pareció confundida cuando dije eso, como si no pensara que fuera posible lastimarme. No podía saber que tan sólo pensar en ella casándose con otro hombre me dolía como si me hubieran rebanado con un cuchillo.

—Yo no...

Mi boca se amoldó a la suya e interrumpió sus palabras. Con un movimiento fluido de las caderas, la penetré con fuerza. La sensación de su piel suave contra mi piel áspera, en la manera más íntima, me hizo gemir. Cada roce de las puntas de sus dedos, cada penetración en su vagina apretada, me hacía sentir una necesidad enloquecida y salvaje de venirme. Y cuando lo hice, ella lo hizo conmigo, me aseguré de ello.

Cuando terminamos, me acurruqué detrás de ella y envolví mis brazos a su alrededor. No quería soltarla.

—Buenas noches.

—Buenas noches —susurró y presionó su puño contra sus labios.

Suspirando, le besé la parte de atrás de la cabeza, me acomodé un poco, y me quedé dormido. Era la primera vez que había hecho eso en meses. Años, quizás, porque con Lilly en mis brazos... encontré la paz.

CAPÍTULO 17

Lilly

Tres días después, Jackson caminaba frente a mí. Habíamos estado acostándonos todas las noches y pasábamos horas deliciosas en nuestros brazos, y era como si hubiera encontrado el paraíso. Pero al mismo tiempo, ambos estábamos dolorosamente conscientes de que nuestro tiempo para estar juntos se estaba agotando. Su oferta de trabajo en Hawái se veía cada vez más como una realidad, y mi matrimonio, a pesar de que yo me resistía a aceptarlo, también se veía más y más real.

Ese día, unas horas antes, había hablado con mi padre para sugerir que se abriera la venta de acciones en vez de hacer la fusión, y pareció como si le hubiera propuesto que se las vendiéramos al mismo diablo. El padre de Derek había reaccionado de la misma manera. Así que, a pesar de lo mucho que lo intentaba, parecía como si tuviera que decidir entre darle la espalda a esa gente que dependía de mí para que la salvara o casarme con Derek Thornton III.

No me pondría dramática diciendo que no tenía alternativa. Sí la tenía, definitivamente podía alejarme de todo y dejar que papi encontrara otra manera de salvar a la compañía por su cuenta. Pero esa gente, sus empleados, sufrirían si él fracasaba.

Y yo no estaba segura de poder vivir con eso.

—¿Cómo que no sabes? —me preguntó Jackson y me sacó de mis pensamientos para hacerme volver a la realidad. Tenía los puños apretados a los lados. Su teléfono sonó sobre la mesa, pero ninguno de los dos lo volteó a ver—. ¿Cómo lo averiguó?

Hice un gesto de dolor y me froté la frente.

—Papi dijo...

—*Papi* puede besarme el trasero —gruñó Jackson.

—Jackson —respondí bruscamente con las mejillas ardiendo—. En serio, tranquilízate.

Volvió a empezar a caminar frente a mí. Una energía vibrante emanaba de él con cada movimiento que hacía.

—Dime exactamente qué dijo.

—Eso intentaba —señalé—. Pero me interrumpiste.

Me miró molesto pero no dijo nada.

—Como sea, él le dijo a tu madre que había escuchado que te hirieron en el extranjero. Un amigo de un amigo se le dijo, y pensó que tal vez tú no le habías dicho a ella —me puse las manos en las rodillas y apreté—. En ese momento, ella empezó a hablarte constantemente.

El teléfono volvió a sonar, como si lo hubiéramos predicho. Él se pasó la mano por el cabello.

—No me había dado cuenta —dijo. Yo sólo alcé un hombro—. ¿Qué le dijiste? No le dijiste nada, ¿verdad? —preguntó.

—No. Yo dije que no sabía nada y que no tenía por qué saberlo —me puse de pie—, que casi no me hablas y ni siquiera te agradé nunca.

Él dejó de caminar cuando dije eso.

—¿Eso le dijiste?

—Sí. Es cierto, ¿no? —me acomodé el cabello detrás de las orejas—. O al menos lo era antes.

Él cruzó la habitación y se detuvo directamente frente a mí.

—No va a creerlo. Obviamente sabe que hace tres años me gustabas lo suficiente como para besarte.

—Sí, pero él fue quien me dijo que todo había sido un engaño. Un truco para salirte con la tuya. Que me habías usado —le di la espalda—. Y también supo que nunca contestaste a mis cartas, sin importar cuántas te mandé. Nunca dejó de recordarme eso.

—Pero él es el que te dijo que las escribieras, para empezar.

Me mordí la lengua y puse mucho cuidado en las palabras que iba a decir:

—Te escribí a pesar de que sabía que no me contestarías. Y lo hice porque quería que supieras que, cuando regresaras a casa, tendrías a alguien de tu lado. Que le importabas a alguien. Esperaba que así fuera más sencillo para ti regresar a enfrentar a nuestros padres. Y... y... tal vez ya sea hora de que lo hagas. De que vayas a casa.

Algo de su mirada se suavizó, pero en vez de acercarse a mí, retrocedió y sacudió la cabeza. Cada vez que salía este tema, él se bloqueaba. Me enojaba muchísimo.

—No. No estoy listo.

—¿Exactamente qué es lo que crees que te van a hacer? —dije molesta—. ¿Dispararte en cuanto te vean? ¿Atravesarte con una bayoneta? Digo, *en serio.*

—Es algo que yo voy a decidir —gruñó—. Y lo haré cuando yo sienta que estoy listo.

—Bueno, entonces toma ya la decisión. Ve allá. Diles que ya llegaste.

Él rio.

—¿Para que él nuevamente intente moldearme en algo que no soy? Ni en sueños. Preferiría tragar clavos y morir en territorio enemigo.

Puse los ojos en blanco. No pude evitarlo.

—Él no tiene autoridad sobre ti. Puedes entrar a esa casa, negarte a hacer lo que quiere, y todo estará bien. Solamente defiéndete.

—Guau. Eso sí es algo importante viniendo de alguien como tú.

Me tensé.

—¿Qué se supone que quiere decir eso?

—Sabes exactamente qué es lo que significa —gruñó—. Estás

pensando en casarte con un patán que papi eligió para ti, a pesar de que no quieres, pero te atreves a sermonearme acerca de pelear por mis derechos.

—No es lo mismo —protesté y las mejillas se me volvieron a calentar—. Hay gente que cuenta conmigo. Gente que depende de que yo me asegure de que no perderán sus empleos, en el futuro. Gente que siente...

—¿Y qué hay de mí? —preguntó con voz hueca—. ¿Qué hay de lo que yo quiero? ¿Qué hay de mis sentimientos y de mi futuro?

Mi corazón se aceleró. Era como si se hubiera formado un remolino en mi cabeza que bloqueaba todos los pensamientos y sonidos excepto a él. La manera en que lo dijo, con tanta crudeza y apertura, me hizo preguntarme si quería más de lo que teníamos. Más de lo que ya le había dado. Si tuviera que elegir entre Jackson y toda esa gente que contaba conmigo, Dios, no sabría qué elegir. Demasiadas vidas estaban en juego como para tomarme esa responsabilidad a la ligera.

—Jackson...

Él volvió a reír.

—No. No seas condescendiente conmigo.

—No es que no me importes —dije rápidamente y estiré la mano para tomar la suya—. Es que sé lo que tengo que hacer y, si no hay otra salida, lo haré.

—¿Ya encontraste otra salida? —preguntó con voz tensa.

Sacudí la cabeza.

—¿Crees que la encontrarás?

Cerré los ojos y titubeé. Porque la respuesta era negativa y no quería decírsela. Pero su pregunta y su propia honestidad exigían que yo también fuera sincera.

—Sí. Eso pensé —dijo y tomó sus llaves. Me soltó la mano y se dirigió a la puerta—. Necesito pasar un rato a solas. No me esperes despierta.

—¿A dónde vas? —pregunté mientras lo seguía. Mi pecho se llenó con un hueco de dolor que no desaparecía.

—Lejos. Necesito pensar sobre… —abrió la puerta y se volteó para mirarme. Su expresión vacía me alarmó—. Sobre todo.

Y azotó la puerta.

Me cubrí el rostro con las manos y me senté, decidida a terminar la conversación. A hacerlo entender que no importaba cuánto me agradara y cuándo disfrutara el tiempo que pasaba con él, las necesidades de toda esa gente eran más importantes que las necesidades de una persona. Y, si lo decía suficientes veces, tal vez incluso yo empezaría a creerlo.

Seis horas.

Seis horas y treinta y dos minutos, para ser exactos, era el tiempo que llevaba sentada ahí, esperando a que Jackson regresara a casa. No sabía qué era lo que estaba sucediendo dentro de su mente, ni por qué sentía la necesidad de salir huyendo de una discusión conmigo, pero mientras más tiempo pasaba ahí, mirando por la ventana cada tres segundos, más me enojaba. Estábamos en medio de una discusión y en vez de quedarse para que lo pudiéramos solucionar… me *dejó.*

Eso fue lo que hizo. Se fue. Y lo seguiría haciendo. Sabía que sí. Me había advertido sobre Hawái. Sabía que no podía esperar a irse de Arlington. Empezar de nuevo. No podía culparlo, si yo pudiera huir con la conciencia tranquila, lo haría también. Entendía su necesidad de correr, su necesidad de ser él mismo. Pero eso era porque lo conocía y porque me importaba.

Si él necesitaba irse para ser feliz, entonces debía irse. Así era él. Pero si *él* no podía entender por qué tenía que casarme con Derek, ni por qué no podía soportar defraudar a todas esas personas, entonces él no me conocía a *mí* para nada. No sabía quién era yo.

Le hice una mueca de desagrado a mi teléfono y tamborileé mi dedo en la parte de atrás con impaciencia. Le había dejado un correo de voz a las tres horas y le había mandado varios mensajes de texto pero no me había contestado. ¿Habría decidido irse ya a Hawái? ¿Se habría subido a un avión con la esperanza de tener un trabajo al llegar allá? ¿Se habría ido hacia su nueva vida, en una nueva ciudad, con gente nueva? Ése era mi mayor miedo, que se fuera nuevamente sin despedirse.

Tal vez había decidido que ya era suficiente y simplemente continuó conduciendo. Tal vez no lo volvería a ver en otros siete años. Tal vez nunca...

Se vieron unas luces en la ventana y me puse de pie. Me agaché sobre el sofá para mirar hacia afuera. Ahí estaba la camioneta de Jackson en la entrada. De inmediato, el alivio me golpeó en el estómago. Todavía no me había dejado. Había regresado conmigo.

La puerta se abrió y se cerró en silencio. Cuando dio vuelta en la esquina ahogué un grito y me tapé la boca. Traía la camisa rasgada y un ojo morado. Le estaba saliendo sangre de la comisura de la boca, tenía los pantalones rasgados en la rodilla y el cabello todo despeinado. Dio un paso hacia adelante hasta que me vio.

—Mierda. Te dije que no me esperaras. No es tan grave como parece.

Sus palabras hicieron que me pusiera en acción.

—Dios mío, ¿qué te pasó?

—Choqué con una puerta —dijo con sequedad.

—Jackson.

—¿Qué carajos crees que me pasó? —respondió con brusquedad y mantuvo las manos a sus costados—. Me peleé con alguien. Es lo que hago.

—Eso parece —dije apretando los dientes y estiré la mano para tocar su mejilla con cuidado. Ya se le estaba formando un moretón—. Y obviamente perdiste.

Él se alejó de mi mano y lució ofendido.

—No perdí. Nunca pierdo. Y antes de que preguntes, no, no fue Derek... esta vez.

Puse los ojos en blanco.

—¿En qué estabas pensando?

—En que estaba encabronado y que sería divertido partirle la cara a alguien —sonrió y se recargó contra la pared con los brazos cruzados—. Y tuve razón. Fue divertido. Por primera vez desde que llegué aquí me sentí como yo. Y se sintió muy bien.

Se refería a cuando llegó *conmigo*.

—Oh.

—Me estoy ahogando aquí, Lilly —dio unos pasos torpes en mi dirección y, conforme se acercaba, podía oler más el alcohol y el perfume en él—. Tú me estás ahogando. Con tus sonrisas, tu risa y esos sonidos sexys que haces cuando te vienes…

Mi corazón se encogió. Necesitaba hacer algo con las manos, así que tomé un pañuelo desechable y me acerqué para limpiarle la cara.

—Estás borracho, ¿manejaste a casa así?

—No. Me trajeron. Tyler condujo mi camioneta. Caminará de regreso al bar.

—¿Quieres que lo lleve en mi auto? —pregunté.

—No, carajo —me tomó de la muñeca—. Lo último que necesito es que ustedes dos se queden solos juntos. Él es un cualquiera. No tendrías oportunidad.

—O-oh —sonaba casi *celoso*—. Déjame limpiarte…

—No —me arrancó el pañuelo de la mano y se limpió la sangre él solo—. No necesito que me cuides. Y yo no necesito cuidarte. No quiero. Pero ahí está. Ahí estás. Todo el tiempo. Y ni siquiera eres mía, eres de *él*. Lo odio.

Yo retrocedí y el corazón se me encogió aún más.

—Dios, Jackson el idiota sí que sale a la superficie cuando estás borracho.

—No, sólo estoy siendo honesto —dijo y me miró—. Y hablando de honestidad, coqueteé con otras mujeres hoy.

Di unos pasos hacia atrás involuntariamente porque el dolor me atravesó el pecho y llegó a mi corazón.

—¿Te divertiste? —me obligué a preguntar con tranquilidad.

—No —estiró la mano hacia mí y yo di un salto hacia atrás

porque no quería que me tocara en ese momento, porque podía oler a otra mujer en su cuerpo—. Lilly.

—¿Tuviste éxito con ella? ¿Encontraste a alguien que te ayudara a olvidarme? —lo empujé del hombro y él dio un paso hacia atrás. El dolor desapareció y se escondió detrás de la ira. Tanta ira—. Espero que haya sido buena. Espero que te haya hecho olvidarme por completo para que ya pueda dejar de *ahogarte*.

Tuvo la osadía de aparentar confusión.

—No me cogí a nadie.

—Entonces, ¿qué? ¿Te pones perfume de mujer antes de pelear? —intenté atacarlo nuevamente—. No me *mientas*. Puedo olerla en tu cuerpo.

Él me arrinconó contra la pared antes de que yo pudiera hacer nada y me sostuvo las manos sobre la cabeza. Estaba respirando con dificultad y tenía las aletas de la nariz distendidas. Bajó su rostro hacia el mío hasta que estábamos nariz a nariz.

—Me encantaría encontrar a una mujer que deseara la mitad de lo que te deseo a ti. Me encantaría encontrar a alguien que me hiciera desearla. Me encantaría encontrar a alguien, a *cualquiera*, que me hiciera olvidar las cosas que tú me haces sentir. Carajo, incluso desearía que tú no fueras tú para que las cosas no fueran tan complicadas.

Ahí estaba otra vez. Quería que *mi* vida fuera distinta porque sería más fácil para *él*. Las otras veces que lo había mencionado, yo no le daba importancia y fingía que no me molestaba. Pero esta vez *sí* me molestó. Intenté zafarme pero no me soltó.

—Vete al diablo, Jackson. Yo soy yo y estabas perfectamente conforme con eso anoche cuando mi boca estaba envuelta alrededor de tu…

—Carajo, Lilly.

Gruñó y cuando pegó su boca a la mía interrumpió lo que estaba diciendo. Sus dientes se clavaron en mi labio inferior. Dolía pero no me importó. Lo único que importaba era que él estaba ahí y que estaba diciéndome todas esas cosas confusas y mi cuerpo se encendió de la manera en que sólo parecía hacerlo por él. Y, por algún motivo, eso me hizo sentir triste.

Él interrumpió el beso demasiado pronto. Gimió y sacudió la cabeza.

—Mierda, Lilly. Me estás matando.

Yo hice un ruidito.

—Ni siquiera estoy *haciendo* nada.

—No tienes que hacerlo. Sólo tienes que ser tú.

—Bueno, vaya, perdón por existir —le espeté.

—Cuando ríes, yo río. Cuando sonríes, yo sonrío. Cuando sientes dolor, yo lo siento también —se apoyó en mí para alejarse y empezó a caminar como animal enjaulado, esperando su oportunidad para escapar—. ¿Por qué tuviste que escribirme?

Me le quedé viendo cautelosamente.

—Ya te lo dije.

—Sí, porque tu padre te dijo que lo hicieras, ¿no? Porque me ama tanto —una risa brotó de sus labios como un ladrido y se tiró del cabello—. Dios, no puedo creer que me creyera eso. Dime cuál fue la razón real por la cual me escribiste.

Cuando empecé a escribir las cartas, le dije que papi me lo había ordenado. Fue una excusa para justificar mi necesidad patética de mantenerme en contacto con él, para asegurarme de que supiera cuántas cosas sentía por él, a pesar de que él no quería. Pero había sido mentira. Y él finalmente lo había averiguado.

—Ya te lo dije —oculté las manos detrás de mi espalda y seguí sin moverme del sitio donde él me había puesto—. Te escribí porque me importabas. Quería que supieras que estaba ahí para ti. Y tenía la esperanza de que yo te importara también.

—Ah. Ahí está. La verdad —se acercó de nuevo con el ceño fruncido y se detuvo frente a mí—. ¿Por qué te importa si me importas a mí? ¿Por qué es tan jodidamente importante para ti? Estás pensando en casarte con otro tipo.

Mi corazón se aceleró. Me había arrinconado en más de una manera y eso no me gustaba. Así que me defendí.

—Porque me importaba, pero ya no porque a ti no te importa. Tú no me contestaste. Así que no tiene sentido discutirlo.

Él se me quedó viendo y el músculo de su mandíbula empezó a moverse involuntariamente.

—Las leí todas.

—Eso dices.

—Me mantuvieron con vida. Me mantuvieron cuerdo —caminó a zancadas hacia el sofá y levantó un cojín. Sacó un altero de sobres arrugados, como si los hubiera ocultado ahí para evitar que lo descubrieran leyéndolos—. Éstas son mis favoritas. Las que leo todos los días. El resto está en mi habitación.

Jackson me lanzó el paquete. Lo atrapé apenas y me quedé mirándolo y parpadeando. De inmediato reconocí la que estaba hasta arriba. La había escrito en mi último año de bachillerato. Lo supe porque había estado experimentando con mi letra. Ésa fue la última carta que le escribí, en la que le decía que todavía lo quería, pero que nunca iba a hacerme caso, así que ya no insistiría. Era mi carta de despedida a un amigo. Un amigo que todavía quería mucho.

—Tienes favoritas.

—Sí —dijo apretando la mandíbula—. Cuando moría un amigo, las leía. Cuando no podía dormir, las leía. Me mantuviste vivo. Me mantuviste activo. Y cuando dejaron de llegar, cuando me dijiste que ya no escribirías más, sentí como si una parte de mí hubiera muerto. Así que no me digas que no me importaba.

Me lamí los labios.

—¿Entonces por qué no me contestaste?

—Carajo, porque estaba tratando de dejarte libre. Estaba intentando demostrarte que yo no era el correcto para ti. Pero esas cartas me mantuvieron luchando. Me mantuvieron vivo —agregó y rio un poco—. Pero ahora regresé y juro por Dios que estás intentando matarme.

Yo me lamí los labios, tomé las cartas y las sostuve cerca de mi pecho. Saber que mis cartitas tontas significaban tanto para él, que lo ayudaron de *alguna* manera, hacía que me temblaran las piernas.

—No quiero matarte.

—Lo sé —dijo. Me quitó las cartas, las puso con reverencia sobre la mesa y me puso las manos en las mejillas—. Y eso es lo que hace que esto sea aun peor. No puedo desear a otra mujer estando contigo, pero ni siquiera eres mía. *Él* te tiene. Él siempre te tendrá.

Yo sacudí la cabeza y parpadeé en un intento por evitar que empezaran a fluir las lágrimas.

—No. Él nunca me ha tenido, y lo sabes. Sólo eres tú. Siempre has sido tú.

Y en ese momento supe que, si me pedía ahí mismo que me escapara con él, me sentiría tentada. Por primera vez en la vida iba a *querer* darle la espalda a las personas que dependían de mí. Iba a querer ser egoísta. Pensaría en elegir mi felicidad por encima del bienestar básico de los demás. Y eso hizo que la vergüenza se arremolinara en mi estómago.

—Sé como va a terminar esto. No hay final feliz para nosotros, ¿verdad? —dijo riendo y apoyó su frente en la mía—. Tú me vas a romper el corazón. Lo cual es gracioso considerando que hasta que volví a casa contigo, ni siquiera estaba seguro de tener uno.

—Eso es lo último que quisiera hacer, Jackson —las lágrimas estaban a punto de brotar de mis ojos pero me rehusaba a dejarlas salir—. Nunca quise dificultarte las cosas.

Él me abrazó con más fuerza.

—Debería haberme alejado. Nunca mirar atrás.

—Si eso es lo que quieres… —tragué saliva y asentí titubeante—. Adelante, hazlo. Yo no te voy a detener. No tengo el *derecho* de intentar hacerlo.

Él me quitó el cabello que tenía sobre la cara con ternura.

—¿Y qué harías? ¿Seguir las órdenes de Walt y casarte con un tipo al que no amas?

—Ya te lo dije, yo tomo mis propias decisiones. Tal vez regrese a los viejos patrones de comportamiento de vez en cuando, pero todo lo que está sucediendo, todo lo que sucederá, es mi decisión —esperé que me diera su respuesta con mis dedos enroscados en la parte de abajo de su camiseta—. Como tú dices, siempre hay una elección.

Él me estudió.

—A veces ciertamente no se siente así.

«Como en ese momento», pensé.

—Entonces —empecé a decir obligándome a conservar una expresión neutral aunque la idea de que él se fuera me estaba arrancando el corazón palpitante del pecho—, ¿te vas a ir?

—Dije que debía irme —respondió bajando sus manos por mi cuerpo y sosteniendo mi trasero—. No que lo haría.

—Dijiste que te estaba *ahogando* —le recordé mientras me aferraba con más fuerza a la tela de su camiseta, a pesar de que sabía que debía soltarlo.

—Así es —respondió y me besó el cuello. Olía a vodka y a humo de cigarro—. Pero está bien. Se siente tan bien.

Cerré los ojos e intenté resistir la tentación de besarlo nuevamente. Él no me necesitaba arrastrándome por encima de él. Necesitaba ir a la cama y dormir para reponerse de la borrachera.

—Vamos a limpiarte. Hueles como si te hubieras bebido todo el bar.

Él asintió y retrocedió bostezando.

—Sí, está bien.

Fuimos a su baño y abrí el agua de la ducha por él. Los mosaicos rosados de mi juventud parecían estarse burlando de mí y volteé para mirarlo por encima del hombro.

—¿Por qué elegiste esta habitación?

—Porque era la más alejada de ti —respondió. Se quitó la camiseta por encima de la cabeza. Yo, nuevamente, admiré sus tatuajes y me quedé embobada con lo que veía—. Estaba tratando de mantenerme lejos de tu cuerpo —hizo una pausa—. Fracasé.

—Yo también —dije en voz baja.

—Debería sentirme mal por haber fracasado, porque odio

hacerlo —se desabrochó los pantalones y los dejó caer al piso—. Pero no, porque estar contigo vale la pena a pesar de la probadita de fracaso. Tú vales la pena y me va a doler mucho cuando me vaya.

Me obligué a sonreír. Estaba tan borracho que probablemente ni siquiera sabía lo que estaba diciendo.

—Me dijiste que eras bueno para irte.

Él me vio y parpadeó.

—¿Eso dije?

—Sí, cuando te mudaste. En la cocina.

—Ah —se alborotó el cabello antes de jalarme hacia sus brazos. Él estaba desnudo y yo no, y se sentía deliciosamente sórdido—. Soy bueno para irme, pero contigo tengo la sensación de que no va a ser tan fácil.

La parte egoísta de mí quería que eso fuera verdad, pero el resto deseaba que no fuera así. No podíamos estar juntos, así que no quería que él sufriera.

—Yo quiero que te vayas contento. No *triste*.

—Entonces tendría que irme en este momento. Arrancar la curita de un sólo tirón —dijo mientras rozaba sus labios contra los míos—. Porque mientras más tiempo me quede, más triste estaré. Los finales infelices son malos. ¿Quieres que me vaya ahora? ¿Quieres parar?

—No quiero parar —susurré intentando acercarme más—. Creo que nunca voy a querer parar. Soy egoísta cuando se trata de ti. Y no voy a fingir otra cosa.

—Qué bueno, porque yo tampoco.

Me quitó el vestido por arriba de la cabeza y tocó mis labios con los suyos. Pasó sus manos bajo mi trasero, me levantó en sus brazos y yo me sostuve de sus hombros aterrada mientras nos metía a la ducha. No quería soltarlo. No podía soltarlo. Y tenía la sensación de que sería mucho más difícil hacerlo cuando se fuera *de verdad*...

CAPÍTULO 18

Jackson

A la mañana siguiente fue un milagro que despertara sin un terrible dolor de cabeza enceguecedor. Debería haberlo tenido. Entre la cantidad de alcohol que bebí y la pelea en la que me metí con un idiota en el bar, debería estar adolorido. Pero desperté con Lilly en mis brazos por cuarta mañana consecutiva, y no había manera de sentir dolor cuando ella estaba a mi lado. El dolor llegaría cuando ella ya no estuviera.

Fruncí el ceño pero me sacudí esa idea. Me negaba a dejar que algo me deprimiera ese día. La noche anterior Lilly había sido egoísta. Lo altruista hubiera sido que ella me alejara, que me dejara ir por mi propio bien, pero no pudo hacerlo. Incluso ahora estaba acurrucada en mis brazos con la mano en mi pecho. Y por primera vez en la vida, me permití pensar que *podríamos* tener un final feliz.

Tal vez podría quedarme con ella. Si ella había sido egoísta una vez, tal vez pudiera hacerlo de nuevo. Tal vez vería que el matrimonio para salvar una compañía era un sacrificio demasiado grande para cualquier persona razonable. Podíamos ser felices juntos. Nos iríamos de Arlington y nos mudaríamos a Hawái, donde nadie supiera que éramos hermanastros. Construiríamos una vida juntos. Un futuro.

Esos pensamientos deberían haberme asustado muchísimo. Deberían haberme mandado corriendo en la dirección opuesta pero, en vez de eso, la abracé con más fuerza y sonreí. Y pensar que todo había empezado con un platón de galletas de chispas de chocolate. Lilly había insistido para localizarme. Me mostró que cuando estás interesado en alguien, ellos hacen más feliz tu vida. Derribar los muros no te hace más débil. Te hace más *fuerte*.

Amaba a Lilly y era una mejor persona por ello. Ella se movió y estiró el brazo. La curvatura de su espalda contrastaba con el bulto de mis bíceps. Nunca me cansaría de ver eso. De estudiar las maneras en que éramos distintos y de todas formas embonábamos de manera perfecta.

—Buenos días.

—Buenos días —dijo y me sonrió. Pude verme reflejado en sus ojos. Pude ver al hombre que podía ser. Al hombre que quería ser—. Te quedaste.

Arqueé una ceja.

—Bueno, ésta *es* mi habitación. Mi habitación muy rosada.

—Ah —se sonrojó—. Es cierto.

—Pero aunque no lo fuera, me hubiera quedado —la abracé para acercarla más y le besé la parte superior de la cabeza—. De ninguna manera te iba a soltar… todavía.

Ella me sonrió y pasó su dedo por uno de mis tatuajes. Eran tres sietes rojos entretejidos sobre un trébol de cuatro hojas.

—El sentimiento es mutuo.

—Esto se siente bien. Despertar contigo en mis brazos —inhalé su aroma de flores y vainilla, sabiendo que nunca lo olvidaría. Sin importar lo que sucediera, nunca olvidaría cómo olía—. ¿Pero sabes qué se sentiría mejor?

—¿Mmm? —preguntó y su mano empezó a bajar por mi cuerpo. Hizo una pausa sobre mi intrincado tatuaje de cruz celta antes de seguir hacia el interior—. ¿Esto?

—Sí, carajo —sonreí y enterré mi mano en su cabello suave y la besé hasta que quedó sin aliento colgada de mí—. Pero para ser más específico, estaba pensando en comida. Estuvimos despiertos toda la noche haciendo el amor, así que imaginé que estarías hambrienta.

Como si me hubiera escuchado, su estómago hizo un ruido tan fuerte que lo pude escuchar.

—Eh...yo creo que sí.

Me reí y la besé una última vez antes de darme la vuelta para levantarme de la cama.

—Bueno, entonces déjame que te cocine. ¿Te suena bien *hotcakes* y tocino?

—Delicioso —dijo y presionó su mano contra su estómago plano—. ¿Sabes cocinar?

—Duh.

Sus labios se movieron un poco.

—¿En serio me acabas de decir «duh»?

—No me juzgues —dije mientras me ponía los bóxers—. Me salió del alma.

Ella estalló en risas y yo también sonreí sólo porque ella estaba riendo. Porque *yo* la había hecho reír. Mi pecho se hinchó de orgullo y le lancé mi camiseta.

—Ponte esto y nada más. Tenemos cosas que cocinar.

Ella se puso de pie y estiró su cuerpo gloriosamente desnudo.

—Pensé que *tú* ibas a cocinar para *mí*.

—Tú estás a cargo del café.

—Creo que puedo encargarme de eso, ya que tengo una Keurig.

Se puso la camiseta. Yo era como treinta centímetros más alto que ella, así que le quedaba larga y fácilmente ocultaba su trasero de mi vista, pero se sentía como si estuviera marcando mi territorio. Temporalmente. Cuando estiré la mano hacia ella, se alejó.

—Voy a ir a lavarme los dientes para poderte besar como es debido.

No podía discutir con eso. De hecho, yo debía hacer lo mismo.

—¿Tienes que ir a alguna parte hoy?

Ella sacudió la cabeza y se dirigió a la puerta.

—No.

—Qué bueno. Porque voy a consentirte todo el día —retrocedí hacia el baño y abrí los brazos sonriendo como un lunático—. Todos tus deseos serán órdenes. Soy tu genio personal en carne y hueso.

Ella se quedó parada en mi puerta y me miró. Sus ojos color esmeralda brillaban.

—Me parece que para el final del día vas a ser irremplazable. Más te vale tener más cuidado o tal vez decida quedarme contigo.

Cuando se alejó, dejé que mi sonrisa se desvaneciera.

—Cuento con eso —dije en la habitación vacía.

Una hora más tarde los dos estábamos cubiertos de harina porque ella hizo algún comentario sarcástico que yo consideré merecedor de represalias y el tocino se estaba friendo en el sartén. Estábamos bebiendo nuestra segunda taza de café y no habíamos parado de hablar desde que bajamos. La hora previa había sido un ejemplo perfecto de dicha doméstica. Fue una mañana mágica, perfecta, pacífica. En vez de sentirme aburrido o ansioso, o de sentir la necesidad de escapar, estaba… *feliz*. Quién lo diría.

Ella volteó un *hotcake,* porque insistió en ayudarme a pesar de que le dije que no tenía que hacerlo, mientras daba golpecitos al suelo con el pie. Yo la veía, sonriendo. Podía hacer esto. Vivir esta vida. Lo único que tenía que hacer era convencerla de que ella también podía.

Me miró por encima del hombro y me descubrió viéndola. Sonrió con timidez y se dio la vuelta para caminar hacia mí.

—¿Qué estás pensando?

—Que me haces feliz —acepté ya sin molestarme por ocultárselo. Ya estaba harto de estar ocultando cosas—. Verte aquí, en la cocina conmigo, se siente bien.

Ella sonrió y descansó una mano sobre mi corazón. Yo la cubrí con la mía.

—Pareces... distinto esta mañana.

Era curioso. También me sentía distinto. Más optimista, pero sabía que no duraría mucho. Ahí estaba, el pesimismo venía de regreso ya.

—¿Eso es algo bueno o algo malo?

—Ninguna de las dos —me dijo y acarició mi piel con su pulgar—. Sólo es... distinto.

Se puso de puntas y me besó.

En el segundo que se tocaron nuestras bocas yo tomé el control e hice que nuestras lenguas se enredaran. La tomé en mis brazos, la levanté y la senté sobre el mueble de la cocina. Ella abrió los muslos para que yo pudiera pararme dentro y no perdí tiempo en hacer justo eso. Lo único que traía puesto era mi camiseta y no tenía nada abajo, como yo le dije que hiciera, así que lo único que estaba entre nosotros eran mis bóxers delgados. Pero incluso eso era demasiado.

Deslicé mis manos por sus muslos desnudos y empecé a subir bajo el algodón suave. Ella gimió y enterró las manos en mi cabello insistiendo en que me acercara más. Yo hice el beso más profundo y deslicé mi mano aún más arriba en su muslo hasta que le toqué la húmeda vagina. Estaba lista para mí y sería tan fácil, *tan jodidamente fácil* olvidar la comida y sólo preocuparme por satisfacerla el resto del día hasta que quisiera que yo nunca la dejara.

El olor acre de la comida que se quemaba alcanzó mi conciencia al mismo tiempo que escuché el timbre distintivo de la puerta anunciando la llegada de las flores que le había ordenado en línea. Era la primera vez que compraba flores para una mujer. Eran de colores rosas y amarillos, porque sabía que eran los que le gustaban.

Dejé de besarla renuentemente y pasé mi pulgar por su clítoris con fuerza.

—Puedo seguir, porque es tu día y tú estás al mando, pero acaba de sonar el timbre y se van a quemar nuestros *hotcakes*. Y entonces...

Ella presionó mi mano con más fuerza contra su carne, gimiendo cuando pasé mi pulgar por su clítoris nuevamente. Con el aliento contenido, dijo:

—Terminamos esto luego.

La besé una última vez.

—Con gusto.

Después de ayudarla a bajar del mueble, le di una nalgada al pasar. Ella gritó sorprendida y yo me reí. Seguía riendo cuando abrí la puerta de golpe, pero la risa se murió demasiado pronto. No era el repartidor de flores quien estaba en la puerta.

Era mi madre. Se le cayó la mandíbula.

—¿Jackson?

Mieeeeerda.

—Mamá. Hola. Eh, puedo expli...

—¿Estás en *casa*? —dio un paso hacia atrás, sorprendida, con una mano en el pecho—. ¿Regresaste a casa y ni siquiera me dijiste? ¿Y qué, por el amor de Dios, te hiciste? Más te vale que esos tatuajes sean de los que se quitan con agua y jabón. ¿Qué va a pensar la gente?

Un ligero y molesto asomo de culpa empezaba a estrujar mi corazón, pero cuando habló sobre mis tatuajes, la culpa se apagó un poco. Yo no le importaba un carajo. Nunca le había importado. Pero aún así...

—No se lavan. Y perdón por no llamarte.

—Hay cirugías para quitártelos —dijo con un tono de voz más fuerte—. ¿Cuánto tiempo llevas aquí?

Apreté la mandíbula. Ella nunca entendería por qué sentía la necesidad de ocultarme del mundo antes de reintegrarme. Ni por qué necesitaba terapia o una habitación silenciosa de vez en cuando.

—Un par de semanas.

—¿Cómo te atreves a mantenerme desinformada? —me dijo en

tono molesto mientras me veía con desprecio con esa nariz aristo-crática que tenía—. Piensa cómo me hace sentir eso.

Ah, ahí estaba de nuevo. Su necesidad constante de pensar en ella misma.

—¿Qué hay de cómo me siento yo? —dije mientras me pasaba la mano por el cabello—. Sólo necesitaba un poco de tiempo, mamá. Regresar fue un cambio importante para...

Su mirada bajó y luego volvió a subir rápidamente.

—¿Tiempo para *qué*?

En ese momento, notó que le había abierto la puerta medio des-nudo en casa de Lilly, y pude ver el instante en que *ese* dato se vol-vió más importante que el hecho de que yo estaba en casa, sano y salvo. Levantó la mano, se cubrió la boca y dio otro paso atrás.

—Jackson, vístete. ¿Qué tal si Lilly baja y te ve?

—Apúrate, el tocino se está quema... —la interrumpió Lilly, pero su frase terminó con una exclamación aguda. No necesité verla para darme cuenta de lo que notó mi mamá. Mi camisa en el cuerpo de Lilly. Los labios hinchados por mis besos. El cabello despeinado por mis dedos—. Oh. Oh, *mierda*.

Yyyy, ahí estaba. El secreto había sido descubierto y no cabía ya ninguna duda. Bueno, ambos secretos. Que yo estaba de regreso ahora ya era dolorosamente obvio, al igual que el hecho de que Lilly y yo habíamos retomado las cosas justo donde las habíamos dejado. Besándonos.

No se podía hacer nada, así que no me molestaría con empe-zar a dar excusas.

Yo no era mentiroso. Sí, regresé a casa y no le dije. Sí, Lilly y yo nos estábamos acostando. Y sí, éramos hermanastros. El mundo tendría que arreglárselas para superarlo porque lo hecho, hecho estaba. Y yo me sentía agradecido por eso, por ella.

Mi madre, por otro lado, se logró contener. Fingió una sonrisa apretada y se quitó los anteojos oscuros de la cara.

—Lilly, querida, ¿olvidaste que se suponía que tenías que estar en nuestra casa para un *brunch* con Derek *y* sus padres?

Lilly no pudo mantenerse tranquila.

—Yo, oh Dios, voy a...

Salió corriendo hacia las escaleras y un instante después escuchamos que la ducha se encendía y que abría la puerta de su recámara. La habían descubierto conmigo y lo primero que hizo fue ir a lavarse. Sentí un dolor hueco en el pecho, un dolor que no podía negar ni ignorar.

—Mierda.

Me dirigí a las escaleras pero mi madre se interpuso.

—¿Cómo pudiste? ¿Cómo pudiste hacerle eso a esa pobre chica inocente? ¿Cómo pudiste mancillarla?

Eso era una exageración, incluso para ella. Yo no era algo sucio que se tuviera que lavar después, ni un tipo horrendo. Amaba a Lilly y quería que fuera feliz. Eso era más de lo que podían decir ella o Walt.

—Pensé que estabas molesta conmigo por regresar a casa y no decirte, ¿no estábamos todavía en ese tema?

—Eso ya no me importa —me dijo furiosa—. Si Walt se enterara... esto es horrible. Simplemente horrible.

Me obligué a apartar la vista de las escaleras y miré a mi madre a los ojos.

—Yo no hice nada malo, sólo...

—Esto no tiene precio. Es el típico comportamiento de Jackson. Negar haber cometido cualquier error hasta que te ahogas con tus palabras y luego huir dejando un desastre tras de ti. Sólo que en esta ocasión el desastre es Lilly —se cubrió el rostro—. ¿Cómo puedes regresar a casa unas semanas y de todas maneras lograr interferir con esto? Causas problemas en el segundo que regresas a casa, como siempre lo has hecho, hasta que me haces desear que nunca hubieras regresado. Que te hubieras quedado allá.

Yo levanté la barbilla, haciendo mi mejor esfuerzo por no permitir que sus palabras me afectaran, pero no lo logré.

—No te preocupes. No me voy a quedar mucho tiempo más, de todas maneras, y esta vez no voy a regresar. Muy pronto podrás volver a fingir que tienes un hijo que no es una decepción en todo lo que hace.

—Si la gente se entera, la fusión se cancelará —como era de esperarse, ni siquiera hizo un comentario acerca de mi inminente salida de su vida. Tenía una sola preocupación. Cómo afectaría esto a los planes de Walt—. Está comprometida para *casarse*. ¿Por qué, Jackson? *¿Por qué?*

Pero no lo estaba. Todavía no. Me encogí de hombros, como si no me importara que ella ni siquiera parpadeara cuando le dije que pronto desaparecería de su vida.

—No lo planeamos. Sólo sucedió.

Mamá estaba fácilmente a dos segundos de convertirse en un dragón.

—Simplemente…

—Lo lamento —dijo Lilly desde las escaleras—. No teníamos la intención de… de lastimar a nadie. Ni de arruinar nada. Lo siento. Lo siento mucho.

Me tensé porque ella se estaba disculpando por algo que era la mejor decisión que había tomado. Haberme arriesgado con ella me había mostrado el mundo en el que podía vivir. La vida que podía tener. Y no me arrepentía de eso, así que empecé a hablar:

—Lilly…

—Nadie puede saberlo nunca. No esto. Que Jackson está viviendo aquí o… —mamá se interrumpió—. *Nunca.*

Lilly palideció.

—Lo sabemos. Lo sentimos. De verdad.

No. No lo *sentíamos*.

Pero aparentemente *ella* sí.

—La boda con Derek sigue en pie, ¿verdad? —preguntó mamá—. Hastings International está contando contigo.

—S-sí —respondió Lilly retorciéndose las manos—. Por supuesto que sí.

Era lo que habíamos dicho todo el tiempo. Era nuestro acuerdo.

Pero escucharla decirlo en voz alta, cuando todo había cambiado para mí, fue doloroso.

Todas esas palabras bonitas sobre desearme, sobre no dejarme ir, eran sólo eso. *Palabras*. Ni siquiera podía alegar que no me lo había advertido.

—Lilly…

—¿Ves? —dijo Lilly forzándose a sonreír sin mirarme a los ojos—. Ellos tienen lo que quieren y la boda sigue en pie. Lo prometo. Todos quedarán contentos.

Excepto ella. Y yo. El hecho de que hubiera prometido casarse con Derek quería decir que iba a suceder. Después de todo, ella no rompía sus promesas. Sólo corazones.

Mamá pareció tranquilizarse.

—¿Vas a poder venir al *brunch*? Todos te están esperando. También el fotógrafo. Tu padre intentó llamar pero no contestaste. Así que me ofrecí a venir por ti.

Lilly asintió.

—Por supuesto que sí. Dame unos minutos. No tardo.

La vi subir corriendo por las escaleras sin voltearme a ver, era incapaz de creer que Lilly había decidido hacerlo. Se iba a casar con Derek. Yo la amaba y ella estaba eligiendo a otro hombre en vez de a mí.

—Dios, ¿cómo haces eso? ¿Cómo haces que obedezca de un salto a tus órdenes?

—Deja de verla así —dijo mamá molesta y me dio un golpe en el brazo—. Es tu hermanastra. ¿Tienes una idea del *escándalo* que provocaría esto?

Me pellizqué la nariz. *Se iba a casar con Derek*. Sólo pude decir:

—¿Tienes idea de que me importa un carajo? Y es un carajo muy grande.

—Jackson.

—No está bien con Derek —continué—. Nunca lo ha estado y nunca lo estará. Este matrimonio va a matar su espíritu. Extinguirá su luz.

Mamá resopló.

—¿Desde cuándo recitas poesía? Esto es muy incorrecto y ninguno de los dos debería haber permitido que llegara tan lejos. Terminará. Ahora. Si Derek supiera que estás viviendo…

—Lo sabe —dije con los brazos cruzados—. Ya he hablado con él varias veces.

Ella volvió a dar un traspié hacia atrás.

—Dios. Tenemos que arreglar esto.

—No hay nada que arreglar —respondí molesto.

—Sí, sí lo hay. Tiene que verte en una situación pública y escuchar que estás de acuerdo. Tiene que hacerse —dijo, más para sí misma que a mí—. Voy a ir a casa y voy a fingir que no te vi aquí y tú te vas a mantener fuera de la escena hasta que yo te lo diga. Mantendré tu secreto. Pero cuando te llame para invitarte al evento de la semana entrante, vendrás. Me debes eso.

Yo arqueé una ceja.

—¿Y si me niego?

—Entonces Lilly será la que termine destruida en el proceso. No tú. No yo. Ella —dijo y se cruzó de brazos—. Y todo será por tu culpa.

No. Eso no era verdad. ¿O sí? Me encogí de hombros y miré molesto hacia las escaleras.

—Como sea. Si quieres que me presente en una tonta fiesta, lo haré. Pero es el único favor que te haré antes de irme.

—Perfecto —repuso secamente—. Y deja a Lilly en paz de ahora en adelante. No es para ti y ambos lo saben.

—Ya ganaste, mamá. Ya tronaste los dedos y ella obedeció.

—Eso es porque ella entiende la importancia de lo que está en juego —mamá descruzó los brazos rápidamente—. Pero tú continúas pensando en ti mismo y sólo en ti mismo.

Sus palabras me afectaron profundamente. ¿Tenía razón? ¿Estaba siendo egoísta al querer que Lilly estuviera libre de sus ataduras?, ¿por querer que ella tuviera una verdadera oportunidad de ser feliz… *conmigo*?

De cualquier manera, daba igual, porque se casaría con Derek.

Como si fuera capaz de leerme el pensamiento, mamá atacó con más fuerza.

—¿Qué tipo de vida podrías ofrecerle? No sería al que está acostumbrada. No sería el tipo de vida que Derek puede darle. Si te quedaras, todos murmurarían a sus espaldas. El escándalo de que te enamoraras de tu *hermana* incluso te seguiría. ¿Qué tipo de vida es ésa para una chica como Lilly?

No estaba diciéndome nada que yo no hubiera pensado ya. Rugí desde el fondo de mi garganta.

—No es mi *hermana*.

—Eso no les importará —respondió mamá sacudiendo la cabeza—. No le importará a nadie. Lilly quedará segregada de su vida, de su círculo social, por elegir estar contigo. Le estás pidiendo que elija entre tú y la compañía, la compañía de su familia. Si te elige a ti y la empresa quiebra, ¿cómo crees que se va a sentir? ¿Realmente crees que puedas compensarlo? ¿Serías suficiente?

La cosa era que no lo sabía. Me salvé de responder cuando Lilly bajó corriendo las escaleras vestida con unos pantalones informales y una blusa de seda. Tenía un collar de perlas en el cuello y el cabello ligeramente húmedo recogido en un moño apretado. Parecía toda una dama... y no se parecía nada a mi Lilly.

—¿Estás lista? —preguntó mamá sin hacerme caso.

—Sí —respondió Lilly. Tomó su bolso y titubeó—. Perdón por salir corriendo.

No la miré a los ojos.

—Está bien. Adelante.

Por un segundo no se movió. Pensé que tal vez, sólo tal vez, podría ganar esa batalla interna que podía ver que se cernía en su mente. Pensé que tal vez me elegiría a *mí*. Pero sacudió la cabeza, salió por la puerta y la cerró tras ella. El dolor me partió el pecho. Entré a la cocina y caminé hacia el desayuno que había planeado para ella. Tomé el sartén, lo llevé al fregadero y lo eché ahí.

Ella me estaba desgarrando, pedazo a pedazo, y como tonto, yo no dejaba de regresar por más. Continuaba ofreciéndole otra extremidad para que me la arrancara y la destrozara. Continuaba permitiéndome caer en su red, más y más, hasta que prácticamente garanticé que me rompería el corazón, como lo supe desde el primer día.

¿Realmente había esperado otra cosa de ella? Me dejó atrás sin un asomo de duda o titubeo en su decisión. Había elegido a Derek.

Finalmente había tomado su decisión. Todo había terminado.

CAPÍTULO 19

Lilly

—Gracias por traerme a casa —le dije a Derek.

Me acompañó a la puerta y se quedó viendo la casa oscura con el ceño fruncido. Derek era tan predecible como el sol que sale por el este todas las mañanas y se pone en el oeste todas las noches. Pero ahora era más como una estrella fugaz. Impredecible y tosco.

—De nada —dijo y me enfocó con sus brillantes ojos azules mientras se rascaba la cabeza. Su cabello castaño estaba perfectamente peinado, como siempre—. ¿Qué pasa? Hoy pareces distraída. Incluso triste, diría.

—¿Sí? —pregunté. Tomé la perilla de la puerta, pues lo único que quería era escaparme de él. Después de horas de posar para fotografías y de planear una boda que no quería, estaba completamente agotada. No tenía ya más sonrisas falsas que ofrecer. Más que escapar, quería a Jackson.

—Fue una semana larga. Con mucho trabajo. Casi no dormí.

Su frente se arrugó.

—¿Te has desvelado por vivir con Jackson?

—N-no —dije con las mejillas calientes y supe que tenían que haberse puesto color rojo brillante. Color cereza—. Por supuesto que no. ¿Por qué me desvelaría?

—Porque no estás acostumbrada a tener a alguien en la casa —respondió mientras me estudiaba y se acercaba más a mí. Se quedó mirándome desde arriba—. ¿Por qué? ¿Qué creíste que quería decir?

—Eso —respondí rápidamente y forcé una sonrisa a pesar de mi agotamiento—. Pero él no hace ruido. Casi ni me percato de que está en la casa.

«*Mentirosa*», me dije.

—Yo creo que sí se nota —dijo con la frente aún más arrugada—. Demasiado.

Yo me moví incómoda y volví a tomar la perilla.

—Si tú lo dices. Pero bueno...

—Espera —se acercó más a mí—. Quiero intentar algo.

Mi corazón dio un vuelco.

—¿Qué?

—Un beso —dijo y bajó la mirada—. Nos vamos a casar en un par de meses y no nos hemos besado desde ese juego de botella en la casa de Missy Pemberington cuando cumplió trece.

Mi estómago se hizo nudos. No quería besarlo. Se sentía mal besar a alguien que no fuera Jackson, lo cual no debería ser el caso. Derek era mi prometido, no Jackson. Su mano subió por mi espalda y me tomó de la nuca, pero en vez de hacer que se me acelerara el pulso como me sucedía cuando Jackson me tocaba, hizo que se me hicieran más nudos en el estómago.

—Derek...

—Shhh —dijo y me sonrió, pero su actitud era forzada, igual que toda esta interacción—. Sólo déjame hacer esto, por favor.

No dije nada. No lo rechacé a pesar de que todo mi ser gritaba que *no*.

Bajó su boca hacia la mía. En cuanto se tocaron nuestros labios, supe que estaba *mal*. Todo estaba mal. No debería estar besando a ese hombre. Y definitivamente no debería casarme con él. Tenía los labios secos y fríos. Su beso no tenía pasión. La bilis subió por mi garganta y, por segunda vez ese día, sentí la urgencia de ir corriendo al baño.

Incluso tuve una pequeña arcada que probablemente confundió con un gemido o algo parecido porque se presionó más cerca y pasó su lengua por mis labios. Cuando me puso la mano en el trasero, ahogué un grito y lo aparté de un empujón, respirando con dificultad.

—Detente.

Después de que recuperó el equilibrio, me estudió sin emoción. Parecía tan conmovido como una roca en medio de una planicie.

—¿Qué pasa?

—No puedo hacer esto. No está bien. Nada de esto está bien.

—Pero… —empezó a decir Derek. Se veía enojado, y podría haber jurado que con un poco de pánico también. Me tomó con brusquedad del hombro—. Sí. Sí puedes. Te vas a casar conmigo. Vamos a tener que besarnos, lo sabes.

—Mira, si trabajamos juntos y tengo tu apoyo, podemos encontrar otra manera de salvar las empresas —dije apresuradamente—. Sé que tú tampoco quieres casarte conmigo, ni besarme, ni nada de eso. Yo… —interrumpí lo que estaba diciendo y me lamí los labios intentando decidir qué tanto decir—. Derek, lo *sé*. Te vi en el estacionamiento el otro día. Con tu amigo. En tu coche.

Él dio un paso atrás y me soltó, pero se recuperó pronto. Él sabía que lo había descubierto, que su ilusión tan cuidadosamente fabricada había desaparecido, y se le notaba en la expresión.

—No viste nada. *Nada.* Y si te atreves a esparcir esas mentiras sobre mí…

—Nunca le diría a nadie —le aseguré rápidamente—. No soy ese tipo de persona.

—No te creo. No cuando eso te daría una razón válida para

cancelar la boda —se cruzó de brazos—. Porque claramente no quieres casarte conmigo.

Sacudí la cabeza.

—No. No te obligaría a salir del clóset.

—¿Por qué no? Mi padre me desheredaría y la boda se cancelaría, pues no habría un hijo Thornton con quien te pudieras casar. Nadie se enojaría contigo por salirte del trato debido a mis proclividades —dijo con los labios apretados—. Ambos lo sabemos.

—No me importa tu orientación sexual —dije lentamente y deseé no tener motivos reales para creer que su familia le daría la espalda—. Pero sí quiero cancelar la boda.

—No puedes —dijo tomándome de la mano con fuerza de nuevo—. Tenemos que casarnos.

—¿Pero y si hay otra manera? —pregunté y no le solté los dedos—. ¿Qué tal si hay otra manera de salvar a las empresas y no tenemos que casarnos? Serías libre de hacer lo que quisieras, con quien quisieras, y yo también.

—Yo no sería libre y lo sabes —dijo furioso—. Y que tú seas libre, ¿por qué importa? ¿Por qué de repente te importa tanto? Oh, por Dios… —su expresión se iluminó al comprender y dio un paso atrás—. Hay alguien más, ¿verdad?

—Yo… yo no… —lo solté. No estaba segura de si lo debía admitir—. Digo, sí. Tengo sentimientos por otra persona.

—¿Y qué te hace pensar que yo no? —dijo entre dientes y golpeó la puerta con una mano, justo junto a mi cabeza, atrapándome entre él y la puerta. Me sobresalté—. Lilly, no importa. *Ellos* no pueden importar. Nos vamos a casar. Nuestras familias cuentan con nosotros.

Coloqué mis manos en su pecho y lo mantuve a cierta distancia.

—No tenemos que casarnos para que se pueda hacer la fusión.

—Sí, sí tenemos que hacerlo —dijo y me apretó la barbilla con fuerza—. En caso de que lo hayas olvidado, los artículos de incorporación de ambas empresas establecen que sólo los parientes pueden tener acciones.

Intenté liberarme de él, pero sólo me apretó más.

—Fui con una abogada. Me dijo que podíamos hacer una enmienda.

—¿Y abrir la puerta a todas las habladurías que eso provocaría? —resopló—. Eso no sucederá.

—¿No valdría la pena un poco de habladuría? —dije y me separé por fin de su mano—. Para que las empresas estén seguras y por la oportunidad de vivir nuestras propias vidas, ¿qué otra opción tenemos?

—No la hay. ¿Crees que yo no he intentado encontrar una? ¿No crees que todos lo hemos intentado? —se metió las manos a los bolsillos y me frunció el ceño—. Te has pasado toda la vida haciendo lo que se espera de ti. Éste no es el momento de desviarse del plan.

Permanecí en silencio, con la furia hirviéndome en el interior.

Derek suspiró con fuerza y toda la rabia se le salió del cuerpo, dejando un desastre detrás.

—Lo que dije antes fue en serio. Si la fusión no se da, Thornton Products va a sobrevivir, pero Hastings International se iría al caño. Si le dices a mi padre, si le dices a quien sea, y la fusión se cancela, tu familia será la afectada. ¿Cómo reaccionaría tu padre al ver que se destruye el legado de tu familia? ¿Qué les pasará a ti y a todos esos empleados?

No tenía una respuesta para él porque no había una buena respuesta. Tenía razón.

Derek interpretó mi silencio correctamente y se encogió de hombros.

—Por lo tanto, creo que puedo ser un buen esposo para ti. Ahora que sabes la verdad sobre mí, incluso podríamos hacernos buenos amigos.

Se dio la media vuelta y se fue. Con la perilla de la puerta todavía en la mano, lo observé irse.

Cuando su Ferrari desapareció por la calle, me cubrí la boca. Las lágrimas fluían por mis mejillas y dejaban rastros calientes detrás mientras yo luchaba contra mi pena. Una parte de mí había albergado la esperanza de que Derek fuera un aliado para escapar a las circunstancias que enfrentábamos. Que me pudiera ayudar a diseñar una salida, y entonces yo podría estar con Jackson y él podría tener la libertad de encontrar a alguien más también y nadie saldría lastimado. Pero había subestimado su miedo. No había escapatoria.

Siempre supe que existía la posibilidad de que realmente tuviera que casarme con Derek si quería salvar los empleos de toda esa gente, pero perder la remota opción de la libertad a la cual me había aferrado por tanto tiempo fue devastador. Rebusqué mis llaves en el bolso y por fin abrí la puerta de la casa y la cerré detrás de mí. Me recargué en ella y, en el instante en que se cerró y dejé atrás ese mundo, el mundo *real*, fue como si un gran peso se me hubiera quitado de encima y por fin pudiera respirar. Cuando estaba aquí con Jackson podía no hacer caso a nada de lo que nos mantenía separados. Todo se sentía bien.

En cuanto entré al *brunch* esa mañana, supe que había cometido un error al dejar a Jackson. Y después de ese enfrentamiento reciente en la puerta, estaba aún más segura.

Sentarme a la mesa mientras platicaba cortésmente y sonreía como si fuera feliz, fingiendo estar totalmente de acuerdo con casarme con un hombre que con trabajos me agradaba, se sentía *mal*. Iba a tener que casarme con un hombre al que apenas toleraba.

¿Y se suponía que debería estar *bien* con eso? No lo estaba. No estaba bien. Pero lo iba a hacer de todas maneras.

Lo que realmente necesitaba era existir en la negación durante un rato. Necesitaba a *Jackson* y su tacto. Su risa. Sus palabras. Lo necesitaba a *él*.

—¿Hola? —grité y coloqué mi bolso en la mesa. Su camioneta estaba estacionada en la entrada, así que pensé que estaría en casa. Pero la casa estaba a oscuras y en silencio—. ¿Estás en casa?

No hubo respuesta.

—¿Jackson? —grité con más fuerza.

Nada aún.

Subí las escaleras, pasé la puerta de mi recámara y me detuve frente a la suya. Estiré la mano para tomar la perilla e intenté hacerla girar, pero no se movió. Estaba encerrado.

—¿Jackson?

Escuché pasos del otro lado de la puerta.

—¿Sí?

—Este... ¿puedo pasar?

Silencio. Luego:

—No.

Mi corazón se encogió.

—¿Por qué no?

—No quiero verte en este momento.

Jackson no quería verme. No quería hablar conmigo y eso me dolió más que cualquier rechazo previo suyo. Tragué saliva y coloqué la mano en la barrera que me mantenía alejada de la única cosa que quería.

—¿Es porque me fui?

—No. Bueno, sí, en parte —la luz debajo de su puerta se hizo más tenue y supe que estaba parado justo del otro lado. Por algún motivo su negativa a abrir la puerta me dificultaba pasar la saliva—. No es eso, específicamente, pero me hizo darme cuenta de algo. Es hora de arrancar la curita.

—¿Cuándo me convertí en una curita?

Silencio. Y luego:

—Cuando prometiste casarte con Derek.

Apoyada en el marco de la puerta me esforcé por encontrar las palabras adecuadas para expresar cómo me sentía, lo cual era difícil porque ni siquiera sabía en realidad qué era lo que estaba sintiendo principalmente en ese momento.

Tras la negativa de Derek a ayudarme, este golpe hacía que todos mis sentimientos se revolvieran.

—Lo siento. No quise, no tenía la intención, no sé qué hacer ya. Qué decir.

—Sólo vete a dormir y no digas nada. No necesito ni quiero una explicación. Te vas a casar con Derek —dijo con tono cortante—. No hay nada más que decir.

Yo apreté los labios.

—Yo siento que sí.

—Lilly... —murmuró con un sonido suave—. Fue divertido lo que tuvimos —rio un poco, pero no era su risa, era una burla de su risa—. Se sintió bien. Ambos estamos de acuerdo en eso. Pero ahora ya terminó. Ahora debemos seguir adelante y regresar al plan original de fingir que esto no sucedió nunca. Sólo seré tu hermanastro y tú sólo serás mi hermanastra.

—No sé si estoy lista para eso —dije con la perilla en la mano e intenté volverla a hacer girar. La sacudí—. ¿Puedes abrir la puerta, por favor?

—No —dijo con una voz que no me daba pie a seguir discutiendo—. Es hora de empezar de nuevo. Lo que teníamos, lo que podríamos haber tenido, ya no existe. Ahora es algo que podríamos haber tenido en otra vida, y eso es todo. Terminamos.

Sacudí la cabeza y volví a mover la perilla.

—Yo... yo no quiero tener esta discusión con una *puerta* de por medio.

—Bueno, pues no voy a abrir porque no hay nada más que decir —algo golpeó la puerta de madera. No estaba segura de si habría sido su mano o su cabeza. Su sombra no se movió—. Mira, si abro la puerta, caeré. Te tocaré. Te besaré. Te haré el amor. Y me dolerá demasiado. Pensé que podía conformarme con tus sobras, con vivir de los momentos que me pudieras ofrecer. Pero esta mañana me demostró que soy demasiado egoísta para eso. Te quiero toda. Y no te puedo tener.

Las lágrimas me nublaban la vista, pero me negaba a dejarlas caer.

—Dijiste que no ibas a querer más. Que nunca te habías visto como alguien que pudiera comprometerse a largo plazo.

—Ya sé que dije eso. Las cosas cambian —hubo un silencio—. La gente cambia.

—No —protesté y sacudí la cabeza nuevamente, a pesar de que él no me podía ver. Jackson estaba actuando de manera inteligente, estaba tomando una decisión madura y sensata pero, a pesar de saber esto, no podía dejar de actuar como una niña frustrada—. Teníamos un trato. Íbamos a estar juntos hasta que ya no pudiéramos estarlo. Hasta que te fueras o yo me casara. Teníamos un *trato*.

—Cancelo el trato —dijo dando un paso hacia atrás. Vi cómo su sombra se alejaba de mí y sentí la distancia hasta el fondo del alma—. Lilly, estás cediendo el control de tu futuro para salvar a miles de desconocidos. Es algo honorable y valiente. Ahora renuncia a mí para que yo pueda salvarme.

Solté la perilla porque él tenía razón. Debía dejarlo ir.

—Te di todo lo que pude.

—Sí —dijo e hizo una pausa—. No fue suficiente.

Tenía razón de nuevo. No lo era. La única manera en que podría darle *todo* era si cancelaba la boda.

Las cosas habían regresado a lo mismo ahora que estaba discutiendo de nuevo sobre mi futuro con un hombre. Sólo que ahora yo era la egoísta.

—Jackson... por favor.

Él emitió un sonido que era mitad risa mitad gemido.

—Si estás lista para alejarte, si estás lista para vivir tu propia maldita vida por ti misma, dilo. Seré tuyo y tú serás mía y nada nos detendrá. Haré lo posible por hacerte feliz y podemos intentar esto de verdad. Sólo dime que vas a dejar de vivir por el mundo y vas a empezar a vivir por nosotros. Di las palabras y te dejaré entrar.

Me quedé mirando la puerta. Quería hacerlo. *Anhelaba* hacerlo. Las palabras que él quería escuchar estaban en la punta de mi lengua, rogándome que las liberara. Pero no podía darle la espalda a todas esas personas. Y Derek tenía razón, de cierta manera. Si yo permitía que Hastings International colapsara, con la conciencia de que yo la hubiera podido salvar, me culparía a mí misma y terminaría culpando también a Jackson por obligarme a elegir.

Así que no dije nada, porque no podía.

—Sí. Eso fue lo que pensé —dijo con voz cansada—. Es hora de que vuelvas a concentrarte en Derek. En tu vida. Déjame en paz.

—Tienes razón. Lo siento —dije con los nudillos presionados en la boca intentando controlar los sollozos que querían escapar—. M-me iré.

E hice lo más difícil que jamás había hecho. Me alejé.

Creía que ya no podía llorar más, pero ya estaba sollozando de nuevo. Sentí como si me hubieran arrancado físicamente el corazón del pecho. Saber que no volvería a sentir sus brazos a mi alrededor, que no volvería a abrazarme ni decirme que todo estaba bien... *no*. No estaba preparada. *Nunca* estaría preparada.

Pero tampoco estaba dispuesta a darle la espalda a las personas que podía ayudar. No estaba dispuesta a poner mi necesidad por encima de la de los demás. Casarme con Derek por unos años era la única manera de facilitar la fusión, ya que todos los demás caminos se me habían cerrado. Así que haría lo correcto, aunque me rompía el corazón, y renunciaría a Jackson.

Porque si era egoísta y sólo pensaba en mí misma sería igual que mi padre.

CAPÍTULO 20

Jackson

Tomé el teléfono y me quedé mirando por la ventana de mi recámara. Había pasado una semana desde que terminé las cosas con Lilly al otro lado de la puerta. Una semana de evadirla después de verla besar a Derek en el porche e intentar estar lo más emocionalmente muerto posible. Pero a veces arrancar la curita provocaba un sangrado que pensé que no pararía jamás, y eso era lo que más me molestaba.

Nunca dejaría de amarla. Ni siquiera después de que ella se casara con otro hombre.

Por el resto de mi vida me preguntaría sobre nuestra última conversación. ¿Qué hubiera sucedido si hubiera dejado la puerta abierta? ¿Y si el sonido de sus sollozos me hubiera hecho abrirla? ¿Qué hubiera sucedido si no la hubiera visto besar a Derek antes de acercarse a mi puerta? ¿Qué hubiera sucedido si me hubiera dicho que sí, que cancelaría la boda? ¿Qué hubiera sucedido si me hubiera dicho que me amaba? Durante el resto de mi vida, siempre me preguntaría qué hubiera sucedido si ella me hubiera elegido a *mí*. No lo había hecho. Así que era hora de irme.

Descansé mi frente en el vidrio y la vi partir. Ahora que estaba otra vez evadiéndola, la vida era demasiado silenciosa. Y demasiado solitaria. Después de sólo una semana de vivir con ella, me había acostumbrado a tenerla cerca, platicando sobre cualquier tontería. Así como sus cartas me habían tranquilizado mientras estuve en el extranjero, su voz tenía el mismo efecto en mí.

No habría más cartas y no habría más pláticas alegres. No habría más ella.

A pesar de que vivíamos en la misma casa, me aseguré de que nunca estuviéramos solos. Pero una parte pequeña y malvada de mí pensaba que, si hubiera una oportunidad, la obligaría a hacer algo. La besaría en una habitación llena de gente o le diría a Walt que habíamos estado cogiendo a sus espaldas. Algo, *lo que fuera*, con tal de sacarla de ese matrimonio.

Pero Lilly nunca me lo perdonaría si le hiciera algo así, y a Walt probablemente ni siquiera la importaría siempre y cuando los Thornton no se enteraran.

Ella se acercó al Ferrari de Derek y se quedó parada junto a la puerta del pasajero, buscando algo en su bolso. ¿Qué traía ahí? ¿Un cambio de ropa? Si sí, ¿por qué lo llevaba? ¿Ella y Fresa Pendejo al fin iban a animarse a hacer algo... entre ellos? Sólo de pensar en eso me dieron ganas de salir corriendo y volverlo a golpear.

Se suponía que ella era mía. Sólo que no lo era, así que me negué a dejar mi habitación hasta verla marcharse con Derek. Y me negué a compartir su espacio, a mirar a Lilly tan desdichada mientras él me observaba descaradamente y la ignoraba a *ella*. Ella se merecía más. Ambos nos merecíamos más.

Esto era sin duda la definición de un final infeliz. Un beso del amor verdadero no arreglaría esto.

Apenas la noche anterior la había escuchado hablar por teléfono cuando pasé junto a su recámara. Estaba sentada en la cama y estaba diciendo algo sobre la prueba de un vestido de novia la semana siguiente y cómo el florista estaba preocupado de no poder conseguir las flores correctas para los centros de mesa en la recepción. Ella quería flores amarillas y rosadas. Iguales a las que *yo* le había comprado. No lo dijo, pero ambos lo sabíamos. Estaban marchitándose y empezaban a doblarse, pero seguían en nuestra mesa del comedor como un recordatorio horrible de lo que fuimos, y lo que podríamos haber tenido.

Por un segundo, sólo un maldito segundo, me quedé paralizado fuera de su puerta abierta. Nos miramos y pude notar el pánico en su rostro, el dolor. Cuánto deseaba *no* hacer esto.

Se sintió como otro momento de «¿qué hubiera sucedido si...?». Pudo haberme hecho señas para que entrara pero, en vez de eso, siguió hablando sobre otras flores que estarían de temporada y su voz se escuchaba dolorosamente hueca y resignada, como su mirada. Así que me alejé.

Esa noche, cuando subí a la cama, tenía la puerta cerrada y sus sollozos suaves se alcanzaban a escuchar. Tuve que hacer acopio de todo mi control para no entrar. Para no besarla y quitarle la tristeza y las lágrimas. Para no rescatarla. Porque ella no quería que la rescatara. Si lo quisiera, lo hubiera dicho.

Derek se dirigió al lado del conductor en su auto y abrió la puerta para meterse. Dejó que Lilly abriera su propia puerta. Era un patán. Sin embargo, antes de entrar, ella metió su bolso al coche y miró por arriba del hombro hacia mi ventana. Me tensé porque claramente me vio viéndola. Por un segundo nos quedamos mirándonos. Levanté la mano y la saludé.

Ella presionó los labios, entró al coche, se sentó y cerró la puerta tras ella sin contestar el saludo. Derek ni siquiera esperó a que se abrochara el cinturón. Arrancó de inmediato y me quitó a Lilly.

Después de apartarme de la ventana abrí mi maleta y empecé a lanzar cosas a su interior. Mi superior no me había dicho nada aún sobre Hawái, pero yo tenía clara una cosa: cuando ella regresara a casa esa noche, yo ya no estaría viviendo ahí. Había llegado el momento de seguir con mi vida y para que eso sucediera tenía que mudarme.

Cuando alguien tocó a la puerta pensé en no abrir. Después de todo, no tenía porque ser para mí. Pero cuando me asomé por una ventana lateral, resultó que sí era. Ahí estaba mi madre, con un gancho cubierto de plástico y un esmoquin dentro, así que abrí.

—¿Qué quieres?

—¿Recuerdas el evento del que hablamos? —preguntó con la voz tensa mientras veía furiosa mis tatuajes—. ¿Mi único favor?

Me puse rígido.

—Sí.

—Bueno, pues es esta noche. Es por Lilly —me aventó el esmoquin y yo lo atrapé por reflejo—. Preséntate. Usa esto. Y dale esto —me dejó un regalo envuelto—. Después de eso serás libre de irte y continuar tu vida como antes, sin destruir la de nadie más en el proceso. ¿Crees poder hacerlo?

Apreté los músculos de la mandíbula.

—¿Walt sabe que iré?

—Sí. Le dije. Pero no sabe que has estado viviendo aquí ni cuánto tiempo llevas de haber regresado —me señaló con un dedo—. Y te comportarás.

—¿Él se va a comportar? —pregunté con el esmoquin todavía en mis manos.

—Él no es el problema aquí y tú lo sabes —respondió y se volvió a acomodar los anteojos—. Preséntate en el Yardley Country Club a las seis.

No respondí. Sólo la vi alejarse.

Cuando salió de la cochera, subí las escaleras, dejé el esmoquin en la cama y volví a empezar a empacar. Unas horas después ya me había bañado, vestido y tenía todo en la maleta salvo el esmoquin que traía puesto y mi ropa para después.

Mañana en la mañana me iría de este sitio y continuaría con el siguiente capítulo de mi vida, sin importar cuál fuera. No le había dicho nada a Lilly todavía, pero eso daba igual. Mientras más pronto me alejara, mejor, considerando todo.

Mi partida no cambiaría nada. Si acaso, le haría la vida *más fácil* a ella. Aunque tal vez yo estaba sobrestimando mi influencia en ella. Tal vez no le importaba dónde viviera.

Con mi maleta a reventar en la mano, abrí la puerta y bajé las escaleras, acomodándome la corbata de moño mientras mis pasos hacían eco en nuestro hogar silencioso. No tenía idea de qué era esta maldita fiesta, pero sabía que era el final del camino para mí. Después de hacer mi aparición, regresaría a casa, tomaría mis maletas y me lavaría las manos de todo este asunto, de Lilly.

¿Y qué si me dolía pensar en eso? Bueno, pues eso sólo demostraba que yo era capaz de sentir dolor, después de todo.

El camino al club campestre pasó rápido. Al salir de mi camioneta tomé el regalo envuelto que me dio mamá junto con el esmoquin y murmuré saludos al entrar. Me puse una sonrisa falsa en la cara y pasé por las puertas acomodándome el saco para asegurarme de que no se viera ninguno de mis tatuajes... y la sonrisa rápidamente desapareció, porque me di cuenta qué era esta «fiesta».

A mi izquierda había una fotografía de Derek y Lilly, abrazados y sonriendo. Al estudiarla con cuidado, se alcanzaba a notar que ambos eran muy desdichados. Recordé que yo sabía exactamente cuándo se la habían tomado. Justo una semana antes. El día que Lilly me dejó, y dejó nuestro desayuno, para ir a la casa de sus padres con Derek.

Y ella había regresado después a mi puerta, deseando que la dejara entrar. Había llorado fuera de mi puerta después de sonreír para esta foto.

Sobre la entrada había un banderín de buen gusto que decía «Buena suerte» en letras rosadas y amarillas, frente a un elegante espacio forrado de tela. Había entrado a una especie de fiesta formal de compromiso de Lilly y Derek y nadie se había molestado en avisarme.

Volví a acomodarme la corbata y miré a mi derecha. Había una placa discreta que le recordaba a los invitados la fecha de la boda, 18 de septiembre, y los invitaba a firmar el libro de visitas. Luego había un *collage* fotográfico en un caballete con una cita genérica al centro sobre casarte con tu mejor amigo.

Literalmente me había presentado para celebrar su matrimonio con otro hombre. Ahora en verdad había encontrado el infierno.

Apreté el regalo que me había dado mi madre, envuelto con un puto listón plateado. No tenía el nombre de para quién era, sólo el mío en una tarjeta cualquiera de «Mis mejores deseos». No. *Joder, no.* Tal vez fuera un hombre educado y tal vez estaría dispuesto a aceptar que había perdido *la* batalla que valía la pena ganar, pero se podían ir todos al infierno si creían que iba a brindar por la «feliz» pareja.

Había una mesa llena de regalos frente a mí, así que caminé hacia ella, puse el mío sobre un regalo grande de forma cuadrada envuelto con el mismo papel rosado y amarillo, y me dirigí hacia la puerta. Llegué a medio camino antes de que alguien me viera, pero me detuve frente a la segunda persona que menos tenía ganas de ver, Derek Thornton III.

—¿Te vas tan pronto? —preguntó con una ceja pedante arqueada. Lo único que yo quería era golpear al pendejito otra vez. Pero ahora, frente a *su* gente—. ¿Tienes una cita sexy esperándote allá afuera?

—No —respondí con la mandíbula tensa—. Pero prefiero no ser un hipócrita, ya que no estoy de acuerdo con este matrimonio.

Derek rio. A mí me picaban los dedos con el deseo de borrarle la maldita risa de la puta cara a puñetazos.

—Supongo que a Lilly en realidad no le importa si estás de acuerdo, ¿no?

—Supongo que no —dije entre dientes. Le di una palmada en el hombro y lo sacudí de una manera que probablemente parecía amistosa, todo el tiempo con una sonrisa en caso de que alguien nos estuviera viendo—. Pero eso no cambia el hecho de que eres, y siempre serás, un patán que no la merece. Ambos lo sabemos.

—¿Cuál es tu problema conmigo? Nadie me ha odiado así nunca... —se interrumpió, parpadeando—. Dios mío. Tú eres el otro tipo —me miró con los labios apretados y no se molestó siquiera en intentar soltarse de donde lo tenía sostenido—. ¿Qué estaban pensando? Aunque no nos fuéramos a casar, ustedes dos juntos nunca funcionarían. Es absolutamente absurdo.

Di un paso hacia él con las fosas nasales distendidas. La ira me estaba haciendo hervir la sangre.

—Todos queremos lo que no podemos tener. Tú sabes todo sobre eso, ¿no Derek?

Derek palideció.

—¿Te lo *dijo*? La voy a *matar*.

Algo dentro de mí se detonó. Lo abracé como si fuéramos los mejores amigos y lo conduje fuera de la habitación. Él ni siquiera se resistió. Simplemente me siguió. Salí a un pasillo vacío y silencioso que llevaba a una parte cerrada y sólo parecía tener un clóset. En cuanto dimos la vuelta en la esquina, lo azoté contra la pared y le presioné el pecho con ambas manos.

—Si alguna vez, *una sola vez*, vuelves a amenazarla, te mataré. Y no voy a dudar —le dije—. He matado hombres por mucho menos, créeme.

Trató de empujarme pero no pudo hacer nada. Tenía tanta fuerza como una mosca.

—Suéltame.

—Te voy a soltar hasta que esté satisfecho de que tratarás a Lilly de la manera en que se merece —le empujé el pecho más y eso hizo que no pudiera respirar—. Si alguna vez siquiera le levantas la mano, si la lastimas, puedes apostar que te voy a hacer pagar, ¿entiendes?

Derek hizo otro intento por liberarse y esta vez lo dejé.

—Vete al demonio—dijo.

—Con gusto —respondí. Le alisé el saco y le di unas palmaditas en la mejilla con más fuerza de la necesaria—. Y si no juegas bien tus cartas, te llevaré conmigo.

Él salió del lugar furioso y yo me cubrí el rostro y respiré profundamente. Tenía que largarme de ahí antes de perder el control por completo. Necesitaba irme antes de ver a Li...

—¿Jackson? —escuché decir a Lilly con voz suave—. ¿Estás bien?

Mierda. Era la última persona que quería ver. Me reí y bajé las manos, enfocándome en ella porque, *por supuesto*, me había seguido acá atrás. Y *por supuesto* estábamos solos al fin. Y entonces entendí qué era lo que llevaba en la bolsa: un puto vestido.

Se había cambiado y traía un hermoso vestido largo color rojo y, como era natural, se veía deslumbrante. Le llegaba a los tobillos y dejaba ver un par de zapatos de tacón sexys, lo cual significaba que la parte superior de su cabeza quedaba al nivel de mi barbilla. Normalmente sólo me llegaba al hombro. El rojo le quedaba bien a su piel y le daba un matiz rosado natural a sus mejillas.

Era dolorosa, sobrecogedora, imposiblemente *hermosa*. Y yo ya estaba harto de fingir que no me importaba perder.

—No. No estoy bien, ¿me veo como si estuviera bien, carajo?

Ella se retorció las manos, miró por encima de su hombro, y se acercó más a mí. Como si no estuviera segura de que yo la quisiera cerca. Debí haber hecho un muy buen trabajo haciéndola creer que ya no quería saber nada de ella aunque *no era verdad*. Al menos en ese momento me quedó claro que, si el asunto de ser reclutador del ejército no funcionaba, podía pedir trabajo de actor.

—¿Qué pasó? —me preguntó.

—Pasa que te vas a casar con él —dije bruscamente y señalé en la dirección hacia donde se había ido Derek. Me puse a caminar de ida y vuelta frente a la puerta del clóset—. Eso es lo que pasa.

Se retorció las manos aún más.

—Jackson, yo...

—No lo hagas. Ya no —me reí. No podía evitarlo—. Cada vez que entras a una habitación, mi corazón se acelera. Cuando te acercas, y huelo tu perfume, todo mi cuerpo despierta. Me haces sentir como si no tuviera que estar solo en este mundo. Como si mereciera amor y felicidad y toda esa mierda y, maldita seas, te *vas a casar con alguien más*.

Ella sacudió la cabeza rápidamente y pude ver lágrimas que reflejaban la luz hacia mí.

—Te mereces todas esas cosas. Siempre las has merecido.

—Sólo que no contigo, ¿verdad?

—Jackson... —empezó a decir con el labio inferior tembloroso y se lo mordió—. Lo lamento mucho. Me hubiera gustado no haber...

—No, carajo —caminé hacia ella y la metí al clóset conmigo sin soltarla de entre mis brazos cuando se cerró la puerta tras nosotros—. Nada de culpas.

—Jackson.

—No —la sacudí con suavidad. Su piel suave que extrañaba tocar más de lo que extrañaría el oxígeno o el agua incitaba mis dedos ásperos. Se me aceleró el pulso e inhalé su perfume, como un hombre muerto de hambre, una última vez—. No tienes autorización para arrepentirte de mí. Lo prometiste.

Ella ahogó un sollozo.

—No me arrepiento de ti. Lo juro. Eso no es lo que quiero decir, sino que...

—Bien, porque yo tampoco me arrepiento de ti —la interrumpí pues no quería escuchar de qué se arrepentía. Lo que deseaba poder cambiar. Si no lo iba a *hacer*, entonces me importaban un carajo sus deseos y sueños—. No me arrepentiré de haberte tocado o besado ni de haberme enamorado de ti. Ni siquiera me arrepiento del dolor que voy a sentir el resto de mi vida porque te perdí —incliné el rostro y levanté un poco el suyo, pero no la besé—. Lo único que *deseo* es haber podido decir que eras mía de verdad.

Ella me tomó la mano y la presionó contra su piel.

—*Soy* tuya. Siempre he sido tuya. Y siempre seré tuya.

—Pero no lo eres. No en realidad —dije con el corazón acelerado. Estaba a punto de abrirme de una manera en la que nunca lo había hecho antes pero, en vez de sentirme asustado, me sentí liberado. Renovado. Esto era la vida. Abrir tu corazón. Arriesgarte, no cerrarte. Cerrarse no era vida, eso era sólo sobrevivir. Lilly me había enseñado eso—. Te amo, Lilly. Tenía que decirte eso antes de irme. Te amo con todo lo que soy, todo lo que podría ser. Y todo lo que no seré jamás. Todo es tuyo.

Se lanzó a mis brazos y se colgó de mí, temblando.

—Jackson —susurró. Sus palabras suaves se quemaron en mi corazón como un tatuaje que nunca se borraría—. Deseo... deseo... *Dios*.

No me pasó desapercibido que no me dijo que ella también me amaba a mí.

—Lo sé. Yo también —le devolví su abrazo con mucha fuerza y de milagro no le rompí una costilla. Pero ni eso era lo suficientemente fuerte. Memoricé la manera en que se sentía contra mí, consciente de que ésta era la última vez que la tocaría, consciente de que era mi última oportunidad de sostenerla así. De amarla, de tocarla. De inhalar su aroma.

—Lilly, me iré. Mañana deberían avisarme sobre lo de Hawái, pero no importa lo que me digan, me voy a ir. Y no voy a regresar. No puedo verte con él. No puedo.

—Jackson... —sus hombros se sacudían y se colgó de mí con más fuerza. Los sollozos se escapaban de su boca en grandes bocanadas jadeantes—. *No*.

La detuve. Mi propio dolor me estaba cortando a la mitad como la cuchilla de una guillotina.

—Shhh —dije y le besé la sien—. No llores —besé entonces su mejilla salada—. Por favor no llores por mí.

Ella levantó su rostro hacia el mío y sus brillantes ojos color esmeralda me atraparon.

—No puedo dejar de llorar. No puedo... no puedo... no...

«No puedo casarme con él, no puedes casarte con él. Dilo», pensé. Pero no lo dijo.

Así que la besé suavemente y convertí esos sentimientos que había estado derramando en acciones en lugar de palabras. Era una especie de despedida, pero ese beso suave explotó y se convirtió en algo más en el segundo en que nuestros labios se tocaron. Y, para cuando me di cuenta, ya la tenía presionada contra la pared, tenía la mano dentro de su vestido y ella gimió mi nombre.

Y yo era incapaz de detenerlo.

CAPÍTULO 21

Lilly

«Yo también te amo, Jackson», pensé.

Ahí estaban las palabras. Muriendo por escapar. Por ser dichas. Por ser *escuchadas*. Sí lo amaba, con todo mi corazón, y siempre lo había amado. Probablemente siempre sería así. Pero me estaba diciendo que saltara del acantilado con él, que diera un salto, y no estaba segura de cómo podría hacer eso. No si toda esa gente estaba contando conmigo.

«Yo también te amo. Muchísimo» me repetí. Estaba haciendo mi mejor esfuerzo por controlarlo todo, porque decir esas palabras no nos haría ningún bien a ninguno de los dos. Decirlas no cambiaría el hecho de que yo estaba comprometida con mi decisión y que él estaba comprometido con la suya. En ese momento, ambos sabíamos que no había manera de llegar a un acuerdo mutuo.

Lo único que cambiaría nuestro final infeliz sería que dejara de importarme. Si me alejara de todo, si dejara a Derek, a la empresa, a mi familia, e hiciera que todos vieran por ellos mismos, entonces podríamos ser felices, ¿pero cuál sería el precio?

Estábamos dentro de un clóset mal iluminado, con trapeadores y escobas y toda clase de instrumentos de limpieza, pero ninguno de los dos parecía estarse fijando en eso. No nos importaba.

Pasé las manos por los brazos de Jackson; también sentía la urgencia del beso que me estaba dando, que me estaba incitando. Sabía que esto sería el fin. Los últimos momentos de nuestro tiempo juntos. Jackson se iría y yo sabía que no lo vería de nuevo por un largo rato. Tal vez nunca.

Sabía que le escribiría, después de todo, le dejaría saber que seguía pensando en él, pero él no me respondería. Y para él, éste era nuestro fin... a menos que yo *hiciera* algo.

Las lágrimas me quemaban los párpados pero las obligué a que esperaran. Mis dedos empezaron a abrir torpemente el botón de sus pantalones y abrí el zíper, su erección dura estaba estirando hasta los límites la tela y, cuando cayeron al suelo alrededor de sus tobillos, gimió. Envolví su pene en mi mano y apreté y él se movió dentro de mi mano y profundizó el beso.

Me azotó contra la pared y pasó su mano por mi muslo, sin detenerse hasta que tenía el vestido alrededor de la cintura.

—Dios, Lilly.

Asentí frenéticamente y apreté más su erección.

—Lo sé.

—Necesito una última vez. Una última probada de cielo —me besó nuevamente, con fuerza y rapidez, empujando su cadera en mi mano—. Soy un adicto y necesito una última probada antes de irme, amor. Sólo. Una. Más.

—Sí. Dios, sí —levanté la pierna y él pasó su mano bajo mi rodilla y me sostuvo así mientras movía la cadera contra mí—. *Más*.

Gruñendo, tiró de mis dedos e hizo que lo soltara y luego me dio la vuelta para que quedara viendo a la pared. Ahogué un grito y me apoyé con mis manos. Desde atrás, me mordisqueó el hombro y puso su mano en mi entrepierna, frotando la palma de la mano contra mi clítoris ansioso e introdujo dos dedos en mi interior.

—Oh, por... —dije mordiéndome la lengua para detener el grito que casi se me escapó y arañando la pared para encontrar de dónde sostenerme—. *Jackson*.

—Ya estás muy mojada. Estás tan lista —mordió la parte de atrás de mi cuello y luego me pasó la lengua por donde había mordido—. Nunca había deseado tanto una vida distinta como en este momento.

Me pasó el vestido por arriba de la cadera, me levantó un poco, hizo mis bragas a un lado y se posicionó en mi entrepierna. Se dobló sobre mí, me puso una mano sobre la boca, me besó el hombro y me penetró con un sólo movimiento fuerte.

Grité, pero afortunadamente su mano lo disimuló, y me vine con tanta intensidad que vi estrellas. Él gimió con un sonido largo y sexy y se movió en mi interior. Su cadera iba cada vez más rápido y más profundo y sus dedos continuaban moviéndose sobre mi clítoris. Me llevó a otro nivel de inmediato y me arrastró por la cúspide con él nuevamente. Sabía que estaba haciendo ruido, a pesar de su mano y mis mejores esfuerzos, y alguien podría escucharnos, pero la cosa era que… no me importaba. Ya no.

¿Cómo podía, si él me *amaba*? Jackson Worthington me amaba y yo lo amaba a él también. Tenía todo lo que quería al alcance de la mano, cosas que ni siquiera sabía que quería hasta que estuve con él y no podía renunciar a ellas. No podría renunciar a *nosotros*. Estábamos destinados a estar juntos.

—Te amo —me dijo al oído.

Yo grité algo ininteligible y alcé la cadera más alto para que pudiera entrar más profundamente. Cuando lo hizo, grité su nombre y volví a venirme, y todo el mundo simplemente empezó a desvanecerse en la nada hasta que sólo quedó Jackson. Bombeó una, dos, tres veces y él se vino también, gruñendo y colapsándose encima de mí como pudo considerando nuestra posición.

Nuestra respiración irregular y agitada se sincronizó y él me sostuvo muy cerca. Quitó su mano de mi boca y la presionó contra mi pecho, para que estuviéramos aún más pegados. Su otra mano seguía en mi entrepierna.

—Lilly.

Era hora de decirle. De abrirme como él lo había hecho, de dar ese salto e intentar conseguir mi propio final feliz. De renunciar a lo que me habían puesto enfrente toda la vida y crear mi propio destino.

—Jackson, te am...

La puerta se abrió repentinamente y ambos nos quedamos paralizados.

Vaya, nos habían descubierto, literalmente, con los pantalones abajo, y no habría manera de corregir eso. No habría manera de inventar excusas ni de explicarlo. Yo tal vez hubiera sentido más pánico si no hubiera tomado ya la decisión de que quería cancelar la boda, pero ahora era sólo un medio para alcanzar un fin. De todas maneras, el tirante de mi vestido se había caído hacia mi codo y mi seno estaba de fuera. La mitad inferior de mi vestido estaba alrededor de mi cintura y Jackson todavía estaba adentro de mí con los *pantalones* en los *tobillos*.

Y su mano en mi... Dios. Era casi cómico.

Me ahogué con una risa histérica y levanté la vista para ver quién nos había descubierto, si había una manera de contener esto para poder decírselo a mi padre y a Derek de la manera adecuada, lo que sería ideal.

—Ya sé cómo se ve esto, pero es una gran... —me interrumpí a media oración porque era, por supuesto, la mujer más chismosa de todo Arlington—. Lucy... por favor. Espera.

—Disculpen por interrumpir —dijo rápidamente con un tono de burla. Su mirada, sin embargo, se fijó perfectamente en nuestra posición sórdida—. Claramente esto es un asunto *familiar*.

Jackson se tensó detrás de mí y me bajó el vestido para cubrir mi trasero desnudo. Se salió de mí y dio un paso atrás, lo cual le permitió a Lucy ver todo lo que quería, lo que hizo sin *reserva* antes de que él se subiera los bóxers.

—Esto no es lo que parece.

Lucy rio nerviosamente. No había otra manera de describir el sonido que produjo.

—De hecho, yo creo que sí lo es.

—Por favor no le digas a nadie —dijo Jackson rápidamente. Yo le podría haber dicho que no desperdiciara su tiempo. Ella no esperaría siquiera a regresar al salón para decirle a todo el mundo lo que había visto—. Cometimos un error.

Lucy retrocedió, aún asombrada por lo que había visto de Jackson mientras él se subía los pantalones. Se lamió los labios y se puso una mano sobre el estómago.

—No le diré a nadie si... nosotros... tú...

Con un gruñido di un paso hacia ella, con las manos hechas puño, y me paré frente a Jackson. Sabía exactamente lo que quería y no lo obtendría.

—Sal de aquí antes de que te saque los ojos a arañazos.

Con un grito ahogado, Lucy se levantó la falda y salió corriendo.

Jackson me volteó a ver rápidamente con obvia ira en el rostro.

—¿Qué demonios? Yo podría...

—No. No podrías —dije y me arreglé el vestido y el tirante—. Es la mujer más chismosa de Arlington. Para cuando salgamos de aquí *todo el mundo* lo sabrá. Ya no hay nada que hacer.

Él se cubrió el rostro y empezó a caminar de un lado al otro.

—Mierda. Mierda, mierda, *mierda*.

Vi cómo entraba en pánico y la angustia empezó a instalarse en mi estómago también.

—Podemos explicarlo. Podemos salir, decirle a papi qué pasó y...

—¿Explicar qué? —me interrumpió bruscamente. No se veía aliviado, como me sentía yo. No parecía estar contento de que nuestro secreto hubiera sido descubierto ni de que ya no tuviéramos que estarnos ocultando. Dejó caer las manos y me miró. La vergüenza y la culpa que vi en sus ojos me hicieron sentir una cuchillada de dolor en el pecho—. Lo hice de nuevo. Arruiné todo. Te arruiné.

De pronto, su comportamiento cobró sentido. No sabía que yo quería estar con él. Que lo había elegido a él. Que no me importaba si todo el mundo lo sabía. Tenía que decírselo.

—No, Jackson, yo...

La puerta se abrió y Derek estaba ahí parado, temblando de rabia.

—¿Cómo te *atreves*?

Yo me encogí.

—Yo...

—Podemos —empezó a decir Jackson, pero se detuvo. Cuando Jackson vio a Derek, respirando agitadamente, fue como si se encendiera un interruptor en su cabeza. El Jackson que yo conocía y amaba se fue en un abrir y cerrar de ojos y un desconocido altanero tomó su lugar—. Derek. Ya era hora de que vinieras. Nosotros también lo hicimos, literalmente.

Yo ahogué un grito.

—Jackson. ¿Qué estás haciendo?

—Maldito hijo de puta —dijo Derek. Me vio a mí y después a Jackson y se puso en acción—. ¡Sabías lo que estaba en juego!

Intentó darle un puñetazo a Jackson.

Aunque yo sabía que lo podría haber hecho, Jackson no esquivo el golpe. Los nudillos de Derek chocaron con la nariz de Jackson y él dio un paso atrás, sin siquiera mostrar dolor. Le empezó a brotar sangre de la nariz pero Jackson no se la quitó. Simplemente *sonrió*.

—¿Eso es todo lo que tienes, Derek?

Derek gruñó y volvió a soltarle un puñetazo a Jackson, pero ahora al estómago.

—Te voy a matar, hijo de puta.

Jackson se dobló a la mitad y jadeó por un segundo antes de enderezarse. Cuando se estabilizó, arqueó la ceja y se rio.

—Eso estuvo un poquito mejor —jadeó—. Intenta de nuevo, con más fuerza esta vez. Puedes hacerlo. Anda. *Mátame*.

Derek dio un paso hacia atrás, mirando a Jackson como si fuera un monstruo.

—Estás loco.

—Sí, y acabo de cogerme a tu prometida. ¿Qué vas a hacer al respecto?

El rostro de Derek estaba color rojo intenso.

—¡Jackson, detente! —grité y salté entre los dos hombres. No sabía qué era lo que estaba pasando por la cabeza de Jackson, pero obviamente buscaba un castigo por lo que habíamos hecho—. Detente ahora mismo.

Derek me empujó para quitarme del camino. Choqué contra la pared del clóset y me llevé conmigo una escoba. Derek se quedó paralizado.

—Lilly, lo...

Algo se detonó en Jackson. Se lanzó hacia Derek y lo azotó contra la pared. Lo sostuvo firmemente y sin esfuerzo poniéndole el antebrazo en la garganta.

—*¿Qué* te dije sobre lastimarla? ¿Eh? *¿Qué te dije?*

Derek intentó zafarse, pero era inútil.

—Ustedes dos están actuando como si fueran los únicos que sufren. Como si sólo se tratara de ustedes. ¿Qué hay de mí, eh? ¿Qué hay de lo que yo quiero? —dijo.

—Me importa un carajo lo que tú quieras —le respondió Jackson haciendo más presión con el antebrazo en la garganta de Derek, y éste abrió los ojos como platos—. Lo único que me importa es lo que ella quiere, y ella quiere salvar a Hastings. Y tú, maldita sea, se lo vas a permitir.

Derek peleó y le rasguñó el brazo a Jackson, pero Jackson no lo soltó. Derek se puso pálido, luego rojo y luego otra vez pálido. Yo los veía horrorizada, luchando por pararme, pero se me enredaba el largo vestido en las piernas. Cuando al fin pude pararme, los labios de Derek ya habían empezado a adquirir un tono azul alarmante y al fin me despabilé y me puse en movimiento.

Tomé el brazo duro e inamovible de Jackson y tiré con toda la fuerza que pude.

—¡Jackson, detente! ¡Lo estás lastimando!

Jackson me gruñó por encima del hombro, respirando pesadamente, con la nariz muy dilatada y con cara de asesino.

—Se lo merece.

Derek gorgoteó, sus manos cayeron a sus costados y lentamente dejó de resistirse.

—Detente, *por favor* —dije ahogando un sollozo—. No puedes *matarlo*. Es mi prometido.

Eso pareció funcionar para sacar a Jackson de su trance. La mirada asesina se le drenó de los ojos y dejó caer a Derek como si fuera un pedazo de basura.

—Sí. Lo es, ¿verdad?

Y así como así... se salió del salón. Y de mi vida.

CAPÍTULO 22

Jackson

No dormí un segundo esa noche. Me quedé parado en el recibidor, listo para dejar a Lilly y a todo Arlington atrás, pero algo me detuvo. Toda la noche estuve esperando en la sala, esperando a que ella llegara a casa. Le debía una disculpa, como mínimo. Una explicación. Realmente había querido matar a su prometido y, si ella no me hubiera detenido, tal vez lo hubiera hecho.

Algo estalló en mi cerebro y ya no estaba en aquel salón. Estaba de nuevo en el extranjero, peleando por mi vida, y Derek interfería. Me perdí a mí mismo y mi percepción de la realidad, que siempre mantenía muy cerca de mí, y nunca nada fue tan alarmante como eso. Casi había matado a un hombre. ¿Qué demonios se suponía que iba a hacer ahora?

Necesitaba largarme de ahí, estar lejos de Lilly, que me ponía en un estado emocional tan inestable que podía perderme en un parpadeo. Necesitaba dejar atrás esa sensación de que jamás podría ser feliz. En cuanto supiera que ella estaba bien, necesitaba dejarla atrás también.

¿Cuáles serían las consecuencias de que nos hubieran descubierto? ¿Se casaría de todas maneras con Derek? Si no, ¿su padre la echaría de la casa? ¿Le daría la oportunidad de vivir su propia vida? Tenía que saberlo. Tenía que asegurarme de que estuviera bien, aunque *yo* no lo estuviera.

La puerta se abrió y me paré de un salto con el corazón latiéndome a todo volumen en la cabeza. Era la única razón por la cual no me había desmoronado todavía. Ese latido constante que no se callaba. Se escucharon pasos en el recibidor y supe de inmediato que no eran los de Lilly. Eran demasiado largos. Demasiado altaneros.

Cuando vi quién dio vuelta para encontrarme, me tensé y deseé estar en cualquier otro lugar.

—Mamá. Walt.

Ella salió detrás de Walt. Tenía el cabello recogido en un moño apretado y traía puesto un vestido negro de algodón. Traía los labios pintados de un rojo suave y un bolso pequeño apretado en su mano.

—Sigues aquí.

—Sí —dije mientras me pasaba la mano por el cabello—. Estaba esperando para ver a...

—Lilly —dijo mi madre terminando mi frase. Se cruzó de brazos y lanzó una mirada rápida a Walt—. No va a venir, y creo que es preferible. Pasó una noche larga en el hospital con Derek. Casi le rompiste la tráquea.

Walt no habló. Sólo se me quedó viendo.

Probablemente estaban esperando que me disculpara, pero eso no sucedería. Yo quería preguntarles si la boda seguía en pie, pero no deseaba enterarme de cuáles habían sido las consecuencias de mi traición de segunda mano. Quería escucharlo de la propia Lilly, así que permanecí en silencio, mirando fijamente a mi madre sin hacerle caso a Walt.

—¿Por qué viniste?

—Lilly necesita ropa —dijo con las aletas de la nariz muy abiertas—. No quiere verte, así que vine en su lugar. Walter me trajo porque estoy demasiado alterada para hacerlo sola.

Yo di un paso atrás, hacia la puerta, sin hacer caso al sarcasmo de mi madre. No le creería ni una palabra, no cuando se tratara de Lilly.

—Estoy seguro de que sabes cuál es su recámara.

Mamá empezó a subir las escaleras con la espalda muy erguida y la cabeza en alto. A medio camino, se detuvo y cogió el barandal con fuerza.

—¿Estás contento contigo mismo, Jackson?

—No —dije entre dientes—. Para nada.

—Necesitas irte. Y no volver —me miró con rabia—. No hasta que estés casado con alguien más y Lilly esté casada y a salvo y ambos estén listos para comportarse como adultos. Hasta entonces... mantente lejos de ella. De todos nosotros.

No dije nada. Sólo me le quedé viendo.

Subió las escaleras sacudiendo la cabeza. Yo volteé a ver a Walt y esperé. Traía un elegante traje gris y una camisa azul claro. Estaba peinado de raya al lado, como siempre. En cuanto estuvimos solos, hizo exactamente lo que se esperaría que hiciera un hombre como él.

—¿Cuánto me va a costar esto? —preguntó.

Yo parpadeé.

—¿Perdón?

—Para que te vayas y dejes a Lilly en paz —dijo Walt y sacó una chequera—. ¿Cuánto dinero me va a costar?

—No quiero tu dinero —le dije entre dientes—. Guarda tu maldita chequera.

Vi moverse un músculo de la quijada de Walt y dio un paso para acercarse más a mí.

—No me pasé la vida trabajando tanto como lo he hecho para perderlo todo por un vándalo como tú. Ambos sabemos que eres el tipo de hombre que tomará el cheque. Toma el dinero. Sal de nuestras vidas. Nunca vuelvas.

Sacudí la cabeza y tomé mis maletas.

—Te equivocas. Siempre has estado equivocado acerca de mí. Y no voy a aceptar ni una puta cosa de ti excepto a tu hija, si ella así lo quiere. Te puedes ir al infierno.

Con las maletas en la mano, me dirigí a la puerta. Era momento de dejar esta vida atrás pero, primero, tenía una última parada que hacer, y nada ni nadie evitaría que la hiciera. Ni siquiera él.

....

Lilly

Estaba sentada frente a la mesa de la cocina de mi padre, mirando a la nada, y así había estado desde Dios sabe cuándo, se sentía como toda una vida. Toda la noche fue un borrón de hechos entre llevar a Derek al hospital, convencerlo de no demandar, dar por terminado nuestro compromiso y escuchar los gritos de mi padre durante ocho horas seguidas.

Todo ese tiempo, ahí estuve sentada. Aceptando todo. Escuchando lo mala hija que era, el terrible ser humano que era, sólo porque sabía que me iría. En cuanto Jackson llegara, me marcharía de ahí.

Nunca consideré que se pudiera ir de la ciudad sin hablar conmigo, como había hecho la vez anterior. No después de todas las cosas que me dijo y de lo que había ocurrido en ese clóset. No se iría sin venir a verme. *Tenía* que creer eso. Tenía que creer en él. No me dejaría sin despedirse bien.

Además, lo que él no sabía era que no sería una despedida para nada. Sería algo totalmente distinto. Ya había decidido que me iría con él. Me marcharía de Arlington. Pero durante las horas que pasé en el hospital, pensé y reflexioné sobre cuánto tiempo había pasado desde el regreso de Jackson a mi vida y eso me proporcionó información sobre algo que no me había dado cuenta que estaba sucediendo ni sabía que fuera posible. Y esa información, sí, me cambió la vida.

Sonriendo, presioné una mano nerviosa contra mi vientre porque finalmente era libre y debía agradecer a Jackson por eso. Después de horas de estar sentada al lado de Derek, finalmente retiró su propuesta de matrimonio. Estaba bien, los doctores le dijeron que estaba sano, pero él estaba sacándole todo el jugo posible a la situación. En el fondo, creo que él se sentía agradecido también por el indulto. Tal vez ahora podría encontrar el valor para luchar por su felicidad.

Hastings International ahora estaba en peligro, algo que papi no dejó de mencionar desde que Lucy hizo exactamente lo que yo predije. Era mi culpa, lo reconocía. Mis acciones condujeron a eso, pero la cosa era que eran *mías*. Mis decisiones. No me arrepentía de ellas ni de mis sentimientos por Jackson. Me negaba a hacerlo.

Bostezando, me senté erguida, recargué los codos en la mesa y levanté la taza de café caliente que la empleada de la casa puso frente a mí. Creo que sentía compasión por mí. Nadie más lo hacía, todos me odiaban, pero... *¿Dónde* estaba Jackson?

Escuché pasos detrás de mí y me preparé mentalmente para el siguiente *round* de gritos, pues me negaba a ceder y hacer lo que me estaban ordenando. Y eso estaba volviendo loco a mi padre.

—Papi, ¿podemos descansar un rato, por favor? Siento mucho que estés enojado, pero...

—No quiero que lo sientas mucho —me respondió una voz muy familiar—. Yo soy quien lo lamenta.

Mis párpados se abrieron de golpe y me levanté con dificultad.

—Jackson, yo...

—Tu padre me ofreció dinero para que te dejara. Para que me fuera.

Me quedé boquiabierta. Sabía que a papi no le agradaba Jackson pero, ¿insinuar que podría comprarlo así? ¿Que yo era una especie de cheque para Jackson y nada más? Eso ya era caer muy bajo. Me presioné la mano contra el vientre.

—No. No lo hizo.

—Sí.

Tragué saliva.

—¿Qué le dijiste?

—¿Qué carajos crees que le dije? —la rabia hizo que sus ojos color castaño se tornaran casi negros—. Le dije que se fuera al diablo.

—Yo...

Él sacudió la cabeza.

—¿En verdad pensaste que yo aceptaría el dinero? ¿Que te usaría así?

—¿Usarme? —pregunté, confundida—. ¿Quién dijo algo sobre...?

—Yo sigo siendo ese tipo para ti. El tipo que te usó y te abandonó.

Me le quedé viendo porque sus palabras no tenían sentido.

—¿Qué? ¿De dónde viene todo esto?

—Pensaste que tomaría el dinero.

Oh. *Oh*. Pensó que yo de verdad creía que él era ese tipo de persona y eso no podía estar más lejano de la realidad. Sólo sentía curiosidad sobre qué le había respondido, si le había dicho que se lo metiera por donde le cupiera, como yo hubiera querido decirle.

—No —dije sacudiendo la cabeza—. No es verdad. Sólo quería saber...

—Me voy. Definitivamente.

Tragué saliva. ¿Eso significaba que ya no quería estar conmigo?

—Está bien...

—Sólo quería asegurarme de que estuvieras bien antes de irme —dio un paso hacia mí con los músculos tensos y los puños cerrados a sus costados—. ¿Estás bien?

—S-sí —dije con la mano presionada contra mi estómago revuelto—. Derek canceló la boda.

Él se encogió al escucharlo.

—Lamento que mis actos contribuyeran en parte a que eso sucediera. Nunca fue mi intención evitar que tomaras la decisión así. Eso me hace igual de malo que Walt.

—No lo eres. Yo...

—Espera —cuando abrí la boca, él levantó una mano y me miró con ojos implorantes—. Déjame hablar. Tengo mucho que decir y no sé cuánto tiempo tengamos. Todos estos días he estado intentando aceptar que tú no...

—*Tú* —como si lo hubiéramos invocado, papi entró furioso a la cocina echando lumbre por los ojos—. ¿Cómo te atreves a entrar a mi casa? ¡Lárgate! ¡Lárgate en este momento!

—Walter, querido, tu presión —dijo Nancy con suavidad desde atrás—. Jackson, te dije que no vinieras aquí.

—Sí —dijo encogiéndose de hombros—, pero sólo un uniformado me puede decir qué hacer.

Papi caminó hacia Jackson con una expresión asesina.

—Te daré una...

—¡Todos, siéntense! —ladró mi madrastra.

Jackson resopló.

—No me voy a sentar en ninguna parte. Me voy.

—Perfecto —dijo papi y le lanzó un cheque a Jackson—. Olvidaste tu dinero cuando te fuiste de la casa.

Jackson no atrapó el cheque, así que cayó revoloteando hasta sus pies. Miró fríamente a mi padre.

—No. No olvidé ni una puta cosa. Y ya le dije a ella sobre el dinero.

—¿Le dijiste que lo aceptaste? ¿Que la volviste a usar?

Jackson rio y sacudió la cabeza.

—No vas a rendirte hasta que la hayas hecho pensar lo peor de mí, ¿verdad?

—Papi, no...

Papi dio un paso al frente y apuntó con un dedo al pecho de Jackson.

—Ella debería pensar lo peor de ti. Le costaste el empleo a miles de personas hoy. Eres una vergüenza para la familia y siempre lo has sido.

Jackson rio.

—Sí, claro, porque tú eres tan *perfecto*, ¿verdad? Tú y tu hipó- crita...

—¡Basta! —grité, temblando—. Ambos. Ya basta.

Jackson me miró con frialdad.

—Ya la oíste —dijo papi y apuntó a la puerta—. Ahora lárgate de mi casa antes de que llame a la policía.

—Encantado —dijo Jackson con los hombros tensos—. ¿Lilly?

Yo me quedé viéndolo, parpadeando, pero sin moverme.

Él asintió y se dirigió a la puerta.

—Muy bien, pues.

—Espera, yo —di un paso al frente para seguirlo pero papi me tomó del brazo. Traté de zafarme, pero no me soltó—. Suéltame. Tengo que hablar con él.

—Suéltala —gruñó Jackson.

Papi no me soltó. Si acaso, me apretó más.

—Si sales con él por esa puerta, estás acabada. Ya no serás mi hija. Ya no serás una Hastings.

CAPÍTULO 23

Lilly

El silencio duró demasiado tiempo. Aún no terminaba de procesar la sorpresa que me golpeó cuando papi amenazó con desheredarme y tal vez nunca lo haría del todo. Que pudiera ser tan frío y tan insensible conmigo, su única hija, no debería haberme sorprendido, pero sí lo hizo. De verdad me sorprendió.

Por fin abrí la boca y empecé a formar palabras. Pero no eran para mi padre. Eran para el hombre furioso que estaba a su lado.

—Jackson, ¿nos podrías dar un minuto?

Jackson abrió la boca, la cerró, asintió y se fue. Yo sabía cuánto control había necesitado para no decir lo que pensaba sobre todo este desastre, pero la cosa era que era mi desastre, para empezar. Tenía que resolver esto por mi cuenta.

Y él respetaba eso.

—Es en serio —dijo papi con un tono duro—. Si sales de esta casa, hemos terminado.

Yo tragué saliva.

—Papi, yo...

—No —gruñó papi—. No hay posibilidad de negociar. O dejas que se vaya o te vas con él, permanentemente.

—No lo dices en serio —dije apenas más alto que un susurro.

La camioneta de Jackson arrancó en la puerta de la casa. Miré por la ventana.

Mi padre azotó la mano en la mesa y nos hizo saltar a Nancy y a mí.

—Todas y cada una de mis malditas palabras son en serio. Siéntate.

—Papi...

—¡Ya es suficiente! —gritó y me señaló con un dedo tembloroso—. Después de lo que hiciste, te quedarás ahí sentada en silencio hasta que te dirija la palabra. Piensa en toda esa pobre gente sin empleo.

Bajé la cabeza pero luego la levanté de inmediato.

—Encontrarás una manera de salvarlos. De salvar la empresa.

—Por supuesto que sí. De hecho, ya estoy trabajando en ello —la camioneta de Jackson seguía sin moverse y tuve que hacer acopio de todo mi control para no salir corriendo hacia él. Necesitaba encargarme de mi pasado antes de salir a perseguir mi futuro—. Con algo de suerte, encontraremos un reemplazo, y tu boda se realizará de todas maneras.

La sorpresa me hizo dar un paso hacia atrás.

—Pero... *no* —no había posibilidad de que volviera a acceder a otro matrimonio después de haber logrado apenas escaparme del último—. Papi...

Papi se cruzó de brazos y apretó los labios.

—No te preocupes. A pesar de tus transgresiones, encontraremos a alguien más. ¿Recuerdas a George Stanton, del club?

Presioné la mano contra mi pecho. «Oh, papi, no», pensé. Sentí como si me hubiera arrancado el corazón y lo hubiera pisoteado. De no ser porque estaba latiendo contra la palma de mi mano, hubiera podido jurar que lo había hecho. Ya estaba preparándose para venderme al mejor postor... *de nuevo.*

—Conocí al tipo una vez y ciertamente no me voy a casar con él.

—Bueno, podríamos encargarnos de que se reúnan unas cuantas veces más —dijo mi padre sin darse cuenta para nada que yo estaba a punto de estallar—. No le he preguntado aún, pero siempre ha hablado de ti con respeto y admiración. Podría ser un buen candidato. O tal vez...

—¡No! —prácticamente grité.

Mi madrastra palideció. Papi se quedó con la boca abierta.

No tenía idea de cómo me veía, pero era como si yo ya no fuera yo. Era como si fuera una espectadora, mirando cómo se desarrollaba la escena desde lejos sin poder moverme. *Bum. Bum. Bum.* Eso era lo único que oía haciendo eco en mi cabeza. Mi corazón latiendo.

—*No.* No me voy a casar con nadie.

Mi padre se puso de pie de un salto.

—Por supuesto que lo harás. Tú...

—Walter —dijo Nancy nuevamente, con un tono de voz más duro de lo que jamás le había escuchado.

—No —repetí aún más fuerte. Con más firmeza—. Me rehúso.

Papi se puso rojo.

—Entonces lárgate.

—¿Así nada más?

Por un segundo, sólo un segundo, titubeó.

—¿Si lo vas a elegir a él sobre mí? Sí.

—¿Sobre *ti*? —le dije a mi padre sacudiendo la cabeza—. Te di todo. Hice mi mejor esfuerzo por hacerte feliz. Traté de ser buena hija, y nunca te pedí nada a cambio.

—Es gracioso porque aquí estamos después de que arruinaste la única cosa que te pedí que hicieras.

—¿La *única* cosa? —reí y mi voz se escuchó un poco desquiciada. Tal vez lo estuviera. De tal padre, tal hija—. Tú controlaste toda mi *vida*. Mi ropa. Mis amigos. Mis decisiones. Mi trabajo. Hasta mi *esposo*. Hice *todo* lo que me dijiste que hiciera —sacudí la cabeza y me reí de nuevo—. ¿Y así me pagas? ¿Vendiéndome nuevamente? Nunca te pedí *nada*.

Papi rio.

—Hasta que lo quisiste a *él*. Tu propio hermano.

—No es mi hermano —dije lentamente—. Y me marcharé con él. Si quieres desheredarme por eso y fingir que nunca existí, adelante. Y si dejas que Hastings International quiebre porque eres demasiado necio para que tus abogados hagan el trámite de la enmienda, juro por Dios que iré a los medios y les contaré *todo*.

—Eres igual que él —gruñó papi—. Lárgate.

—Te equivocas sobre él, ¿sabes? —me puse de pie, temblando—. Es un buen hombre. Un héroe. Un soldado valiente. Un hombre que cualquiera estaría orgulloso de llamar hijastro.

Papi se veía como si estuviera a dos segundos de desplomarse.

—Primero muerto.

—Eventualmente así será. Todos nos moriremos —dije y me encogí de hombros haciendo mi mejor esfuerzo por ocultar el dolor que me invadía por su rechazo—. Pero, verás, tú nos estás ahuyentando a todos, así que cuando mueras no habrá nadie a tu lado para tomarte de la mano. Nadie salvo tu orgullo y tu preciada empresa. Y serás el único culpable porque yo ya me harté de intentar hacerte ver lo que tienes frente a la cara.

Él se cruzó de brazos.

—¿Y qué es eso?

—Que todavía, desde antes y para siempre, amo a Jackson Worthington. Planeo pasar el resto de mi larga vida, feliz y llena de risas, con él, si aún me acepta. Y planeo tener una familia con ese hombre y amarlo de la manera en que ustedes dos debieron hacerlo —caminé hacia la puerta—. Solamente me da tristeza que no estarán ahí para verlo.

Él sacudió la cabeza.

—Yo no estaré.

—¿Y no es ésa la peor parte?

Me alejé sin esperar una respuesta y esa vez ya no intentó detenerme. Al caminar hacia el exterior, sentí como si un enorme peso se hubiera levantado de mis hombros y se sentía increíble. Pero no todo era luz de sol y felicidad, había perdido a mi padre. Era doloroso, no había manera de negarlo.

Sin embargo, al mismo tiempo, se sentía tan *bien*. Era como si él hubiera tomado una llave, como si hubiera abierto mis grilletes de hierro y finalmente me liberara de mi pasado. Ahora era el momento de ir a perseguir mi futuro, de abrazar a Jackson y nunca volverlo a soltar. Por supuesto, ni siquiera estaba segura de si todavía lo *tenía*. Si no, lucharía como nunca para recuperarlo.

Llegué a su camioneta, respiré profundamente y abrí la portezuela. Él estaba sentado tras el volante, apretándolo con fuerza y mirando hacia adelante.

—¿Qué dijo después de que me fui?

—Básicamente lo que esperarías que dijera.

Él sacudió la cabeza.

—¿Tú qué dijiste?

—Lo opuesto a lo que esperarías que dijera.

Él rio.

—¿Así que fuiste y le dijiste que podía joderse por el culo?

—Bueno, no exactamente con esas palabras...

Él abrió su puerta, se bajó y caminó hacia mí. Lentamente me volteé a ver. La duda y el titubeo que veía en sus ojos hacían que el corazón se me encogiera como respuesta. Amaba a este hombre y él ni siquiera lo sabía.

—Deberías regresar. No vale la pena perder a tu familia por mí. Haz las paces con él. Es tu padre. Nada cambiará eso.

—Estás equivocado. Tú siempre has valido la pena —sacudí la cabeza—. Así que... no. *No*.

Algo en su expresión cobró vida.

—Amo cuando dices no. De verdad —estiró la mano para que yo la tomara y ese simple gesto iba cargado de todo el significado del mundo—. Pero preferiría que no dijeras «no» a lo siguiente que te voy a decir. Te amo. Quiero pasar el resto de mi vida contigo. Aquí, en Hawái, en Francia o Inglaterra. Carajo, me importa un comino dónde, siempre y cuando te tenga a ti. Pero no importa lo que digas, me iré de esta maldita casa y de esta maldita familia.

La pregunta es…. —hizo una pausa, me vio a los ojos y su mirada color chocolate me atrapó— ¿vendrás conmigo o no?

Sí. Sí iría. Pero habían pasado tantas cosas en las últimas veinticuatro horas y, encima de eso, no había dormido nada. Necesitaba un segundo para darme cuenta de que a pesar de todo lo que habíamos pasado y todo lo que había hecho, Jackson seguía ahí. Esperándome. Amándome. Deseándome.

Así que me tomé un segundo para dejar que eso me entrara. Sólo un momento, pero fue uno demasiado largo.

Él me retiró la mano y se la pasó por el cabello. Me miró como si… le hubiera *roto el corazón.*

—Está bien. Tengo el empleo en Hawái y no estaba seguro si lo iba a aceptar o no, pero lo haré. No puedo quedarme aquí ya. No pertenezco a esta ciudad.

—¿Vas a aceptar el empleo?

Él asintió.

—Sí. Esperaba… no importa qué esperaba. Métete a la camioneta. Te llevaré a tu casa y luego me iré.

—No —dije con la barbilla en alto—. Tú ya tomaste tu decisión y yo tomé la mía.

Me miró con el ceño fruncido.

—¿Tomaste una decisión sobre qué? ¿Sobre no querer que te lleve a tu casa?

—No. Sobre ti —di un paso hacia él con las manos frente a mí. Era momento de decirle cómo me sentía. Cómo me había sentido siempre. No quedaban obstáculos entre nosotros. Ya no, y saber eso se sentía tan *bien*—. Si tú te vas, yo me voy. Si tú vas a Hawái, yo voy también. Porque te amo. Así es, muchísimo. Lamento no haberlo dicho ayer, pero no tuve oportunidad cuando todo explotó. En el fondo, siempre supe lo que en realidad quería, y sólo lo acepté cuando estuvimos en ese clóset. Te quiero a *ti.* Sólo a ti, en cualquier lugar, en cualquier momento. De cualquier manera. Siempre.

Él hizo un sonido que no supe si era de dolor, alivio o ambos.

—Lilly...

—Pregúntamelo otra vez —di otro paso—. *Por favor*.

Jackson apretó los dientes y esta vez, por mucho que lo intenté, no pude leer su expresión. No podía descifrar si me lo iba a pedir otra vez o no, si se había dado por vencido conmigo o si seguía de mi lado. Si todavía me amaba... o si realmente le había roto el corazón de una manera que ya no podía solucionarse.

Sus dedos se movieron nerviosamente y yo contuve el aliento. Mi corazón hacía eco en mi interior y mi respiración era rápida y errática, porque sabía que era posible que se fuera. Y sabía que, si lo hacía, entonces tenía que contarle el secreto que acababa de descubrir yo misma. Eso me destrozaría, pero no regresaría con mi padre. No podía regresar a ser quien había sido. Esa chica estaba muerta, se había ido.

Lo único que quedaba era yo, pero, ¿eso era suficiente para Jackson?

CAPÍTULO 24

Jackson

En los últimos cinco minutos experimenté toda la gama existente de emociones, y terminé con un gran golpe de dicha, de tanta puta dicha que llenaba mi corazón hasta que estuve seguro de que saldría volando de mi pecho. Lilly lo había hecho, me había elegido a *mí*. Pero a pesar de que eso era todo lo que había deseado, no me moví. No hice la pregunta que garantizaría que se iría conmigo. No podía. Todavía no. Tenía que estar seguro de que eso fuera lo que ella realmente quería, y sólo había una manera de averiguarlo.

—Lilly, debo preguntártelo de nuevo. ¿Estás segura de esto? Nunca voy a poder darte este tipo de vida. Un reclutador del ejército no gana la misma cantidad de dinero que el director de una empresa. Tendremos que mudarnos, mucho. Vivir en una casa en la base militar y en departamentos mediocres y...

—¿Qué dije? —respondió Lilly. Su voz empezó baja pero fue ganando fuerza conforme hablaba—. Si tú te vas, yo me voy también.

Empecé a acercarme a ella y me vio con una sonrisa dibujándosele en los labios.

—¿Qué hay de tu padre? ¿De la empresa?

—Es suya, no mía. Si se traga su orgullo, podrá salvarla solo, tal como él la construyó.

Mi Lilly. Estaba de regreso. Me detuve apenas antes de tocarla, y ella hizo un sonido de frustración, pero sonrió de todas maneras.

—Tal vez no debamos hacer nada drástico como mudarnos al otro lado del mundo. Tal vez deberíamos esperar. Yo podría...

—Jackson, esperé siete años para que regresaras a casa, ¿no fue suficiente espera?

Estiré la mano hacia ella y dije:

—Es como siempre lo dices, es tu vida y tu decisión.

Ella se puso en acción. Me tomó una mano y se lanzó a mis brazos. La abracé con fuerza y una sonrisa estúpida iluminó mi maldito rostro, y respiré el aroma que la hacía ser única. Encontré mi final feliz.

Ella lo había estado guardando todos esos años, esperando a que yo estuviera listo.

Lilly rio de una manera burbujeante y feliz, y retrocedió un poco.

—Prácticamente puedo sentir la mirada de mi padre desde la cocina. Vámonos de aquí.

La tomé de la mano y le sonreí.

—Con gusto.

A pesar de que había renunciado a todo, al dinero, la empresa y su familia, me tenía a mí. Y yo pasaría el resto de mi vida asegurándome de que fuera suficiente. De que *yo* fuera suficiente.

Le abrí la puerta de la camioneta y se subió. Nos alejamos de inmediato y ninguno de los dos miró atrás. Cuando llegamos a casa, la miré con una sonrisa y salí de la camioneta. Llegué a su lado y le abrí la puerta. Antes de que pudiera bajarse, le puse la mano en el muslo y le sonreí. Todavía traía puesto el vestido rojo de satín y su maquillaje estaba corrido y embarrado en sus mejillas, y se veía como si acabara de sobrevivir a un huracán, pero inmediatamente me sonrió de regreso.

—¿Estás segura? —pregunté conteniendo el aliento—. Estás renunciando a mucho para estar conmigo.

Le puse la mano en la mejilla y ella asintió de inmediato. Me quitó la mano y se bajó de un salto.

—Nunca he estado tan segura de algo en la vida. *Nunca*.

—Yo tampoco —le quité el cabello de los ojos—. Te amo, Lilly Hastings. Planeo pasar el resto de mi vida asegurándome merecerte. Pasaré el resto de mi vida intentando ser suficiente.

—Yo también te amo, Jackson Worthington. Siempre has sido y siempre serás el dueño de mi corazón. Ya era hora de que vinieras por él —arrugó la nariz de esa manera adorable que me encantaba—. Y tú eres suficiente. Eres más que suficiente. Siempre has sido suficiente. Siempre serás suficiente.

Se puso de puntas y me besó. Para cuando nos separamos, nos faltaba el aire y estábamos abrazados.

—Esto es lo que pienso —dije mientras le acomodaba un mechón de pelo detrás de la oreja.

—¿Ajá? —me respondió con un puño dentro de mi camisa y mordiéndose los labios hinchados gracias a mis besos.

—Bueno… —las cortinas de la ventana de la casa vecina se movieron y una cara curiosa se asomó, así que la tomé de la mano y la llevé hacia el camino de la entrada—. ¿Qué opinas de que entremos, empaquemos tus cosas y luego nos vayamos a Hawái? —abrí la puerta y la dejé pasar. Luego cerré con llave—. Veremos cómo están las cosas allá y elegiremos juntos dónde vivir, ¿te parece?

—Claro. Suena bien —respondió Lilly distraída—. Oh, Dios, mi maquillaje.

Tragué saliva y se me secó la boca al verla ponerse de puntas para ver su rostro más de cerca en el espejo junto a las escaleras. Tal vez ella estuviera horrorizada de cómo se veía, pero yo no quería otra cosa más que acercarme a ella. Acercarme mucho más.

—Podemos conseguir un bonito departamento de una recámara junto a mi oficina, cerca de la playa.

Lilly se limpió el maquillaje con unos pañuelos desechables

que sacó de su bolso imposiblemente pequeño y el movimiento de su cuerpo me hizo dar un paso hacia ella. Sin embargo, al escuchar mis palabras, se quedó petrificada.

—Creo que no es buena idea.

Durante demasiado tiempo pensé que nunca la tendría de nuevo. Y ahora aquí estábamos, hablando sobre nuestro futuro y yo la quería en mis brazos en ese momento. Y yo...

—Espera, ¿qué? —pregunté con la voz más áspera de lo que quería no porque estuviera molesto, me daba igual dónde viviéramos siempre y cuando estuviera conmigo, sino porque se veía súper sexy ahí parada—. ¿Por qué no? Acabas de decir que querías mudarte a Hawái conmigo.

—Sí. Lo haremos. Estoy hablando sobre el departamento de una habitación —hizo una pausa para voltear a verme. Cuando se encontraron nuestros ojos, se ruborizó porque obviamente pudo identificar cuáles eran mis intenciones—. Necesitaremos dos.

Me recargué contra la puerta y traté de tranquilizar mi libido. Intenté concentrarme en la conversación.

—Está bien, de acuerdo. ¿Pero por qué? Dudo mucho que nuestros padres nos vayan a visitar o algo.

—Primero, déjame preguntarte algo —dijo mordiéndose el labio—. Ya te había preguntado, pero tal vez tengas una respuesta distinta ahora.

Me crucé de brazos.

—Estoy intentando ponerte atención, lo juro, pero no dejas de morderte el labio y es muy sexy y realmente quiero besarte ahora.

Ella me miró con una sonrisa traviesa y dejó caer el bolso al suelo. Dio un paso hacia mí y se acarició el brazo lentamente.

—Podemos hacer eso. *Por supuesto* que podemos. Pero primero...

Yo tragué saliva.

—¿Sí?

—Dime, ¿qué piensas de los niños?

—¿Qué? —le pregunté parpadeando.

—¿Sigues sin quererlos? —preguntó y me observó con cuidado—. ¿Jamás?

Me froté la mandíbula.

—A decir verdad, no lo había pensado. Hace una hora ni siquiera sabía que te tendría, ya no digamos cualquier otra cosa —me quedé paralizado y mi corazón se detuvo por dos segundos. Quería dos habitaciones y me hizo esa pregunta en ese momento, y la única razón por la cual me pareció que esas dos oraciones podrían ir juntas sólo era una—. Espera un segundo, ¿estás? —di un paso al frente y mi mirada se fijó en su vientre. No se *veía* distinto—. ¿Estás diciendo que...?

—S-sí —asintió—. Estoy embarazada.

—Pero... —me detuve con el corazón latiendo con fuerza—. Usamos protección, ¿cómo sabes?

—Anoche en el hospital tuve mucho tiempo para pensar y me di cuenta de que tenía un retraso. No me preocupé inicialmente porque tomo pastillas, pero luego recordé que había estado sintiéndome mal emocionalmente —dijo apurando las palabras—. Y pensé que se debía al estrés de la boda y de perderte, pero luego vi la fecha, así que compré una prueba de embarazo y me la hice en el baño de mujeres del hospital, y es verdad. Es real, estoy embarazada.

Me le quedé viendo. Sólo la miraba. No era que no estuviera feliz, sorprendentemente sí lo estaba. Feliz, emocionado. Asustado como pocas cosas. La idea de que tuviéramos un diminuto bebé de cabello castaño y ojos verdes era básicamente la mejor noticia del *mundo*. Lo que me mantuvo en silencio fue que no podía creer tener todas estas bendiciones al mismo tiempo y ni siquiera estaba seguro de merecer ninguna, y me sentía aterrado de poder perderlo todo.

Ella se movió, inquieta.

—Sé que no querías hijos, y si esto hace que cambies de parecer en cualquier forma, por favor dímelo. Me quedaré y...

—No —negué con la cabeza—. Carajo, no estoy triste ni molesto.

Ella se mordisqueó el labio inferior y dio un paso hacia mí.

—¿No lo estás?

—Carajo, no —dije y me acerqué más y le puse la mano en el vientre. El vientre que tenía un bebé, nuestro bebé, dentro—. Estoy sorprendido. No puedo creer que tenga tanta suerte, tantas bendiciones. ¿Tenerte a ti y un bebé? No lo merezco.

—Oh, Jackson. Estás equivocado. Estás tan equivocado —me dijo con la mano en mi mejilla—. Y yo voy a pasar el resto de mi vida demostrándote lo equivocado que estás. Te amo.

Sonreí y la besé. Para cuando retrocedí, ella estaba colgada de mí, sin aliento.

—Yo también te amo. Y no puedo esperar a pasar el resto de mis días contigo y nuestro bebé. Pero, ¿sabes qué me gustaría hacer antes?

—No —inhaló súbitamente cuando pasé mi mano por su espalda baja y mi verga dura se presionó contra su estómago suave—. Por favor dímelo.

Puse mis labios en su cuello y lo mordisqueé. No podía resistir más.

—Ahora que eres mía, quiero tomarte de todas las maneras posibles y hacerte gritar mi nombre a todo pulmón y que te vengas de tantas maneras que pierdas la cuenta —entonces me quedé petrificado cuando un pensamiento horrible pasó por mi mente—. Espera, todavía podemos hacer eso, ¿verdad? ¿El bebé...?

Ella soltó una carcajada ronca y dijo seductora:

—Sí, sí podemos.

—Oh, gracias a Dios.

Se puso a jugar con el cuello de mi camisa.

—Y si nos vamos a mudar de esta casa, primero tienes que cogerme en ese sofá.

Ay, de verdad me encantaba que me hablara sucio.

—¿Ahora? —pregunté lo más serio posible y puse mi mano entre sus piernas—. Lilly...

Ella rio al ver la expresión de mi rostro y dio un paso atrás para librarse de mis brazos, echando miradas a la sala, y luego empezó a retroceder.

—Tal vez...

—Lo que tú quieras, Lilly —dije y di otro paso hacia ella—. Lo que sea, todo.

Esa promesa era en serio, a pesar de la manera bromista en que la dije.

—Lo único que quiero es que estemos tú y yo juntos, para siempre —caminó en reversa hacia la sala atrayéndome con el dedo. Yo le sonreí y la seguí, como siempre lo haría. La seguiría al infierno si me lo pidiera. Ni siquiera tendría que pedirlo por favor—. Pero tienes que atraparme primero.

Se dio la media vuelta y corrió hacia la sala. Riendo, la perseguí. Se paró detrás del sofá, con las mejillas sonrojadas y los ojos brillantes de felicidad. Me detuve frente al mueble inclinado hacia el frente, a unos segundos de atraparla, y ambos lo sabíamos.

—¡Espérate! Necesito que me des venta... *agh*.

Salté hacia ella, la jalé al sofá y la acuné en mis brazos para que ellos dos, ella *y* nuestro bebé, no se lastimaran con la caída. Aterrizamos riendo mucho, pero en cuanto puse mi boca sobre la suya, su risa se convirtió en un gemido ronco.

Y cuando me metí entre sus piernas, ella se aferró a mí con la respiración acelerada. Presioné la cadera contra ella y ambos gemimos juntos. Se sintió tan bien como haber llegado a casa.

Retrocedí un poco y le sonreí mientras susurraba:

—Ya te tengo y ahora eres toda mía.

—Tontito —dijo con la voz ronca y baja—. Me tenías desde hace mucho. Y no iré a ninguna parte. Esto que tenemos es para siempre, lo prometo.

—Yo prometo amarte para siempre —juré. La besé y volví a retroceder un poco—. Y por siempre jamás —mi mano subió por sus muslos y pasé el pulgar por sus pliegues, sin detenerme hasta que estaba presionado su clítoris—. Y siempre.

Otra promesa que sabía que ninguno de los dos romperíamos.

Y sabía que estábamos ahí, juntos, por alguna especie de destino divino. Podría decirse que la providencia, el destino o como carajos se le quiera llamar, nos había llevado hasta *ahí*.

Si nuestros padres nunca se hubieran casado y si ella no hubiera sido mi hermanastra, probablemente nunca nos hubiéramos conocido. Algo tuvo que ocurrir cuando el universo nos unió. Ella me salvó, eso no se podía negar, pero yo la salvé a *ella* también. Sin importar quiénes hubiéramos sido, éramos mejores por estar en la vida del otro.

Juntos encontramos que había otra manera de vivir. Que no teníamos que ser lo que los demás querían que fuéramos. Gracias a que nos enamoramos, descubrimos que podíamos ser lo que *nosotros* queríamos, y nos mostramos mutuamente que podíamos *ser* esas personas aunque todo estaba en nuestra contra.

Éste era nuestro inicio real, éstas eran nuestras vidas reales y nuestra nueva historia. El final no se había escrito aún, pero yo tenía una noción sobre a dónde iríamos y cómo resultaría todo.

Veía una vida de felicidad, confianza y amor en un ambiente familiar, una vida que estábamos destinados a vivir juntos.

Y, al final, un «felices para siempre». B

Agradecimientos

....

Muchas gracias, como siempre, a mi esposo, Greg. Es mi héroe real en la vida, y nunca hubiera podido dedicarle todo a esta carrera de escritora si no lo hubiera tenido alentándome a mi lado.

Envío una gran cantidad de amor a mis hijos. Los amo a todos y espero que cumplan todos sus sueños y más. Al resto de mi familia, y a mis amigos que escriben y a los que no (ya saben quiénes son), gracias por el apoyo y amor que me dieron, y gracias por no molestarse cuando olvidaba devolverles las llamadas porque estaba demasiado ocupada escribiendo o editando.

A Louise Fury, mi agente, y a mi propia leona, Kristin, por su incansable dedicación para mí y mi trabajo. Tenerlas a las dos de mi lado hace que todos estos sueños locos que tengo se vuelvan realidad, y estoy eternamente agradecida por eso.

A Sue, por todos los correos y por arriesgarse conmigo. Estoy muy contenta de que al fin hayamos podido trabajar juntas y tengo la impresión de que será el inicio de una hermosa relación.

Y, por supuesto, agradezco enormemente a todos ustedes, mis lectores. Sin ustedes definitivamente no tendría la gran bendición de poder hacer esto, de vivir mis sueños.

GRACIAS.

Bad Romance
de Jen McLaughlin
se terminó de imprimir y encuadernar en junio de 2016
en Programas Educativos, S. A. de C.V.,
calz. Chabacano 65 A Asturias CX-06850 México

31ㄲ